녹채
鹿柴

인적 없는 빈 산
들리는 건 사람의 말소리 울림뿐
석양빛은 깊은 숲 속까지 들어와
다시 푸른 이끼 위를 비추네

空山不見人
但聞人語響
返景入深林
復照青苔上

그림자호

影湖

그림자 호수 3

이정현 新무협 판타지 소설

초판 1쇄 찍은 날 § 2004년 11월 30일
초판 1쇄 펴낸 날 § 2004년 12월 10일

지은이 § 이정현
펴낸이 § 서경석

편집장 § 문혜영
편집책임 § 김희정
편집 § 장상수 · 유경화
마케팅 § 정필 · 강양원 · 이선구 · 홍현경

펴낸곳 § 도서출판 청어람
등록번호 § 제1081-1-89호
등록일자 § 1999. 5. 31
어람번호 § 제2-0475호

주소 § 경기도 부천시 원미구 심곡1동 350-1 남성B/D 3F (우) 420-011
전화 § 032-656-4452 팩스 § 032-656-4453
http://www.chungeoram.com
E-mail § eoram99@chollian.net

ISBN 89-5831-312-9 04810
ISBN 89-5831-309-9 (세트)

그림자호 影湖

Fantastic Oriental Heroes

이정현 新무협 판타지 소설

3

◆ 사(死)의 경계에서

도서출판 청어람

목
차

◆제1장◆ 다시 돌아가야 하는가

箕雪片月滿
地砕陰消
純枝非枝南
豈有數
無奕
廣骨馨
難折

혈의를 입은 일단의 무사들은 사라성 오대 중 혈잠대(血潛隊)라 불리는 곳에 속하는 자들이었다. 이들 혈잠대는 오대 중에서 은밀함과 잔인함을 자랑하는 곳으로 사라성 내의 경비는 물론 반란 세력을 억누를 때 가장 선봉에 섰다. 그러면서도 무척이나 신출귀몰하여 혈잠대라 불리웠다.

이들은 문학문의 결혼식에도 방심하지 않고 보이지 않는 곳에서 경계를 서다 이런 일이 발생하자 백무도의 명에 의해 누구 하나라도 도망가지 못하도록 바로 출구를 모두 봉쇄한 것이었다. 문성청 안에 있는 인물들 중 반이 외부인으로 그들 대부분이 이번에 혈잠대원을 직접 두 눈으로 확인하는 게 처음이었으니 얼마나 그들의 행사가 신출귀몰한지 알 만했다.

"혈잠대……."

뇌운성은 갑작스럽게 일어난 일에 신음성을 흘렸다. 누가 봐도 완벽한 현장 살인으로 관영호가 살인자라는 사실은 피할 수 없을 듯 보였다. 그도 정말 관영호가 범인일 것이라는 생각이 들 정도로 완벽한 현장이었지만 뇌운성이 알고 있는 그는 굳이 이런 독살이 아니라도 쥐도 새도 모르게 그를 죽이는 것은 식은 죽 먹기나 마찬가지인 사람이었다.

'만약 그가 아니라면 다른 사람이……?'

"저 사람이 범인이지 않은가!"

누군가의 입에서 이 말이 나오자 문성청 내 사람들의 반응이 격렬해졌다.

"맞다!"

"미친놈!! 어서 잡아서 죽여라!"

"감히 결혼식 날 뻔뻔스럽게 이런 일을 벌이다니! 인륜을 모르는 간악무도한 놈이구나!"

자중남은 자신과 호형호제하던 사람의 죽음에, 그것도 그의 결혼식에서 죽임을 당한 것에 걷잡을 수 없는 분노를 느꼈다. 그를 더욱 화나게 하는 것은 관영호의 뻔뻔한 표정이었다. 그의 얼굴에서는 사람을 죽였다는 흥분도, 죄책감도, 당황도, 어떠한 감정도 없이 그저 담담한 얼굴이라 그것이 자중남을 더욱 분노케 한 것이다. 자신이 사라성에 들어왔을 때 그와의 첫 만남에서도 마음에 들지 않았고 지금은 더 더욱 그랬기에 그를 향한 살심이 매우 커진 상태였다.

"네 이놈!!"

그는 자리에서 벌떡 일어난 뒤 자신의 네 발자국 정도 앞에 앉아 있는 관영호를 향해 장을 내질렀다. 자중남의 장은 분노로 인해 제어하지 않은 혼신의 내력을 담은 것이라 일반인이 맞는다면 즉사할 것이 분명했다. 그의 곁에 있던 백리경과 백소화는 갑작스런 그의 공격에 별다른 대처를 하지 못하고 급히 옆으로 피했다.

"멈추어라!"

웅후한 내공을 담은 외침이 문성청 안을 울리자 자중남은 순간적으로 내공을 거두었지만 워낙 가까운 거리라 미처 다 거두지 못했기에 가만히 있는 관영호의 가슴에 정통으로 맞아버렸다.

픽!

"읍……!"

작은 신음 소리와 함께 관영호는 뒤로 세차게 날아가 버렸고, 그 바람에 앉아 있던 몇몇 사람도 의자가 뒤집어지면서 같이 넘어져 버렸다. 넘어져 있는 관영호를 향해 몇몇 사람이 다가와 그를 잔인하게 밟기 시작했고, 주위는 순식간에 아수라장이 되고 말았다.

"그만!"

예의 그 목소리가 흥분한 사람들의 속을 뒤집자 그들은 얼굴을 찌푸리며 뒤로 물러나 운기조식을 취하기 시작했다. 입가에 피가 흐르고 있는 것이 방금의 웅후한 목소리에 꽤나 심한 내상을 입은 듯했다.

"다들 진정하시오!"

이번에는 내공이 실려 있지 않았지만 청 안이 조용했기 때문에 충분히 모든 사람들에게 들렸다. 백무도는 자리에서 일어나 좌중을 살펴본 후 자신의 옆에 있는 문극문을 보았다. 그의 표정은 말 그대로 혼이 빠져나가 있는 모습이었다. 너무도 어이없는 아들의 갑작스러운 죽음에 사고 활동이 정지된 것처럼 보였다. 내심 혀를 차고는 안쓰러운 눈빛으로 그를 한번 본 뒤 다시 자신을 쳐다보고 있는 사람들에게로 시선을 돌렸다.

"범인을 함부로 죽여서는 안 되오! 나 또한 마음 같아서는 당장 해결

하고 싶지만 저자가 죽인 사람은 보통 인물이 아니오! 그러니 철저한 조사가 필요하므로 지금 죽여서는 아니 되니 자중하시길 바라오!"

그의 말은 매우 타당했기에 장내에 있던 사람들은 저마다 고개를 끄덕였다. 사라성 내에서 감히 살인을 저지른 것은 당장 처죽일 일이지만 요즘 무림 정세가 심상치 않은 까닭에 이것저것 알아본 뒤에 확실한 진상 규명을 해야 했다.

"……."

임사우의 표정은 그의 옆에 있던 호사란조차도 처음 보는 매우 심각한 표정이었다.

'난 절대 자네가 한 것이라 믿지 않네. 분명 뭔가가 있다고 믿네.'

하지만 자신의 입장에서 함부로 그런 발언을 했다가 사라성의 위세에 어떤 영향을 줄지 몰랐기에 자중해야 했다. 진실은 밝혀질 것이며 또한 밝혀져야 하겠지만 그러기에 현장의 상황은 너무나 완벽했다. 상황상 자신이 보고 판단해 보아도 범인은 그였지만 마음으론 결코 승낙하고 있지 않았다.

"으… 운이 좋군……."

자중남은 아직 살아 있는 관영호를 보고는 전혀 다친 것 같지 않아 보이는 그의 표정 때문에 바득바득 이를 갈았다. 그리고 보통 사람을 죽이고 나면 어떤 행동이라도 취하기 마련인데 그는 체념이라도 한 것인지 침착한 신색이라 그것이 더욱 그를 화나게 만들었다.

"……."

관영호는 아무 말 하지 않고 자리에서 가만히 일어났다. 마치 처분을 기다리는 듯한 표정에 사람들은 분노하기 시작했다.

"저런 뻔뻔한 놈!"

"우우……!"

"어서 죽이지 않고 뭐 하는 것입니까?"

두 사람이 다가와 기절해 있는 간도민을 들고 나가자 다른 몇몇 낯선 사람이 들어왔다. 그들은 전신에 검은 옷을 입고 있었는데 안색이 매우 푸르스름한 것이 대단히 음산해 보였다. 얼굴뿐만 아니라 몸에서도 그러한 기운이 스며 나오고 있는 그들은 피로 흠뻑 젖어 있는 문학문의 시신을 검은 보에 싸서 가볍게 들고 어디론가 가버렸다.

일단의 신속한 상황에 오히려 얼이 빠진 것은 사라성의 외부 인물들이었다. 시신을 처리하는 상황이 너무나 익숙한 듯한 일련의 행동 때문이었다.

문을 가로막은 혈잠대 인물들의 뒤에서 세 사람이 문성청 안으로 들어와 관영호의 혈을 짚어 움직이지 못하게 하고는 그의 몸을 오라로 꽁꽁 묶었다. 백무도가 다가가자 그들 셋은 그에게 깊이 예를 취했다.

"이자를 정홍축 혐죄부(嫌罪府)에 넘기시오."

"……."

삼십대 중반의 나이로 보이는 이들 셋은 아무 말 하지 않고 처음 왔을 때처럼 깊이 예를 취하고는 그를 끌고 가려 했다. 그들이 뒤돌아서는데 사마진영이 셋의 앞을 막아섰다.

"……."

그들은 아무 말 하지 않고 그녀를 바라보았다. 여차하면 힘으로 밀고 가겠다는 눈빛이었다.

"괜찮나요?"

"괜찮소."

그는 허무하다 할 정도로 간단한 말 한마디와 함께 희미하게 웃어

보였다. 그의 여유있는 모습과 침착한 웃음에 그녀는 온몸에서 전율이 느껴졌다.

'저 여유는 대체……. 하지만 정말 닮고 싶구나!'

그것은 무인으로서의 당연한 감정이었다. 어떠한 일에도 흔들리지 않는 부동심을 본 그녀의 마음을 가득 채우는 감정은 바로 존경심이었다.

그녀도 갑작스런 일에 표정은 태연했지만 마음속으로는 긴장감을 느끼고 있었는데 정작 당사자인 그는 모든 것을 초월한 듯 겉으로든 속으로든 모두 태연했다.

사마진영이 몸을 비키자 세 명의 혈의인은 그녀를 힐끗 한번 보고는 관영호를 끌고 나갔다.

"……!"

소류연은 뭔가 말하고 싶은 것이 있었지만 도무지 입 밖으로 나오지가 않는 게 마치 아혈을 짚인 듯이 답답했다.

"……."

그녀는 끌려가고 있는 관영호에게 다가가려고 했지만 그녀의 어깨를 누군가가 강하게 잡는 것을 느끼고 뒤를 돌아보았다. 그녀의 눈에는 눈물이 맺혀 있었다.

"……."

소한천은 침중한 표정으로 고개를 저으며 그녀가 관영호에게 다가가는 것을 허락하지 않았다. 왜라는 표정에 그는 아무 말도 하지 못하고 그저 슬픈 눈으로 그녀를 바라볼 뿐이었다.

혐죄부로 넘긴다는 것은 이미 그를 죄인으로 확실시한 것이 분명했고 그것은 평생 죄인으로 살아가야 한다는 말이었다. 그리고 사람을 죽였으니 혐의부에서 벗어나는 것은 오직 그 자신의 죽음뿐이었다.

그것을 아는 소한천이었기에 자칫하다가는 오해를 받을 수도 있는지라 그녀의 행동을 말릴 수밖에 없었다. 자신과 동생이 비록 어느 정도 명성을 쌓았다고는 하지만 입지가 크게 굳어진 것도 아닌데다 이런 민감한 일에 함부로 나설 처지도 되지 못했다.

"……."

소류연은 항상 웃음을 잃지 않던 오빠의 얼굴에서 슬픔이 보이자 괜한 미안함과 관영호에 대한 안타까움이 같이 섞여 참았던 눈물을 펑펑 흘리기 시작했다. 하지만 눈물을 보이기는 싫은 듯 고개를 푹 숙이고 어깨만 들썩였다. 바닥에 떨어지는 동생의 눈물을 보는 소한천은 그만 쓰디쓴 미소를 흘렸다.

'대체 왜 이렇게 일이 흐르는 것이지? 너무나 이질적이군…….'

그는 왠지 상황이 이질적이라는 것에 의문을 느꼈지만 그 이상은 생각할 수 없었다. 평범해서 누구의 눈에도 띄지 않는 사람이 갑자기 범인으로 몰려 시선을 끈 것이다. 꼭 범행이 특별하게 생긴 사람에게서 일어나야 한다는 것은 아니지만 그에게는 이 일이 이질적이어도 너무나 이질적이었다. 소한천은 범행이라는 것이 원래 그러려니 하며 소류연의 두 어깨를 가볍게 감싸 안았다.

"…크크! 으하하하!!"

조용하던 장내에 울린 갑작스런 광소에 사람들은 깜짝 놀라 소리가 들려온 쪽으로 시선을 돌렸다. 다들 짐작하고 있었지만 그는 문극문이었다. 아들을 잃은 충격이 너무나 큰 나머지 그 감정에 대한 표현이 이렇게 표출된 것이었다.

"크하하! 울컥!"

"아니!"

사람들은 그의 주화입마에 크게 놀라며 어찌할 바를 몰라 했다. 옆에 있던 백무도가 재빨리 다가가 그의 명문혈에 내공을 주입하기 시작했고, 일각이 조금 지나지 않은 시간이 되자 백무도는 명문혈에서 장심(掌心)을 떼었다.

"……."

문극문은 고통스러운 표정으로 눈을 떴다. 입술을 꼭 깨물고 있는 모습에서 누구나 그의 분노와 절망이 얼마나 큰지를 알 수 있었다.

"백 장로님……."

"말하게."

"이번 일은… 장로님이 맡아주셨으면 합니다."

"알겠네. 자네가 다시 일어나길 빌겠네."

"감사합니다."

그는 힘겹게 자리에서 일어나서는 사 장로의 호위 하에 밖으로 나갔다. 그가 나가자 다시 장내는 소란스러워지기 시작했다. 문극문이 아들의 죽음이라는 충격에서 벗어날 수 있을까 하는 것, 문학문을 죽인 자가 어떤 자일 것이라는 추측 등 이번 일에 대한 이야기가 한꺼번에 쏟아져 나왔다.

백무도는 별의별 이야기가 그의 귀로 쏟아져 들어오자 인상을 살짝 찌푸렸지만 이내 표정을 풀고 사람들에게 큰 소리로 내공을 실어 말했다.

"여러분, 수고스럽지만 혈잠대원들의 일에 협조해 주셨으면 하오!

살인 사건인 만큼 신상 조사에 신중해야 하기 때문이오! 외부인들뿐만
아니라 사라성 내부의 인물들도 조사를 해야 하니 불만을 줄였으면 하
는 바외다! 그리고 뇌 소협 근처에 있는 젊은이들은 내게로 와주기 바
라네!"

그의 말에 사람들은 어느 정도 불만을 토로했지만 반항하거나 반론
을 단다고 해결될 문제가 아니라는 것을 알고 있었기에 순순히 혈잠대
원들의 지시에 따르기 시작했다.

그리고 백무도가 부른, 뇌운성 근처의 관영호와 알고 지내던 사람들
은 그의 부름에 일순 흠칫했지만 이내 백무도에게로 걸어갔다. 그의
곁으로 임사우가 다가오자 백무도는 약간 놀라며 그에게 말했다.

"임 대협은 가도 괜찮으니 이런 일에 굳이 신경을 쓰지 않아도 되
오."

그의 정중한 태도는 임사우가 사라성에서 얼마나 높은 위치에 있는
지를 짐작게 하는 것이었다. 그의 말에 임사우는 고개를 저으며 굳은
표정으로 말했다.

"그는 나의 친구였습니다. 무관하지 않으니 사태를 지켜볼 것입니
다."

"음……."

그는 약하게 신음성을 냈다. 살인자가 임사우의 친구였다면 문제는
더욱 복잡해질 것이 분명했다. 임사우가 그자의 신원에 대해 확실히
알고 있고 증명한다면 일을 간단히 처리하기란 힘들 것이다. 백무도는
자신의 딸을 포함한 몇몇의 남녀가 다가오자 복잡한 생각은 일단 멈추
고 먼저 해야 할 일부터 해야겠다고 생각했다.

살인 사건으로 끝난 결혼식에 관한 일은 삼 일이 지나자 무렵에 크게 소문이 퍼져 있었다. 사라성에서는 그 일을 함구하려 했지만 사람 일이라는 것이 어디 막는다고 되는 일인가. 사건은 부풀릴 대로 부풀어져 결국 무림 전체에까지 퍼졌다. 그 사건으로 별의별 이야기가 나오고 있었지만 그중 가장 많이 회자되고 있는 말은 바로 분열이었다.

문극문의 잠적은 묘계은밀대의 행동을 묶어버리게 되었고, 이는 사라성에서 머리에 해당하는 그들의 부재를 의미하는 것이었다. 철저한 분업 체계로 되어 있는 특이한 구조의 사라성에서 하나가 빠졌다는 것은 긴밀한 유기적 체계가 분열되었다는 의미이며 이는 회골림이 서서히 횡포를 부리고 있는 현 시점에서 큰 치명타가 되었다. 겨우 삼 일이 지났기에 그 어떤 말도 추측일 뿐이었지만 조금 더 시간이 지나면 알게 될 일이었다.

"……."

"크크, 질긴 놈이군. 너처럼 평범한 서생 놈이 나의 고문을 견뎌냈다는 것이 놀라울 뿐이다. 크하하!"

고문은 어제로 모두 끝이 났다. 고문을 담당했던 혐죄부의 고문 담당관인 초고문(超拷問)은 자신의 몇십 년 고문 담당 생활에서 다섯 번째의 쓴잔을 마셔야 했다. 자신이 고문하여 끝까지 견뎌낸 사람이 어제부로 다섯 번째가 된 것이다. 다섯 번째의 패배라 충격이 큰 것은 아니었지만 기분 나쁜 것은 어쩔 수가 없었다.

초고문은 입 주위에 뻣뻣한 수염이 수북이 나 있었고 구레나룻이 그의 얼굴 주위를 완전히 덮고 있어 마치 사자를 연상시키는 얼굴이었다. 우락부락한 두 눈과 왼쪽 뺨에 나 있는 흉터로 인해 그 얼굴 자체가 흉기였다. 그의 얼굴은 사라성 내에서 아이를 가진 부모들이 아이들이 울 때 초고문이 온다고 말하면 울음을 뚝 그칠 만큼 그 악명이 자자했다.

그는 관영이라고 이름 불리우는 죄인의 몰골을 기괴하게 번들거리는 눈빛으로 가만히 살펴보았다. 산발한 머리, 옷이 있었다고 보여지는, 간혹 몸에 붙어 있는 옷 조각들, 온몸에 붙어 있는 피 딱지들……. 여느 고문당한 사람과 다를 바 없는 모습이었지만 그는 다른 사람과 다른 것을 쉽게 발견할 수 있었다. 그것은 관영의 두 눈이었다.

아까 전부터 눈을 감고 있었지만 간간이 떴을 때 보이는 눈은 평온하기 그지없었다. 자신마저 마음이 편안해질 정도로 고요한 눈이었다. 상대방의 마음에 영향을 끼칠 수 있는 눈빛을 가진 자는 흔하지 않다는 것을 초고문은 알고 있었다.

"크크! 문학문이란 놈팽이를 죽였다니… 네 애인이 그놈에게 넘어가기라도 했나 보지? 뭐, 내 알 바는 아니다만……. 그 정도의 정신력으로 겨우 그깟 일을 했다는 것이 아까울 뿐이군."

"……."

관영호의 두 손목은 천장에 달려 있는 긴 쇠 줄에 묶인 채 의자에 앉아 있는 꼴이었다. 전형적인 고문당하는 모습을 하고 있었지만 고개를 살짝 숙인 채 눈을 감고 마치 무언가를 생각하고 있는 듯한 모습이라 피가 덕지덕지 붙어 있는 이곳 고문실과는 어울리지 않는 분위기였다.

'꽤 아프군. 큭…….'

자신의 몸을 금강불괴에서 원래의 평범한 몸으로도 바꿀 수 있는 경지에 이른 그인지라 고문당할 때 어느 정도 평범하게 바꾸어놓았는데, 덕분에 제법 고통을 느낄 수밖에 없었다. 처음 당하는 고문치고는 꽤나 잘 버틴 것이라 생각하며 그는 속으로 쓴웃음을 지었다.

지난 삼 일간 고문을 당하는 와중에도 곰곰이 생각해 보았지만 결론은 간도민이라는 여인에게로 초점이 모아질 수밖에 없었다. 아무리 생각해도 간도민 외에 그만한 독술을 펼칠 사람이 없었다. 그녀의 용독(用毒)은 매우 뛰어났기 때문에, 그리고 정체를 알 수 없는 특이한 독을 썼기 때문에 설혹 독을 썼다는 것을 안다 하더라도 어떤 독인지 알기가 매우 어려웠다. 이번에 문학문이 죽을 당시의 증상도 그가 아는 독의 범위 내에는 없는 것이었다.

'여러 가지로 골치 아픈 집안이로군.'

간도민을 비롯해서 오화란도 그랬고 그들의 조상 격이자 오패마의 일원인 섬전검 간훈도 그랬다. 거기에 추측이긴 해도 간도민의 아버지인 간군학도 뭔가 있는 자였다.

'누가 봐도 그저 평범한 사람 같지만… 무가의 집안에서 무공을 익히지 않았다는 것이 이상하지. 무언가 있는 사람이었어.'

골치 아프게 생각해 봤자 피곤할 뿐이었다. 그가 이제 생각해야 하는 것은 무엇을 해야 하는가였다. 이곳을 빠져나가는 것이야 쉬운 일이었지만 문제는 일의 해결이었다. 확실한 증거를 가지고 있어야 자신의 누명을 풀 수 있을 것이다. 그렇게 하지 않는다면 친구들의 입장이, 특히 임사우의 입장이 매우 곤란해질 것이다.

'사람의 관계가 얽힌다는 것이 이렇게 복잡할 줄이야……. 정말 곤란하군.'

초고문이란 자가 어느새 나가고 없는지 그는 기척이 없음을 느끼고 고개를 들었다. 가로세로 이 장 정도 되는 넓이의 고문실 안에는 관영호 혼자만이 남아 있었다.

"다시 혼자군. 후후, 쿨럭!"

제법 심한 내상을 입기도 했지만 어차피 맘만 먹으면 금방 나을 수 있었기에 그는 개의치 않았다.

"……."

얼마나 고요한 적막이 흘렀을까? 그는 세 사람의 익숙한 인기척을 느낄 수 있었다.

"면회인가……?"

그의 전면에 있는 철장 사이로 이윽고 세 사람이 나타났다. 그들은 사마진영과 소한천 남매였다.

"아……!"

소류연은 관영호의 모습을 보는 순간 비틀거렸지만 소한천이 그녀의 신형을 잡아주어 쓰러지지는 않았다. 소류연은 눈물을 흘리며 아무 말도 하지 못했다.

"음……."

소한천은 쥐어짜듯 신음성을 냈다. 혐죄부의 고문이 심하다는 것은 알고 있었지만 정작 보니까 할 말이 없었던 것이다. 그도 고문당한 사람을 본 것이 처음이었기에 충격이 큰 듯했다.

"괜찮나요……?"

사마진영은 그 정도로 쓰러질 사람이 아니라는 것은 알고 있었지만 비참한 그의 몰골을 보고는 그 말밖에 하지 못했다.

"괜찮소, 이제. 쿨럭……!!"

그의 입에서 기침과 함께 피가 쏟아져 나왔다. 뭔가 말을 하려 했지만 기침과 피 때문에 할 말이 막히는 듯했다.

"……."

그 모습에 사마진영은 두 주먹을 꽉 쥐고는 고개를 옆으로 돌렸다. 두 눈이 꽉 감겨 있었고 표정은 무언가를 간신히 참고 있는 듯했다.

"후후……."

그녀의 모습에 그는 희미하게 웃을 뿐이었다. 자신을 생각해 주는 것이 고마웠으며 그녀가 무슨 생각을 하고 있는 것인지도 알았기에 자신도 모르게 웃음이 나왔다.

"당신은 왜……."

그녀의 입에서 간신히 나온 말은 이것이었다.

"글쎄, 인간관계라는 것이 정말 복잡하다는 것을 새삼 느꼈소. 읍!"

그는 기침을 참으려 잠시 말을 끊더니 어느 정도 진정되자 다시 말을 이었다.

"사마 소저도 그것을 느끼지 않았소?"

"……."

그녀는 희미하게 고개를 끄덕였다. 확실히 여기서 그가 빠져나간다면 일은 더욱 복잡해질 것이 분명했다. 가장 큰 문제는 관영호와 관계 있는 사라성 내의 몇몇 사람의 입장이 매우 곤란해진다는 것이었다.

"…소 소저, 울지 마시오."

"네……."

그녀는 그의 평온한 목소리에 어느 정도 안정이 되는지 눈물을 그치며 물었다.

"정말 당신이 그랬나요?"

"후후, 어쨌을 것 같소?"

"……."

소류연은 아무 말도 하지 않고 그저 고개를 저을 뿐이었다. 관영호

는 자신이 그러지 않았을 거라고 믿고 있는 그녀의 마음이 고마우면서
도 한편으로는 미안하기도 했다.

"그럼 그렇게 알고 있으면 되오."

"……."

"사람의 죄라는 것은 결코 한 방향으로만 이루어지는 것이 아니오.
쿨럭! 분명 그 사람의 무엇과 필연적인 관계가 있기에 일어난 것이므
로… 나와 전혀 무관하다고 보기도 어렵소."

그는 힘겹게 긴 말을 마치고는 숨을 몇 번 고르게 쉬는 것이 꽤나 힘
든 듯했다. 그의 알 수 없는 말과 마음을 가득 메운 슬픔에 소류연은
아무 생각도 할 수 없었다.

"무슨 말인지 모르겠어요. 하지만 난 당신이 하지 않았다고 확신해
요."

"……."

그는 그녀를 향해 한번 웃어주고는 힘들었는지 다시 고개를 숙였다.

"미안하구려. 생각보다 피곤하오. 다음에 다시 오시오."

뇌운성은 어찌해야 할지 매우 난감해했다. 자신의 방에 불쑥 찾아온
그녀가 자신에게 전한 말에 어떻게 대처해야 할지 몰랐기 때문이다.
방금에서야 알았지만 자신을 찾아온 오화란이란 여인은 간도민의 사매
라고 했다. 그러나 결혼식장에서나 며칠간 간간이 보아온 그녀는 사매
라기보다는 그녀의 시녀나 마찬가지였다. 어쨌거나 그런 사실은 그에
게 그다지 중요한 사항이 아니었고 그녀가 한 말을 심사숙고해야 했다.

"저희 간 아가씨께서 뇌 공자님의 방문을 기다리고 계십니다."

요 며칠간 그녀를 위로하기 위해 많은 사람들이 찾아간 것은 사실이

었으며 그중 남자도 있었고 여자도 있었기에 자신이 간다고 해서 허물이 될 것은 없었다. 결혼식 당일 날 남편을 잃은 것에 큰 충격을 받았을 것이므로 다른 사람들로부터 위로를 받기 위해 사람들을 초대하는 마음을 헤아린 많은 사람들이 그녀를 방문했기 때문이다.

'왜 꺼려지지?'

알 수 없었다. 여태껏 사람을 만나는 것을 꺼린 적은 전무하다 해도 좋을 만큼 자신은 사람을 만나는 것을 좋아했고 즐겼다. 그런데 이상하게도 이번의 초대는 영 꺼림칙했다. 그녀를 찾아가는 것은 허물이 아니라 오히려 좋은 일인데도 불구하고 말이다.

"……."

오화란이라 불린 강인하고 과묵한 여인은 시선을 약간 아래로 둔 채 아무 말도 하지 않고 그의 대답만을 기다리고 있었다. 그녀를 잠시 본 그는 다시 생각을 고쳐먹었다.

'하긴… 관 공자의 일 때문에 요즘 심기가 많이 좋지 않았지. 나도 그가 했다고 믿고 있지는 않지만 왠지 이번 일이 영 좋지 않단 말이야? 아무튼 이런 초대를 거절한다면 예의에 어긋나니 한번 가봐야겠구나.'

그는 생각을 마친 뒤 기분 좋게 웃으며 그녀에게 말했다.

"알겠소. 반 시진 후에 내 들르겠소."

그녀는 그의 웃음에 가슴이 두근거렸지만 그녀도 보통 여자는 아닌지라 금세 진정시키고 정중히 예를 취하며 대답했다.

"그럼 아가씨께 그렇게 말씀드리겠습니다."

그녀의 아름다운 손 위에는 한 마리의 비둘기가 앉아 있었다. 구름처럼 머리를 틀어 올린 그녀는 화사한 미소를 짓고 있었다. 화려한 옷과 화려한 머리칼, 그리고 화려하다 못해 눈이 부신 그녀의 미모는 방 안을 온통 환하게 하고 있었다.

"두 번째 전서구……."

그녀의 목소리에는 평범한 사람도 느낄 정도로 진한 요사스러움이 스며 있었다. 그녀는 전서구의 다리에 묶여 있는 쪽지를 펼쳐 보았다.

첩자를 잡기가 요원해지고 있음. 인원은 두 명으로 늘었으며 정보를 지 닌 첩자의 실력이 날이 갈수록 늘고 있어 지옥오마의 힘도 부칠 것이라 판 단됨. 은밀한 해결을 요함.

간도민은 자리에서 일어나 탁자 위에 놓여 있는 향대에 향을 꽂은 뒤 향을 피우더니 손에 쥐고 있던 쪽지를 향불로 태워 버렸다.

"……."

그녀가 살짝 숙였던 허리를 세우는 찰나 오화란이 그녀의 방으로 들 어왔다.

"아가씨, 뇌운성이 승낙하였습니다."

"그래, 수고했어요, 사매. 그리고 지금은 아니지만 해결해야 할 일이 있군요."

"네."

간도민의 표정은 여전히 밝았다. 그 아름다우면서도 요요한 얼굴을 오화란은 살짝 붉어진 표정으로 멍하니 바라보았다.

"어서 오세요."

"간……."

그는 순간 그녀를 부인으로 불러야 할지 소저라 불러야 할지 애매했기 때문에 말을 끊고 말았다. 동시에 반 시진 전에 오화란이 그녀를 지칭하던 호칭이 생각났다.

'아가씨? 여전히 아가씨로 부른단 말인가? 보통은 부인이라 부르지 않는가? 하긴 나도 애매하니 별로 할 말은 없군.'

"어떤 호칭도 괜찮습니다."

간도민은 살풋 웃으면서 편안히 말했지만 그녀의 웃는 모습에는 깊은 수심이 담겨 있어 누가 보아도 그녀가 남편의 죽음에 크나큰 충격을 받았다고 생각할 수밖에 없을 듯했다.

그녀의 말에 그는 호칭에 대해 별다른 생각을 하지 않기로 하며 정중히 예를 취하며 말했다.

"어찌 함부로 부르겠습니까? 간 부인이라 부르겠습니다. 좋지 않은 일을 당해 수심이 많다고 들었습니다."

그의 침중한 목소리는 문학문의 죽음을 진심으로 애도하는 것 같았다. 간도민은 애써 웃으면서 말했다.

"괜찮습니다. 뇌 공자께서 그리 말씀해 주시니 마음 깊은 곳에서 힘이 나는 것 같군요. 호호."

"음……."

그는 간도민이 짓는 웃음에 머리가 어지러워짐을 느꼈다. 그것은 어떤 섭심공이나 미혼술보다도 치명적이었다.

'천생 요물이구나!'

그는 그녀의 웃음 한번으로 그녀의 진정한 미모에 대해 단번에 알 수 있었지만 그것을 거부하고 있지 않는 자신을 눈치 채지 못하고 있었다.

"간 부인께서 그렇게 말씀해 주시니 기쁩니다. 하하! 한데 문 대주께서는 어찌 지내시는지 알고 계십니까?"

"저도 잘……. 아버님께선 일체 사람을 만나고 싶지 않아 하십니다. 사 장로님들까지도요."

"그렇군요."

그는 내심 탄식했다. 그도 귀가 있는지라 삼 일 동안 번지고 있는 사라성에 대한 소문을 모르고 있지 않았다. 만약이기는 하지만 실제로 그 소문대로 될 가능성도 없잖아 있었기에 문극문의 잠적이 걱정되었다.

"다시 힘차게 극복하셔야 할 텐데……."

"네."

좋지 않은 이야기로 분위기가 조금씩 침잠되자 그것을 극복하려는 듯 뇌운성은 식탁 위에 놓여 있던 술병을 집어 들었다. 어느새 그의 입가에는 상쾌한 미소가 서려 있었다.

"하하! 이런 이야기로 계속 슬퍼할 수는 없잖습니까? 제가 이렇게 온 것도 간 부인의 기분을 조금이나마 좋게 하기 위해서입니다. 천풍공자가 사람을 기분 좋게 한다는 말이 괜히 그런 것이 아님을 알아두셨으면 하는군요."

"어머, 호호호! 벌써 조금씩 기분이 좋아지려 하네요."

그녀는 그의 분위기 전환을 위한 노력에 보답하려는 것인지 한 손을 올려 입을 가리고는 수줍게 웃었다. 그 모습에 뇌운성은 또다시 머리가 어지러움을 느끼고 가까스로 몸을 추슬렀지만 등 뒤에서 식은땀이 나는 것은 막을 수 없었다.

'대체 이 여자는……?!'

하지만 놀라움은 오래가지 못했다. 간도민이 그의 손에 있던 술병을 가져가더니 그에게 술을 따라줄 자세를 취했기 때문이다. 뇌운성이 반사적으로 술잔을 그녀에게 내밀자 그녀는 살풋 웃으면서 그에게 술을 따라주었다.

쪼르륵.

술이 잔에 담기는 청아한 소리가 조용한 방 안을 울렸다. 그는 연노란색의 청명한 술 빛깔과 방 안에 울리는 청아한 소리에 정신이 멍해지는 것을 느꼈다. 그 느낌과 동시에 마음 한구석에서 그러면 안 된다고 소리쳤지만 이는 어디까지나 순간일 뿐이었다.

"제가 비록 남편을 잃기는 했지만 많은 분들의 위로로 힘을 얻었답니다……."

그녀의 웃고 있는 표정은 뇌운성의 생각을 마비시키고 있었다. 그 증거로 그의 표정이 눈에 띄게 바보 같아지고 있었다. 무공이 어느 선에 이르러 정신력이 강한 그마저도 그녀의 요사한 분위기에 넘어가는 것을 보면 그녀가 얼마나 강력한 미혼술을 익혔는지 알 수 있었다.

"한잔 드세요."

"고맙소. 하하……."

그는 약간 정신을 되찾은 듯했지만 완전히 벗어나진 못했다. 그런 그를 잠시 살펴본 그녀는 다시 화사하게 웃으면서 그에게 자신의 술잔을 내밀었다.

"뇌 공자, 저에게도……."

"아, 알겠소."

그는 흠칫하더니 곧 술병을 들어 그녀에게 술을 따라주었다. 간도민은 술을 받고는 다시 술병을 들어 그에게도 술을 따라주었다.

"이렇게 와주셔서 다시 한 번 감사드려요. 호호."

"하하, 별말씀을. 간 부인이 힘을 낸다면 이 뇌모로서는 좋은 일을 한 셈이니 오히려 제가 좋은 셈입니다."

"후후, 뇌 공자, 간 부인이라 그러니 듣기 싫어요."

그녀의 말투는 이제 거의 애교에 가까웠는지라 제정신인 상태에서 들었다면 그는 분명 이상함을 느꼈겠지만 그의 정신은 그녀의 미혼술에 완전히 넘어가 꿈결을 헤매고 있었다. 온몸에는 힘이 없었고 그의 이성은 마치 꿈을 꾸는 것처럼 이 상황이 이상하다는 것을 알고는 있지만 행동으로 옮길 수가 없었다.

'으…….'

"호호호, 누나라고 불러줘요, 뇌 동생."

"하하, 알겠습니다, 누님. 저도 그렇게 부르고 싶었습니다, 간 누님."

"뇌 동생, 우리 한잔해요. 누나가 기분 좋게 해줄게요."

간도민이 술잔을 내밀자 그도 같이 내밀어 부딪치고는 술잔을 입가에 갖다 대었다. 뇌운성을 요사한 미소를 지은 채 바라보고 있던 그녀는 술잔을 내려놓고는 수저를 들어 안주 한 점을 집어 들고는 그가 술을 마시기를 기다렸다.

뇌운성은 술을 입에 넣고는 삼키려고 했다. 하지만 착각이었을까? 그의 눈에 순간 붉은 빛이 번쩍였다. 며칠 전에 보았던 강렬한 붉은 빛. 자신의 눈을 새롭게 뜨게 한 관영이 보여주었던 새로운 경지의 무공이었다. 그 순간 그의 정신이 완전히 깨어났다.

"아……!"

안 돼라고 외치려는 순간 그의 입 안에 있던 술이 목 안으로 넘어가

버려 그는 몸을 벌떡 일으키며 자신도 모르게 식탁을 엎으며 이어서 자신의 몸도 뒤로 넘어가 버렸다.

"으… 이, 이건……."

"뇌 동생, 너무 취했군요. 제가 모실게요. 제 팔을……."

간도민은 아무것도 모르는 척 조금 놀란 표정으로 그에게 다가가 그의 팔을 두 손으로 잡았다. 우연이었을까, 그의 팔이 그녀의 가슴에 강하게 닿은 것은?

"으……!"

그의 눈은 전처럼 다시 풀리기 시작했다. 이를 확인한 간도민이 그를 끌어 올리자 뇌운성은 아무런 저항 없이 스르르 자리에서 일어났다.

"호호, 뇌 동생, 이 누나랑 저기로."

"누님……."

둘은 느릿느릿한 걸음걸이로 간도민의 침상으로 다가갔다. 간도민은 술에 취한 것처럼 보이는 뇌운성을 침상에 눕힌 뒤 자신의 옷을 벗기 시작했다. 그러자 눈부시도록 하얀 나체가 뇌운성의 초점없는 눈에 투영되었다.

"누… 님……."

완벽한 몸이었다. 특히 그녀의 가슴에 있는 작은 나비 문신은 그녀의 몸에서 위험함과 유혹을 동시에 내뿜게 하였다. 마치 처녀지신처럼 풋풋한 느낌과 성숙한 여인의 요염한 자태가 어우러져 뇌운성의 이성을 완벽히 소멸시키고 있었다.

"아아!"

그녀의 입에서 뇌운성의 간장을 녹일 듯한 신음 소리가 살짝 흘러나오자 뇌운성의 눈은 참을 수 없는 욕정으로 번들거리기 시작했다.

"음……."

다시 한 번 미약한 신음 소리와 함께 그녀의 신형이 조금씩 뇌운성에게로 다가갔다. 뇌운성의 가슴은 심하게 요동치고 있었고 그의 입에서는 더운 입김이 내뿜어지고 있었다.

"으… 누님!"

"뇌 동생. 호호!"

밖에서 요상한 분위기를 연출하는 소리를 듣고 있던 오화란은 잔뜩 굳은 표정으로 간도민의 방에서 멀어지고 있었다. 입술을 꼭 깨물고 있는 것이 무언가를 간신히 참고 있는 것 같았다.

"후후."

그녀의 마음은 욕정 반 질투심 반으로 점철되어 있어 자신도 자신의 진실된 마음을 알지 못했다.

"아가씨……."

항상 그랬지만 간도민이 다른 사람과 놀아날 때의 마음 상태는 욕정과 질투심이었다. 지금도 마찬가지였다. 그녀는 모퉁이를 돌아서다 갑자기 그가 생각났다.

"관영……."

그녀의 붉은빛 입술에서 조금씩 피가 새어 나왔다. 입술에 맺혀 있던 핏방울이 바닥으로 떨어지는 것도 모른 채 자신도 알 수 없는 감정으로 입술이 파르르 떨리는 그녀의 모습은 말 그대로 혈나찰이었다. 하나 곧 그녀의 얼굴에 잔인한 미소가 서리자 그 미소에 주위의 공기마저 멈춰 버리는 듯했다.

"너 때문이라는 생각이 왜 들지? 호호! 죽이겠다! 반드시! 이번엔 쉽게 당하지 않을 거야!"

자신의 질투와 욕정이 다른 사람에 대한 살심으로 변하는 순간이었
다. 그렇게 마음먹자 그녀의 마음은 어느 정도 편해지고 있었다.

"호호, 좋아."

그녀의 얼굴에는 묘한 쾌감이 서려 있었지만 누가 보면 섬뜩한 느낌
을 주는 표정일 뿐이었다.

"……."

그녀의 기분은 요 이틀간 최악으로 가만히 있어도 살심이 솟구칠 정
도였다. 이틀 전의 상황은 정말 최악이었고 그 덕분에 도용연의 얼굴
에 큰 상처가 나버렸기 때문이다. 그것만이라면 몰라도 도용연의 몸은
상태가 너무 좋지 않았다. 쉬어도 부족할 판에 도망간다고 무리하게
움직이는 바람에 심한 내상으로 예전의 무공을 쓸 수 없게 되어버린
것이다. 무인으로서는 목숨을 잃는 것만큼이나 마음에 상처를 받을 수
밖에 없는 일로 자신이 당하지 않았음에도 우영은 마치 자신의 일처럼
가슴 아파하고 분노했다.

"지옥오마……."

그녀의 눈에서는 증오의 불길이 솟아나고 있었다. 그들은 정말 교활
하고 강한 자들로 그녀와 도용연이 갈 길을 이미 예측하고 매복해 있
었으며 갈수록 두 사람을 죄어오고 있었다.

덕분에 신경이 극도로 피곤해질 무렵 그들은 거침없이 공격을 감행
했고, 도용연의 얼굴과 단전에 상처를 입힌 것이다. 단전의 상처는 치
명적이지는 않았지만 분명 요양이 필요한 상처였고 쉬지 못했던 까닭
에 이제 그녀는 무공을 잃어버리게 되었다.

우영의 표정은 증오로 번들거렸지만 정작 당사자인 도용연의 얼굴은 편안하기만 했다.

"언니, 너무 그러지 말아요. 그런다고 달라지는 게 있겠어요? 우선 살고 봐야죠. 이렇게 산 걸로 난 정말 감사해요."

"그래, 미안하구나."

"언니가 왜 미안해요? 호호, 바보 같긴."

"……."

그녀의 웃음에 우영의 입가에도 살며시 미소가 서렸다.

"언니, 정말 그가 돌아온 것이 사실인가요?"

도용연의 눈은 어느새 그리움의 눈빛으로 변해 있었다. 그 질문은 그녀가 심한 상처를 입고 난 후에 수십 번 한 질문이라 이제 질려서 화도 날 만했지만 우영은 전혀 그렇지 않았다.

"그럼, 예전과 변함없는 모습이야. 편안하고… 따뜻해……."

이 대답도 그 질문처럼 줄곧 같았지만 도용연은 전혀 개의치 않았다.

"어디 있다가 왔을까요? 정말 옥문관에 있었을까요?"

"그럴 거야……."

"찾아가 보고 싶었는데……. 얼마 지나지 않아 잊어버렸지만 지금에서야 다시 생각나요, 내가 그를 좋아했다는 것이……. 비록 사랑의 감정이라 말하기엔 무리가 있지만 지금은… 나… 그를 사랑하나 봐요. 이상하죠? 언니가 단지 그가 사라성에 있다는 말밖에 하지 않았는데."

"여인의 감정은 변화가 많아 자신도 알 수 없는 거야."

우영은 등에 업혀 있는 그녀에게 간단히 말하고는 계속 잔걸음으로 걸음을 옮겼다. 어차피 추적당하고 있는 것 경신술을 쓰다가는 힘이 빠져 자신들을 추적해 오는 지옥오마와 싸울 때 크게 불리해질 수 있었다.

"언니, 나 살고 싶어요."

그녀의 말에 우영은 하마터면 눈물을 쏟을 뻔했지만 입술을 꼭 깨물어 참은 뒤 간신히 대답했다.

"반드시 살 수 있어. 강호인의 운명이 부평초 같다 해도 너만은 꼭 살 수 있어. 예전에 그가 그랬잖아. 넌 장수할 상이라고."

"언니는 정말 믿음직스러워요, 옛날부터."

"……!!"

그녀는 순간 다섯 명의 기척이 자신들을 향해 빠르게 다가오는 것을 느꼈다. 그들의 실력이 뛰어났기에 자신의 실력으로도 그들이 지척까지 다가오고 있었다는 것을 지금에야 느낄 수 있었던 것이다. 그녀는 결연한 표정을 지으며 경공을 써 빠르게 도주하기 시작했다. 싸우기에 적합한 장소를 택해야 했다.

지옥오마 중 한 명의 도가 자신의 목을 베어들려 하자 그녀는 급히 뒤로 물러나며 검으로 반격했다. 하지만 이어서 들어오는 다른 자의 도에 그녀는 황급히 다시 뒤로 물러날 수밖에 없었다.

그나마 둘은 포위되지 않고 싸웠기에 간신히 견딜 수가 있었다. 도용연이 자신의 등에 업혀 있는 관계로 우영은 절대로 그들에게 둘러싸여서는 안 된다는 것을 알고 있었다. 그랬기에 넓은 평지를 항상 자신의 싸움판으로 삼았고 그들이 자신의 뒤로 자리를 점하려 하면 빠른 경공으로 뒤로 물러나든지 강한 공격으로 그들을 물러나게 해 둘러싸이는 것을 막았다.

"칫!"

그녀는 두 명이 자신의 뒤로 가려는 것을 보고는 재빨리 품에서 비침(飛針)을 꺼내 시간 차를 두고 양쪽으로 하나씩 날렸다. 꽤나 위력이 담겨 있는지 둘은 무시하지 못하고 비침을 막았다. 그사이 그녀는 다시 뒤로 물러나 자리를 점할 수 있었다.

비침은 원래 도용연이 쓰던 무공이었으나 그녀가 무공을 잃어버리자 우영에게 이틀간 전해준 것이다. 무공에 자질이 있는 그녀였으니 어느 정도 성과를 얻을 수가 있었고 덕분에 그것이 그들의 도주에 한 몫 톡톡히 하고 있었다.

하지만 역시 가장 큰 문제는 그들과 상대하는 자는 우영 단 하나뿐이라는 것이었다. 며칠 전까지만 해도 격차가 너무 커서 도주하기에 바빴지만 다행히 죽음 같은 격전에서 우영의 초마검도가 오성까지 발전할 수 있었다. 수치상으론 작은 성과였지만 그 결과는 의외로 대단했다. 아직까지도 도주하기에 바빴지만 예전만큼의 긴박함은 없었다. 지옥오마와 어느 정도 상대한 뒤 기회를 봐서 내뺄 수 있을 정도의 여유 아닌 여유가 생긴 것이다. 하지만 그것도 도용연의 무공 상실로 도로 아미타불이 되고 말았다.

우영은 자신에게 빠르게 다가오는 지옥오마를 향해 언제 꺼냈는지 비침 다섯 개를 동시에 날렸다. 하지만 아직 실력이 완전하지 못해 다섯 개 각각에 강한 힘을 실을 수가 없었는지 지옥오마는 쉽게 각자의 도로 가볍게 튕겨낸 다음 여전한 속도로 그녀를 향해 조여왔다.

"……."

그녀는 입술을 꽉 깨물고는 다시 완전한 위력으로 펼칠 수 있는 비침 세 개를 날렸다. 뒤에서 보고 있던 도용연은 시간만 좀 더 있었더라면 가문의 독문 내공법을 가르쳐 줬을 텐데 하는 아쉬움을 느꼈다. 하지만 그래 봤자 후회일 뿐이라는 생각을 하고는 최대한 그녀의 눈이라도 되어주자 생각하며 전방을 살폈다. 하지만 무공을 잃은 그녀로서는 눈도 그다지 도움이 되지는 않다는 것을 이내 느끼고는 내심 가슴이 아팠지만 천성이 긍정적이고 밝은지라 크게 실망하지는 않았다.

셋에게 날아간 비침은 꽤 강한 힘이 실려 있었기 때문에 그들은 방심하지 못하고 제자리에 서서 비침을 튕겼다. 하지만 나머지 둘은 비침의 방해를 받지 않고 그녀에게 다가와 공격을 감행했다.

우영은 두 명에 대해 미리 준비하고 있었기에 찰나의 순간에 둘의 심장으로 검을 찔렀다. 너무나 빨라 마치 처음부터 두 개의 검으로 찌른 것 같았다.

검은색의 특이한 검기가 갑작스럽게 자신들에게 다가오자 그들은 예전처럼 뒤로 물러났다. 이 특이한 흑검기(黑劍氣)는 처음에는 그러지 않았는데 정확히 사 일 전부터 이상하게 흡(吸)의 성질을 띠기 시작해 같은 검기로 부딪쳐도 낭패만 보기 일쑤라 피하는 것이 차라리 상책이었다.

전까지는 두 사람을 죽이는 것이 임무였지만 이제 그들에게 가장 중요한 임무는 그들의 정신과 육체를 거의 바닥까지 내려앉히는 것이었다. 우영의 예상외의 무공에 잡기가 힘들어지자 그들의 죽음은 다른 사람이 하도록 계획을 변경했다. 지금 자신들이 하고 있는 임무는 생각보다 잡기 힘든 상대에게 완벽한 죽음을 내리기 위한 계획된 추적이었다.

두 사람이 물러났다고는 해도 뒤이어 온 세 사람의 공격이 그녀에게 바로 이어졌다. 조금은 시간을 벌려 했지만 우영은 큰 효과를 보지 못한 것이다. 세 사람은 우영의 전면과 좌우로 순식간에 좁혀 들어갔다.

도가 찰나지간 그녀를 위협해 오자 그녀는 뒤로 물러설 생각을 하지 못하고 어쩔 수 없이 맞부딪칠 수밖에 없었다. 그녀의 검은 보이지 않을 정도로 빠르게 자신을 향해 들어오는 도의 도기에 동시에 부딪쳤다.

치직!

흑검기가 그들의 푸른 도기와 닿자 타는 소리와 함께 세 명의 신형이 조금 비틀거렸다.

"읍……!"

셋은 자신들의 몸을 끌어당기는 듯한 느낌이 강하게 닿자 순간 당황했다. 하지만 그들은 이내 안심했는데 이는 몇 번의 격전으로 우영의 한계를 알고 있기 때문이었다. 그들의 생각대로 우영은 동시에 세 명을 상대하여 견뎌내고는 허점까지 만들어냈지만 그 이상은 무리였다. 흑검기를 쓰는 데는 꽤나 큰 내공이 소모되었기 때문에 뒤이은 연속 공격은 힘들었던 것이다.

'마공류(魔功類)라 그런지 내공 소모가 크구나.'

그녀는 거친 숨을 내쉬고 싶은 걸 간신히 참고는 뒤로 삼 장 정도 물러났다. 이런 식으로 가다간 손해 보기 십상이었다.

'도망을 가든지 결판을 내든지…….'

그들이 하는 양에 따라 자신의 움직임이 결정되기 때문에 그녀는 다섯 명의 움직임을 주의 깊게 살폈다.

다섯 중 세 명이 다시 그녀의 전면으로 무시무시한 도기를 뿜고 있는 도로 공격해 왔다. 아까의 직선적이면서도 악랄한 공격이 아닌 현란한 초식으로 그녀의 시야를 어지럽히고 있었다. 도기마저 맺혀 있었기에 그저 단순히 현란한 초식으로 끝나는 것이 아니라 그녀에게 매우 위협적이었다. 그리고 나머지 두 명은 그녀의 후방을 점하기 위해 그녀의 양 옆으로 신형을 이동시켜 그녀를 앞질러 나가려 했다.

우영은 그들의 움직임을 보고 있었기 때문에 당황하지는 않았지만 앞의 세 명의 공격이 단순한 공격이 아니었기에 조심스러울 수밖에 없었다. 하지만 무엇보다도 포위되지 않는 것이 중요했기에 꺼내 든 비침을 양 옆으로 번갈아 하나씩 날렸다. 비침에는 아까와는 다르게 검은빛이 맺혀 있어 그 위력을 짐작할 수가 없었다. 그걸 본 도용연은 깜짝 놀라고 말았다.

'언니가 저런 고난도의 수법을?! 얇은 비침에 내공을 가하는 것은 오랜 수련이 필요한 것인데……'

자신이 시간만 남았더라면 가르쳐 줬으면 하던 것이 저런 종류였기에 그 놀람은 더욱 컸다.

그들을 공격하느라 앞의 세 명의 공격을 받아내는 것이 조금 지체되었지만 늦지는 않은 듯했다. 정면 승부는 미친 짓이었기에 그녀는 많은 변화 가운데 보여지는 허점을 찾아 강렬하게 공격했다. 그녀가 순식간에 다시 세 번을 찌르자 전과 같이 마치 세 개의 검으로 찌른 듯한 착각을 주었다. 그들은 그녀의 검기가 다가오자 다시 뒤로 피했다.

'이상하군……'

그녀는 그렇게 생각했지만 현재 상황에서 쓸데없는 생각은 금물이었기에 곧 뒤로 멀찌감치 물러났다. 여차하면 도망가기 위해서였다.

그녀의 비침을 받았던 둘의 검에는 비침이 반쯤 꽂혀 있었다. 비침은 다루기 힘이 들지만 잘 다루게 되면 적은 공력으로도 큰 위력을 낼 수 있기 때문에 아주 효율적인 암기이기도 했다. 지금 같은 상황이 바로 그러했다.

그들 둘이 다시 그녀에게 공격을 시도했다. 그녀의 전면으로 서서히 다가오면서 도를 가슴 위치에서 횡으로 꼬나 쥐고 있었다. 그들의 도에는 도기가 엄청난 예기를 뿜으며 빛을 발하고 있었다.

그들이 하려는 것은 며칠 전 호되게 당한 이 인 합격 자세였기 때문에 우영은 크게 긴장했다.

한 명은 종으로, 한 명은 횡으로 도를 휘두르는 단순한 공격이었지만 놀라운 것은 그들의 도기가 마치 암기처럼 튀어나와 날아오는 것이었다. 매우 빠르고 강력했기에 피하는 것은 힘들었다. 그녀들도 부딪칠 수밖에 없어 결국 도용연이 지금처럼 되고 만 것이다.

"언니, 도망가야 해요."

도용연이 우영의 귀에다 대고 두려움에 찬 목소리로 속삭이자 순간 흠칫했지만 그녀의 말을 알아듣고는 결정을 내려야 했다. 원래라면 위험을 감수하고서라도 도망갔을 테지만 자신의 등에 매달려 있는 도용연이 있었기에 힘들었다.

'부딪쳐야 하나?'

그녀는 검자루를 더 강하게 쥐었다. 다행히 뒤의 세 명은 공격할 의사는 없는 듯 동료가 하는 양을 지켜보고만 있었다.

우영은 그들을 보고는 조금씩 짐작이 감을 느끼며 검에다 거의 전부라 할 수 있는 내공을 불어넣기 시작했다. 아직 한참 멀었지만 언젠가는 완벽히 익혀야 할 초마검도에서 유일한 검법 하나를 쓸 생각이었다.

"……!'

그들이 이 인 합격으로 동시에 검을 휘둘렀다. 실제로는 그러지 않았지만 마치 두 개의 검기가 하나로 붙어서 십자 모양을 이루어 그녀에게 날아오고 있었다. 우영은 지체하지 않고 그 검기에 부딪쳐 갔다.

"초마무형세(超魔無形勢)!"

그녀의 검에서 검은 기운이 아까보다는 연하지만 스멀스멀 피어오르고 있는 것이 마치 불에 타면서 연기를 내뿜는 듯한 모습이었다. 검은 기운이 피어오름과 동시에 그녀가 검을 휘두르자 검은 연기는 바람에 흩날리는 것처럼 사방으로 흩어지기 시작했다.

"핫!"

그녀의 현 실력으로는 초마무형세의 반도 채 시전하지 못하는지라 이것으로 견딜 수 있을지 걱정이 매우 컸다. 모두 펼치지는 못했지만 강맹하면서도 현묘함을 담은 검은 기운이 그녀의 검로를 따라 쏘아져 나갔다.

파아앗—!

검은 기운과 십자 모양의 도기가 부딪치자 검은 빛이 발산하며 주위를 메웠다. 하지만 이내 싱거울 정도로 십자 도기가 검은 기운을 뚫고 계속 나아갔다.

이때 그녀는 조금 남겨두었던 힘으로 경신술을 써 뒤로 날아가고 있었다. 뒤에 업혀 있는 도용연이 상당히 걱정되긴 했지만 최대한으로 경신술을 씀으로써 그녀에 대한 위험 부담을 줄이는 수밖에 없었다.

"언니!"

그녀의 경악에 찬 외침에 우영은 반사적으로 몸을 반쯤 돌려 어느새 꺼내 든 검으로 흑검기를 만들어 공격을 했다.

카캉!!

듣기 역겨운 쇠 부딪치는 소리와 함께 우영은 지탱할 수 없는 충격에 입에서 피를 쏟으며 뒤로 열 발자국이나 물러섰다. 그녀의 예상보다 더욱 빠르게 다가온 십자 도기에 또다시 당하고 만 것이다.

고통스러운 표정이었지만 그녀는 재빨리 입에 고여 있던 피를 뱉어낸 다음 있는 힘 없는 힘 모두 끌어내어 무리하게 경신을 써서 바로 뒤에 있는 숲 속으로 들어갔다. 그들의 뒤를 지옥오마가 여유있게 쫓아갔다.

"대체 왜 그 사람을 죄인으로 몰고 가는 것이죠?!"

"아가씨……."

백무도는 신음성을 흘릴 수밖에 없었다. 그녀가 자신에게 나타나 이렇게 소리치는 것은 의외의 사태였으며 누구도 예상하지 못했던 것이다.

그리고 그녀가 이렇게 화를 내는 모습은 처음 있는 일이었으며 또한 처음 보는 것이었기에 너무나 당황하고 만 것이다. 더구나 그녀의 눈에서는 분노의 빛마저 서려 있어 감당하기 매우 난감했다.

"정말 그가 죄를 지었나요?!"

그녀는 마치 따지듯이 백무도에게 소리쳤다. 백무도는 강직한데다 맞지 않는 일은 철저히 배척하는 인물인지라 이런 추궁에 지지 않고 대적했겠지만 지금 그가 맞이하고 있는 상대는 옛날부터 자신이 사랑하고 존경하며 딸만큼이나 아끼던 인물이다. 게다가 이 사라성에서 그녀를 함부로 대할 수 있는 사람은 성주 한 사람을 제외하고는 아무도 없었다.

호미란은 어지간히 화가 났는지 얼굴이 붉어져 있었다. 자신은 사라성 내의 일에 대해 워낙 정보가 늦은 터였기에 며칠 지난 지금에서야 자신의 은인인 사람이 현장 독살범으로 몰려 혐죄부로 끌려갔다는 사실을 알 수 있었다. 결혼식 날 안 것이긴 하지만 은인의 힘 정도면 그를 독살할 필요도 없었으며 굳이 살인을 했다면 현장에서 들킬 정도로 멍청한 사람은 더 더욱 아니었다.

"현장범이외다. 그리고 그도 가타부타 부정도 하지 않았습니다. 아가씨, 고정하시구려."

백무도의 뒤에 있던 백소화도 의외의 사태에 어쩔 줄을 몰라 했다. 아무리 도도한 그녀라도 사라성주의 첫째 딸이자 그의 사랑을 한 몸에 받고 있는 호미란에게는 함부로 할 수 없었다.

"백 장로님, 다시 한 번 생각해 주시기 바라요. 더 이상 뭐라 하지 않겠지만 그분을 화나게 하지 마세요. 후회할 테니까……. 그리고 제 바람으로는 며칠 내에 그분을 석방시켜 주셨으면 하는군요."

바람이라고는 말했지만 그녀의 어투와 표정은 며칠 내에 석방하지 않으면 두고 보자는 빛이 매우 역력했다.

"아가씨……."

"……."

호미란은 무엇을 생각하는지 잠시 천장을 보다가 시선을 백소화에게로 돌렸다. 그녀를 바라보는 호미란의 눈빛은 상당히 매서웠다. 그녀의 눈빛에 백소화는 흠칫할 수밖에 없었지만 천성이 어디 가겠는가? 드러내 놓고 뭐라 할 수는 없었지만 내심 오만무도한 호미란에게 욕을 하며 같이 쏘아보았다.

"흥……."

호미란은 그녀가 은인에게 함부로 대하는 것을 목격했기에 그녀에 대한 감정이 그다지 좋지 않았지만 백 장로의 딸이라는 것을 감안한다면 그녀에게 역시 드러내 놓고 뭐라 할 수는 없었다.

"가보겠습니다, 백 장로님. 실례가 많았어요."

그녀는 허리를 숙여 예를 취하고는 그의 인사를 받지도 않고 휑하니 몸을 돌려 나가 버렸다.

"……."

백무도는 황당한 사태에 뭐라 말도 할 수 없는 것이 저 정도로 화가 난 그녀의 모습은 정말 처음이었기 때문이다. 그녀의 반응에 백무도는 이번 사건에 대해 다시 생각해 볼 수밖에 없었다.

'그가 대체 누구이기에 아가씨가 저런 반응을 보인단 말인가? 그리고 설사 아가씨의 말을 들어주려 해도 문 대주의 입장은 어떻게 된단 말인가? 정말… 내분이 일어나려는 조짐인 것인지…….'

그는 가슴이 답답해지는 것을 느끼며 근처에 있는 의자에 털썩 주저앉았다. 정말 오랜만에 터진 큰 사건이었다.

관영호는 고문실에서 정식 감옥으로 옮겨졌으나 고문받던 곳과 별반 차이는 없었다. 다만 다른 것은 이제 더 이상 고문을 받지 않는다는 것이었다. 관영호가 듣기론 평생 감옥에서 지내야 한다고 했지만 아무리 그라도 그것만은 사양이었다.

'내 눈앞에 사막이라도 있다면 모를까. 큭큭.'

그는 기괴한 표정으로 미소를 짓고는 하늘 한 점 보이지 않는 창문을 망연히 바라보았다. 알 수 없는 불안감이 그를 잠시 엄습했지만 별것 아닌 것으로 치부하고 싶었다.

'천괘(天卦:하늘의 점괘)란 것을 정말 맹신할 수 있는 것일까? 비록 그것이 잘 맞는다고는 하지만… 어찌 인간이 진정한 하늘의 뜻을 알 수 있을까? 괘란 것은 괘일 뿐, 그것을 알고 그대로 일어날 것이라고 믿고 있는 것이 맹신이 아니고 무엇이란 말인가?'

알지 못할 불안감은 꽤에 대한 불신으로 드러나고 있었다. 자신의 이런 생각을 받아들여야 할지 아닐지에 대해선 언젠가는 알 수 있을 것이다.

그는 갑자기 쓰라린 손가락을 보았다. 손가락과 붙어 있는 손톱을 거의 뜯어내어 아무리 그라도 이것은 어쩔 수 없이 고통스러웠지만 그래도 참을 만했다면 그도 어지간히 고통을 느끼지 못하는 사람이 분명했다.

'인간의 감각은 몸에서 받아들일 수 있는 어떤 매개체가 있다고 하던데… 난 고통을 느끼는 매개체가 다른 사람들보다 훨씬 적은 것일지도 모르지.'

이것은 그가 의술을 익혀오면서 생각한 자신의 신체에 관한 것이었다. 아무튼 자신 몸의 치유 속도를 봤을 때 이틀이면 가만히 놔둬도 다 나을 것 같았다.

얼마 있지 않아 그는 자신에게 오고 있는 두 사람의 기운을 느낄 수 있었다. 느낌상 두 명의 여인이었는데 그뿐 정확히 누구인지는 알 수 없었다. 곧 사람의 모습이 철창 사이로 형체를 드러낸 두 사람이 호미란과 모용군영임을 안 그는 조금 놀랄 수밖에 없었다.

"……."

"은공……."

호미란은 아까의 서릿발 같은 모습과는 사뭇 다른 처연한 표정이었다. 그녀에게는 관영호가 어지간히 소중한 사람이기도 한 모양이었다.

"어서 오시오."

그는 태연한 목소리로 대답했다. 이제 어느 정도 치유가 되었기 때문에 목소리가 갈라지는 일도 기침으로 피를 토하는 일도 없었다. 단지 그의 몸에 피가 응고된 것들이 여기저기 붙어 있고 머리가 심하게 산발되어 있어 몰골이 꽤 처참해 보일 뿐이었다. 그에게서 여전히 살아 있다고 느껴지는 것은 착 가라앉은 두 눈으로 그것은 극한 상황 속에서도 빛을 발하는 물결이었다.

속사정이야 어떻든 호미란에게는 그의 몰골이 굉장히 놀라운 일이 아닐 수 없었다.

"은공, 괜찮으신가요?"

"괜찮소."

그는 희미하게 미소 지었지만 표정이 애매해 꼭 미소를 지었다고 단정 지을 수 없었다.

"은공, 걱정 마세요. 이틀 안으로 반드시 꺼내 드릴게요."

"……."

그가 아무 말 없이 자신을 가만히 응시하고만 있자 그녀는 이상히 여기며 물었다.

"저기… 탐탁히 여기지 않아 하시는 것 같아요."

"현명한 자는 일을 만들어 주위를 혼탁하게 하지 않는다 했소."

"네……?"

그녀는 그의 말이 일순간 무슨 뜻인지 몰라 어리둥절해하다 이내 그 속뜻을 알 수 있었다.

"은공, 그럼 정말 은공이……?"

"죄를 지었으면 어떻고 짓지 않았으면 어떻소? 어차피 이렇게 몰렸는데 그 진실이야 알려져도 알려지지 않아도 이미 결과는 이렇게 되었고 현실상 무를 수도 없을 것이오."

"은공, 그런 말로 절 포기하게 만들지 마세요. 저는 은공의 은혜를 받아 목숨을 구함받았고 새로운 인생을 살아가고 있습니다. 이제는 제가 미약하나마 은공을 도울 차례인데 어찌 거절하려 하세요."

"걱정 마시오. 나를 위하는 마음은 충분히 받았으니 됐소."

그는 말을 끝내고 고개를 살짝 돌려 자신을 연민의 눈으로 바라보고 있는 모용군영을 보고는 살짝 미소 지었다.

"제가 보기에 당신은 스스로 고통을 자초하고 있는 것 같아요."

모용군영의 말이 어찌 보면 정확한 것일지도 모른다고 그는 생각하며 말했다.

"그럴지도. 하지만 그 상황에서는 어쩔 수가 없었소. 내가 살인마가 아닌 이상 그곳에 있는 모두를 죽이고 나올 수는 없지 않소."

"당신이 죽는 것보다는 낫겠죠, 당신의 입장에서는."

"군영아!"

호미란은 그녀의 말투가 그를 비꼬고 있는 것을 알았기에 아미를 살짝 찌푸리며 그녀를 나무랐다. 그렇지만 모용군영은 이미 할 말은 하고 가야겠다고 결심했는지 그만두지 않고 계속 말했다.

"전에도 말했지만 당신은 당신의 능력을 그저 지나가는 개처럼 보고 있는 것 같군요. 그것은 하늘에게서 받은 사명을 버리는 것이나 마찬가지예요. 능력은, 특히 강호에서 무력이라는 것은 모두를 위해 사용해야 하는 것이지 그렇게 숨기고 있는 것이 아니에요."

"그대의 말이 맞소."

그가 너무나 담담하게, 그리고 당연하다는 듯이 그녀의 말에 동의하자 오히려 당황한 것은 그녀였다.

"그런데 왜 당신은 그러지 않죠? 단지 내 말이 맞다고 맞장구쳐 준 것이 귀찮은 상황을 벗어나기 위한 것이 아닌가요?"

그녀의 말투는 조금씩 흥분되고 있었다. 만약 그녀의 생각이 맞다면 정말 자신에게는 화가 나는 일이었다. 하지만 나행이랄지 불행이랄지 관영호는 고개를 살짝 저어 보였다.

"아니오. 난 진심으로 당신의 말에 동의하고 있소."

"그럼 대체……!"

그녀의 표정은 당혹스러워하는 것인지 화를 내고 있는 것인지 알 수 없게 애매하게 되어 있었다.

"미안하게도 동의는 하지만 나에게 더 이상 강요는 하지 마시오."

"군영아, 더 이상 말하지 말거라. 넌 마치 너의 생각을 그분에게 강요하는 것 같구나. 계속 있다가는 은공의 호수 같은 명경지심이 깨어질까 두렵다. 이제 가보자."

"네……."

모용군영은 어쩔 수 없다는 듯 고개를 살짝 저었다.

"은공, 저희는 이만 가보겠습니다. 며칠 후엔 밖에서 뵐 거예요."

그녀가 살짝 허리를 숙이고는 모용군영과 자리를 떠나자 적막감이 순식간에 감옥 주위를 둘러쌌다. 빛이 잘 들지 않아 어두컴컴한 감옥 안에 쭈그려 앉아 있던 관영호는 그녀들이 떠난 자리를 가만히 응시했다.

'난 이제 어떻게 해야 하는가? 이대로 가만히 있어봤자 득 될 것도 없는 것을…….'

그는 이런 저런 생각을 하다가 며칠 후에 이곳을 떠나야겠다고 생각했다. 임사우나 호미란의 입장이 나빠지지만 않는다면 그가 몰래 떠난다 해도 크게 문제될 것은 없었다. 비록 그들이 자신을 찾는 데 혈안이 되겠지만 자신을 찾기란 불가능할 것이다.

'괜히 은거해 있다가 나오니까 이런 일을 당하는구나. 후후, 간도민. 대단한 여인이야.'

"요즘 뇌 공자의 신색이 이상하더군요."

사마진영은 그다지 좋지 않은 표정으로 백리경에게 말했다. 그녀의 옆에 앉아 있던 소류연도 마찬가지였다. 관영호의 일도 문제였지만 잘 지내던 뇌운성에 대한 문제가 갑자기 대두되자 더욱 표정이 좋지 못했다. 비록 겨우 이틀 되었다고는 하지만 눈에 띄게 달라진 뇌운성의 모습은 그냥 넘어갈 사항이 아니었다.

"눈에 띄게 말수가 줄어들고 사람들과 잘 만나려 하지도 않아요."

"……."

백리경도 며칠이 지난 사이 많이 변해 버린 뇌운성을 보았기에 그녀들의 말을 충분히 실감할 수 있었다.

'그것은…….'

사람이 일상적인 일을 탈피했을 때의 원인은 그다지 많지 않다는 것을 그녀는 알고 있었다. 특히 뇌운성과 같이 하루하루가 분명하고 항상 웃음을 그치지 않던 사람이라면 그 변화의 원인을 예측하기란 더 쉬울지도 몰랐다.

'분명 무슨 일이 생긴 것일지도. 병에 걸린 것 같지는 않은데… 마치 넋을 잃은 사람 같단 말야. 낮에는 도통 밖엘 나오지 않고 있고. 무공 수련을 하는 것인가? 그렇다면 이야기가 되긴 하지만.'

"무공 수련을 시작한 것 아닐까요?"

소류연이 백리경이 생각한 것을 말로 꺼내자 사마진영은 조심스럽게 고개를 저었다.

"그것만으로는 설명하기가 부족한 것 같군요. 아무리 무공 수련에 열중한다고 해도 사람이 눈에 띄게 바뀔 수는 없어요. 무공 수련을 해서 그렇다면 다행이긴 하지만. 아무래도 이상하군요."

사마진영은 갑자기 간도민이 생각났지만 내심 고개를 저을 수밖에 없었다. 자신이 관영호와 다니면서 간도민의 인연이 자신들과 보통이 아니라는 것은 알고 있었지만 설마 뇌운성에게까지 그 연을 놓는다는 것은 무리가 있었다.

'간도민……'

사마진영은 그녀가 문학문을 죽였을 것이라고 확신하고 있었다. 자신에게 썼던 독을 보면 알 수 있듯이 그녀의 용독술은 타의 추종을 불허하고 있었다. 어떤 경유로든지 간에 분명 문학문의 술잔에 모종의 술수를 썼을 것이다.

"아무리 우리가 추측만 해봤자 무슨 소용 있겠어요? 우리 직접 뇌 오라버니를 보러 가는 것이 어때요?"

"그게 좋겠어."

백리경이 동의하자 사마진영도 금방 고개를 끄덕였다. 아무래도 그것이 확실한 방법이었다. 요즘 뇌운성이 사람을 잘 만나지 않는다고는 하지만 직접 찾아온 자신들마저 뿌리칠 것이라고는 생각하지 않았다.

"뇌 오라버니."

소류연이 조심스럽게 방문 앞에서 그를 불렀다. 안에는 희미하게나마 인기척이 느껴지고 있었기에 분명 그가 있을 것이라 생각했다.

"……"

아무런 대답도 들리지 않자 소류연은 이번엔 아까보다 큰 소리로 그를 불렀다.

"뇌 오라버니!"

"……."

"씨……."

사실 이번에 그를 부른 소리는 꽤 큰 것이라 분명히 방 안에서도 들을 수 있는 음량인데도 아무런 반응이 없자 그녀는 약간 심통이 난 듯 눈살을 찌푸렸다.

"뇌 오라버니!! 안 나오면 쳐들어갈 거예요!!"

이번의 소리는 상당히 커서 뒤에 서 있던 예민한 귀를 가진 두 여인은 거슬리는 음이 자신들의 귀를 괴롭히자 인상을 살짝 찌푸렸다.

"……."

그러나 돌아오는 것은 철저한 침묵뿐 뇌운성의 언제나 밝은 웃음과 함께 문이 열리는 일은 일어나지 않았다.

"소……."

뒤에서 이를 지켜본 백리경은 보아하니 그녀가 더 크게 소리칠 것 같자 어차피 소용없다고 말하려고 했지만 이미 늦어버린 후였다.

"오.라.버.니!!"

"음……."

미처 귀를 막지 못한 백리경은 질린 눈으로 그녀의 등을 바라볼 수밖에 없었다. 다행히 사마진영은 귀를 막아서 어느 정도 피해를 막은 모양이었다.

"……."

이 정도로 노골적으로 소리를 질렀는데도 아무런 반응이 없자 세 여인은 의미심장한 눈빛으로 서로 시선을 주고받았다.

소류연이 문을 세차게 당기고는 방 안으로 급히 들어갔고 그녀를 뒤따라 백리경과 사마진영도 들어갔다.

"뇌 오라버니!"

소류연은 뇌운성이 멀쩡하게 탁자에 앉아 있자 당혹스러운 소리를 내질렀다. 그것은 다른 두 여인도 마찬가지였다.

"……."

세 명의 소란스러움에도 뇌운성은 아무런 반응 없이 그저 지나가던 개가 짖고 있나 하는 표정으로 그들을 바라보았다.

"무슨 일들이오?"

"무, 무슨 일이라니요? 밖에서 그렇게 소리쳤는데도 못 들었단 말인가요?"

소류연이 이상한 표정으로 그를 보며 말했지만 뇌운성은 너무나 태연하게 대답했다.

"미안하구나. 내가 잠시 다른 생각에 빠져 있었단다. 그래서 네가 부르는 것을 듣지 못했구나."

그가 그렇게 말하니 더 이상 할 말이 없었다.

사마진영과 백리경이 그를 자세히 살펴보니 확실히 묘하게 이질감이 느껴지고 있었고 표정도 예전과는 다르게 많이 죽어 있었다. 그렇지만 지금으로선 그 이상은 아무것도 발견할 수가 없었다.

'표정이 너무 바보 같은 것을 보니 필히 무슨 일이 생긴 것이 분명하군요! 대체 무슨 일인가요?'

이렇게 추궁한다면 그것은 추궁하는 사람이 바보가 되는 게 당연했다.

"오라버니, 아무 일 없나요?"

"응? 무슨 일 말이냐? 난 아무 일 없단다."

"음……."

소류연이 마치 절망에 빠진 사람처럼 신음성을 흘려도 뇌운성은 그런 그녀의 반응에 무관심한 듯 다시 탁자 위에 놓여진 향대를 보고 있었다. 향대에는 향이 없어 향연도 피어오르지 않고 있었지만 그는 마치 향연이 피어오르고 있는 것을 보고 있는 듯 몽롱한 눈빛으로 금세 변해 버렸다.

"……."

세 여인은 황당한 표정으로 다시 서로를 바라보았다. 변한 것은 분명한데 어떤 조취도 취할 수 없는 애매한 상황에 서로 어찌할 바를 몰라 했다.

'이때 관 공자라도 있었으면…….'

소류연은 그가 생각나자 아쉬운 마음이 강하게 들었다. 그는 그저 평범한 사람 같았지만 자신이 좋아해서인지는 몰라도 상당히 믿음이 가고 의지가 되는 남자였다. 그랬기에 지금 같은 상황에서 그가 생각 났는지도 몰랐다.

셋은 별 소득 없이 그의 방에서 나왔지만 그렇다고 소득이 전혀 없는 것은 아니었다. 뇌운성의 상태가 예전과 분명 달라졌다는 것을 확실하게 알게 되지 않았는가?

"곧 좋아지길 바랄 수밖에……."

사마진영은 그렇게 중얼거리며 위안할 수밖에 없었다.

자신의 거처로 돌아온 백리경은 아까 보았던 뇌운성의 모습에서 문득 문학문의 얼굴이 겹치는 것을 느낄 수 있었다.

그녀는 푹신한 의자에 깊이 앉은 뒤 생각에 빠지기 시작했다. 일단 생각에 빠지면 주위의 모든 반응에서 멀어져 버리는 그녀의 습관은 무인에게는 단점이기도 했지만 다행히 혈잠대의 무사들이 자신의 거처를 지키고 있기 때문에 지금은 괜찮았다.

'증거가 없는 한 간도민이 남편을 죽였다는 것은 심증일 뿐이야. 만약 독살이라면 그의 시체에서 증거를 확인해야 하니 현실적으로는 불가능해. 시체가 참혹하게 되어 검묘비(劍墓秘)에 빨리 묻을 수밖에 없었거든. 그리고 뇌 공자의 일도 무척 이상해.'

뇌운성의 일이 의외로 상당한 골칫거리로 다가옴을 느끼며 그녀는 자신도 모르게 아미를 찌푸렸다. 붉은 느낌을 주는 아미가 찡그려지자 오히려 더욱 아름다웠다.

"……."

어느 순간 그녀는 누군가가 자신의 무릎을 톡톡 건드리는 것을 느끼고는 재빨리 의자에서 일어나 방어 자세를 취했다. 하지만 이내 자신을 건드린 자의 정체를 알고는 원래의 자세로 돌아왔다.

"사자(師姉)?"

그녀의 눈앞에는 철사접 호사란이 서 있었다. 결혼을 한 후에는 더욱더 원숙미가 더해지고 있는 그녀는 검지를 들어 입을 막는 시늉을 했다.

"호칭에 주의해."

"아, 미안해요."

"넌 다 좋은데 생각에 빠지면 그렇게 되니… 조심하거라."

그녀는 자신의 충고가 별 소용 없다는 것을 알고 있었기에 그냥 넘어가 버렸다. 그녀는 곧 주위의 이목이 없음을 느꼈지만 그래도 만약을 대비해서 전음으로 그녀에게 말을 걸었다.

"이 사부님과 삼 사부님이 이틀 내로 출관하신다고 하셨어."

"그럼 우리도 이제 다시 들어갈 때가 된 것이군요."

"그래, 사형도 우리가 들어간 후론 며칠 이내로 합류하신대. 그리고 우리가 다시 나왔을 때 아버지도 비슷한 시기에 나올 것이고 그 후로는 다시 사라성의 비상이 시작될 것이야. 우리 천묘비의 활약도 보여 줄 수 있을 것이고."

호사란은 환하게 미소 지으면서 입을 달싹거렸다.

"그때가 되면 다시 본격적으로 회골림을 상대할 수 있겠군요."

"그렇지. 비록 지금 내분의 위험이 있다고는 하지만 조금만 더 견딘다면 금방 회복할 수 있을 거야. 은밀대주는 아버지를 무척이나 따르시는 분이거든. 그리고 아버지가 나오기 전이라도 나의 남편이 잘해줄 거야. 그는 뛰어난 사람이니까."

"그럴 거예요. 인품이나 무공이나 모두 완벽하니까."

백리경은 대화를 돌리려는 생각에 이번엔 전음이 아니라 직접 말을 건넸다.

"참, 아가씨. 임 대협께서는 관 공자에 대해 어떤 입장이세요?"

"그이는 관 공자의 죄를 인정하지 않고 있지. 철저하게 그 사람이 무죄라고 믿고 있는 모양이야."

"아가씨 생각은요?"

"글쎄… 상황은 분명 그가 살인자라는 것을 부인할 수 없지만 그이가 워낙 무죄라고 믿고 있기 때문에 뭐라 말을 할 수가 없어, 난. 그 사람이 허튼소리를 할 사람은 절대 아니니까."

호사란도 관영호의 죄의 유무에 관해 정확히 알 수 없었기에 신통치 않은 모양이었다. 백리경은 잠시 뭔가를 생각하는 듯하더니 이내 살짝 눈웃음을 지으며 그녀에게 말했다.

"아가씨, 깜빡했군요. 왔으니 차라도 마시고 가세요."

"고마워. 워낙 바쁜 일에 매달리다 보니 가끔 휴식도 필요하거든. 호호."

"자네… 사실대로 말해 주게."

"……."

"그를 죽인 것은 자네가 아니겠지? 사실… 난 자네가 아니라고 믿고 있다네. 하지만 주위 정황은 자네를 살인범으로 몰고 가고 있어. 난 그것을 거부하고 싶지만 증거가 없으니 어쩌할 바를 모르겠네."

임사우는 여자처럼 아름다우면서도 남자다운 기상이 엿보이는 강인한 얼굴에 수심을 만들어내며 한숨을 쉬었다. 그런 임사우를 보면서 관영호는 희미한 미소를 지어 보였다. 매우 편안한 미소에 임사우의 수심이 차 있던 표정이 금세 평상시의 모습으로 돌아왔다.

"자네의 그런 분위기가 날 정말 편하게 해주네. 하지만 난 자네를 위해 해줄 수 있는 것이 없는 게 너무나 안타깝네. 내가 처해 있는 현실이란 것이 이런 결과를 초래할 줄이야……."

"현실에 충실하게."

"그렇다고 난 이런 처지에 놓여 있는 친구를 외면할 생각은 더 더욱 없네."

"자네, 천리(天理)를 아는가?"

"……."

"모든 일은 하늘의 뜻으로 귀결되네."

"이해를 잘 못하겠네."

관영호의 말을 임사우는 이해할 수가 없었다. 그의 일과 천리가 무슨 관계가 있는지 알 수 없었다. 관영호는 그런 그를 보며 살짝 웃었다. 웃고 있는 그의 눈이 어슴푸레한 어둠 속에서 무척 빛나고 있다고 생각하던 임사우는 그의 입이 다시 열리자 그를 주시했다.

"하늘의 뜻이 그러했기에 난 이렇게 된 것이고 하늘의 뜻이 그러하다면… 난 자네의 바람대로 될 수 있을 것이네. 굳이 애를 쓰면서까지 이런 저런 분쟁을 만들 필요는 없는 것이지."

"……."

"후후, 난 남쪽으로 가야 한다네."

"…무슨 일로?"

"그저 잠시 여행일 뿐이야. 살펴볼 것도 있고 해서. 며칠 내로 남쪽으로 가야 하네."

"……."

임사우는 친구의 말에 가슴이 시원해짐을 느꼈다. 그의 한마디가 자신의 답답했던 마음을 확실히 풀어준 느낌이었다. 그의 말은 누가 뭐라 해도 이곳을 나가야 한다는 말이 되는 것이었기 때문에 어떤 수를 써서라도 나갈 것임을 임사우는 예감했다.

"난 자네가 누구인지는 모르지만 내 친구임은 변함이 없네. 그때도 그랬지만 지금도 그래. 그리고 자네를 믿고 있지. 그때처럼 인사도 없이 가겠지만 꼭 한 번은 찾아주게. 아니, 내가 자네를 찾아갈지도 모르겠군."

"사막은 좋은 곳이지."

그는 그 중얼거림을 끝으로 고개를 무릎 사이로 숙였으며 임사우도 거리낌없이 그곳을 떠났다. 다시 적막감이 찾아왔지만 그와는 상관없는 일이었다.

◆제2장 ◆ 죽음

죽음

蕭齋片月滿
地碎陰淸
純枝非枝雨
疑有絃
無哭
難新

"헉! 헉!"

"언니……."

우영은 팔과 다리에서 많은 양의 피가 흐르고 있었지만 결코 경공을 멈추지 않았다. 피를 지워 흔적을 없앤다는 것은 어리석은 생각이었다. 어차피 지워도 그들은 충분히 자신들을 추적할 수 있었기에 지우나 지우지 않으나 마찬가지였다. 그럴 바에는 있는 힘 없는 힘 모두 이끌어내서 그들에게서 최대한 멀어지는 것이 상책이기에 우영은 무리를 하면서도 지금 이렇게 경공을 발휘하고 있는 것이었다.

도용연은 그런 그녀를 보며 이제는 살고 싶다는 생각보다 그녀를 위한 마음이 더 컸기에 자신을 버리고 도망가라고 말하고 싶었지만 우영의 성격으로 보아 결코 자신을 그냥 내버려 두지 않을 것이기에 아무 말도 하지 못하고 있었다. 그저 안타까운 표정으로 그녀의 뒷모습을

바라볼 뿐이었다. 그러다 어제 그녀가 말한 한 가지 이상한 사실이 문
득 떠올랐다.

"그게 정말이에요?"

"아니, 나도 그저 추측일 뿐이지만 그런 느낌이 강하게 들고 있으
니… 그냥 그런 것이라고 너한테 말한 것이야. 그러니 너무 심각하게
는 생각하지 마."

"하지만 그들이 우리를 죽이려는 생각은 없는 것 같다는 것을 심각
하게 생각하지 말라니요?"

"……."

우영은 몸이 지치니 마음도 지쳐 버렸는지 깊은 생각은 하고 싶지
않은 듯 질린 표정을 짓고 눈을 감아버렸다. 하지만 도용연은 선천적
으로 긍정적인 사고를 가진 여인이라 이런 상황에서도 우영만큼 심각
하지는 않은 터라 그녀가 말한 것을 좀 더 생각하고 있었다.

그들의 무공 실력과 합공 능력, 계략 능력 등을 대충 살펴보면 자신
들 둘보다는 훨씬 앞질러 있는 것이 분명했다. 이는 자신들을 충분히
제압할 수 있는 능력이 있음에도 그들은 자신들의 도주와 그저 막상막
하인 채로 아슬아슬하게 추적하고 있는 것이니 이상하게 생각됨 직도
했다.

'아, 머리 나쁜 것이 죄지.'

그녀도 딱히 뭐라 말할 수 있을 정도의 좋은 생각은 떠오르지 않았
다. 그저 떠오르는 것은 그들이 자신들을 죽이지 않으려는 의도라면
충분히 살아날 수 있겠구나 하는 희망적인 생각이었다. 그것도 나쁘
지는 않았다. 희망을 가진다고 그들에게 결코 손해 볼 것은 없기 때문

이다.

"지금은 쉬자."

우영의 이동 속도가 서서히 줄어들고 있는 걸 그녀의 등 뒤에 업혀 있는 그녀도 충분히 느낄 수 있었다. 이번엔 자신들의 희망적인 생각을 뒤집어엎듯이, 자신들의 조그마한 방심도 허락하지 않는다고 시위라도 하는 듯이 거센 공격을 해왔고 그 결과는 치명적이었다. 우영의 팔과 다리가 심하게 상처를 입은 것이다.

"언니……."

"후… 후… 용연아, 조심해. 그들이 거의 뒤쫓아왔어."

"……."

고개를 돌려보니 그녀의 눈에도 그들의 신형이 보였다. 세 명만이 보이고 두 명은 보이지 않고 있었다.

"언니, 두 명이 보이지 않아요. 그때처럼 우리를 미리 앞질러 갔을지도 몰라요. 어서 자리 선점을……."

그녀가 그 말을 하는 순간에 이미 그녀는 결투를 위한 평지를 찾기 위해 숲을 벗어나고 있었다. 그녀의 경공은 아까보다는 조금 더 빨라졌는데 그것이 도용연의 마음을 더욱 아프게 했다. 진원진기(眞原眞氣)를 조금씩 쓰기 시작한 그녀의 안간힘에 자신이 아무런 도움이 되지 못하고 있기 때문이었다. 어느 순간, 갑자기 강한 기운이 그녀에게까지 느껴지자 그녀는 급히 고개를 돌렸다.

"언니!"

도용연은 자신의 등 뒤로 날아오고 있는 십자형 도기를 볼 수 있었다. 예전보다 훨씬 더 강하고 빠른 것으로 꽤나 떨어진 거리에서 자신들을 향해 쏘았는데도 여전히 그 강맹하고 날카로운 기운을 유지하고 있어 마치 이기어검술을 보고 있는 듯했다. 얼마나 놀랐는지 도용연의 얼굴이 순식간에 창백해졌다.

우영은 그녀보다 훨씬 전에 그것을 느꼈지만 방법은 맞부딪치든지 더 빠르게 도망가든지 둘 중 하나였다. 이대로 가다가 옆으로 피해 버린다면 숲을 벗어나지 못해 그들과 매우 불리한 싸움을 하게 될 것이 분명했다. 하지만 부딪치기에는 위험 부담이 너무 컸고 더 빠르게 도망가자니 자신이 없었다. 하긴 더 빠르게 달릴 수 있었다면 진작에 그들에게서 벗어났을 것이다.

지금을 중요시한다면 저 무시무시한 십자형 도기를 피하는 것이 우선이었다. 아무리 저들이라도 저것의 방향을 선회할 정도의 능력을 지녔으리라고는 생각하지 않았으므로 그녀는 앞으로 빠르게 나아가다 순식간에 방향을 바꾸었다. 삼 장 정도 옆으로 이동하자 십자형 도기는 그들이 있던 자리를 스쳐 자신을 막고 있던 나무들을 거침없이 베고 지나갔다.

"……."

우영은 옆으로 피하는 도중 이미 가까이 다가온 세 명의 공격을 대비해 검을 뽑았다. 그 순간 그녀의 좌측에서 갑자기 없어졌던 둘 중 하나가 나타나 그녀의 측면을 공격해 왔다. 그녀가 그의 공격에 대비하려는 순간 그녀의 뒤쪽 숲 속에서도 갑자기 한 명이 튀어나와 그녀의 뒤를 공격해 왔다. 다행이랄지 세 명이 다가오기 전에 그들과 상대하는 것이라 그녀는 그나마 조금 편한 마음으로 흑검기로 그들의 공격을 무효화시켰다.

그녀의 실력은 이틀이 지난 지금엔 또 한 단계 발전해 있었다. 이틀

전만 해도 흑검기로 그들의 허점을 간신히 파고들어 허를 찌르는 것이 전부였지만 이제는 흑검기를 이용해 자신이 예전에 사용하던 초식에 응용할 수 있게 된 것이다. 이는 그들에게 적극적으로 공격을 할 수 있다는 것을 의미했으나 여전히 그녀의 공력에 비하면 많은 내공이 소모되는 것으로 특히 현 몸 상태로는 한두 번밖에 쓸 수가 없었다.

그녀는 세 명이 합류하기 전에 다시 도망가야 한다는 생각에 그들이 잠시 물러난 순간 풍잔검법(風殘劍法) 이초 잔광격(殘光擊)으로 예전보다 더 빠르게 검을 좌측과 후면에서 동시에 펼쳤다.

빛살 같은 검이 흑검기를 머금고 자신들을 동시에 베어오자 의외의 공격에 당황한 둘은 이 장 뒤로 물러났다. 그 틈을 타 그녀는 다시 도주하던 방향으로 재빨리 경공을 펼쳐 날아갔다. 어느새 오 장 앞으로 다가왔던 세 명이 있었기에 감히 무시하지 못하고 비침 세 개를 재빨리 꺼내 들어 공력을 실어 그들에게 날렸다. 겨우 이틀이 지났는데도 그녀의 비침을 날리는 실력 역시 상당히 발전해 있어 날카롭고 빠르게 날아갔다. 워낙 얇은 비침이라 눈에 보이지도 않아 더욱 위력적이었다.

빠른 속도로 다가오고 있었지만 몇 번 당해본 그들인지라 당황하지 않고 검에 내공을 불어넣어 각자 자신들에게 날아오는 비침을 쳐 날렸다. 하지만 이미 두 사람은 저 멀리 도망가 버린 후인지라 다섯은 서로를 잠시 쳐다보더니 다시 그녀들을 추적하기 시작했다.

상당히 오랜 시간을 잠도 제대로 자지 못하고 끼니도 제대로 먹지 못했기에 확실히 지칠 수밖에 없었다. 그런 반면 자신들을 추적하는 다섯 명은 그런 수련을 받아서인지 아니면 자신들을 추적하면서 잠도 자고 밥도 먹었는지 힘이 넘쳐 나는 듯했다. 그리고 오늘을 기점으로 공격 강도가 상당히 높아져 있어 우영은 자신의 체력이 거의 바닥까지 다다랐음을 느낄 수 있었다. 원래부터 지쳐 있었기에 새삼스러울 것도 없지만 도용연을 업고 가는 것도 이제 눈에 띄게 힘에 부치기 시작한 것이 큰 문제였다. 이러다가는 싸움에 있어서 매우 큰 걸림돌이 될 것이 분명했다.

얼마 가지 않아 넓은 평지가 나왔고 또다시 따라잡혔지만 아까처럼 약간은 마음 편히 그들을 상대할 수 있었다. 그들의 공격이 더욱 거세지긴 했지만 여러 번 경험한 일 대 오의 싸움은 일단 안심할 수 있었다. 그들이 아무리 강하다고는 하지만 모든 실력을 드러내지 않고 있고 더욱이 자신의 실력이 알게 모르게 자꾸 늘어나 있는 상태였기에 약간의 자신감이라 해도 좋았고 지형의 이점도 있었다. 하지만 또다시 피를 보기는 싫었기 때문에 아까처럼 방심하지는 않았다.

항상 그랬지만 일 대 오의 평지 싸움에서 두 명은 우영의 후방을 점하기 위해 그녀의 옆을 파고들었고 셋은 둘을 위해 그녀의 움직임을 봉쇄하려 했다. 하지만 지금은 예전과는 다르게 행동하고 있었다. 단 두 명만이 그녀의 움직임을 봉쇄하고 있었고 세 명이 그녀의 양 옆을 파고들었다. 한 명은 자신의 우측으로, 나머지 둘은 자신의 좌측으로 파고들고 있었는데 이번에는 공격과 방어를 무시한 파고들기에만 전력을 다하는 듯 대단히 빠른 속도로 그녀의 옆을 지나고 있었다.

그것을 본 그녀는 당황하지 않고 자신의 좌측을 지나치는 둘에게 빠른 속도로 다가갔다. 자신을 공격하려던 원래의 두 명은 상대가 다른 쪽으로 갑자기 움직이자 당황하는 듯했다.

우영의 흑빛 검기를 품은 검이 빠르게 움직이기만 하던 그들에게 큰 혼란을 안겨줄 수 있었다. 그들은 급히 움직임을 멈추고는 어쩔 수 없이 그녀의 공격을 피할 수밖에 없었다. 그녀의 섬기가 교묘하게 그들이 가던 방향을 막으며 공격했기에 둘은 가던 방향에서 뒤로 피할 수밖에 없었고 그 틈을 타 그녀는 그들을 지나쳐 몇 장 더 간 뒤에 그들을 보자 형세는 다시 다섯 명을 모두 상대하고 있는 형국이 되어버렸다.

하지만 지옥오마는 그런 것에 더 이상 당황하지 않고 마치 예전에 이런 일이 있었다는 듯 놀라울 정도로 신속하게 아까의 한 명은 우영의 좌측을 파고들고 정면을 공격했던 두 명은 그녀의 우측을 파고들었다.

잠시의 틈도 주어지지 않자 그녀는 아미를 찡그리며 빠른 속도로 비침을 꺼내 양 옆으로 날렸다. 비침은 보이지 않고 그녀의 내공이 담겨진 것을 의미하는 검은 빛만 진하게 보이고 있는 것이 이번에는 제법 큰 내공을 실은 듯했다. 순식간에 그녀를 파고들던 세 명에게 비침이 날아들자 그들은 감히 경시하지 못하고 그것을 막았다.

잠시 장내에 정적이 울렸다. 그녀의 정면에 두 명, 그리고 완전하지 않은 좌측에 한 명과 우측의 두 명으로 도합 다섯 명. 어느 정도는 우영을 포위, 공격하는 형세가 되어 있었다.

"……."

서로 아무런 말도 없이 그저 쳐다만 보고 있었다. 냉막한 얼굴에는 어떤 표정도 떠오르고 있지 않아 둘로서는 그들의 심정을 알 수가 없었다.

적막을 깨는 순간의 갑작스러움에 대한 놀라움이 있듯이 그들의 갑작스러운 움직임에 그녀의 몸이 순간 흠칫함을 도용연은 느낄 수 있었다. 그만큼 그녀가 긴장하고 있다는 증거였다.

그녀의 정면에 있던 한 명이 그녀의 좌측으로 이동하면서 그녀의 양 옆에는 이제 네 명이 있고 정면에는 한 명만이 있게 되었다. 모두 검은 옷에 냉막한 인상이라 그게 그것처럼 보이는 얼굴이었기에 누가 어디에 있든 그녀들로서는 상관없었지만 정면에 있던 자의 몸에서 피어오르는 엄청난 살기와 기도는 오패마 다음으로 처음 느끼는 강력한 기도였다.

그녀는 크게 긴장하며 도망가야 한다는 생각을 먼저 했다. 부딪치는 것은 미련한 짓이라는 것을 잘 알고 있었지만 도망가는 것도 쉽지가 않았다. 그것은 양 옆에서 두 명씩 두 쌍이 그녀를 향해 십자형 도기를 날리려는 자세를 취하고 있기 때문이었다.

"언니……."

이렇게 된다면 매우 위험한 상황이었다. 양 옆에서 위치 차를 두고 도기를 날린다면 그녀는 도망갈 수도 없을 게 분명했다. 아니, 그전에 자신과 도용연 모두 도기에 갈기갈기 찢겨져 버릴 수도 있었다. 다행이라면 다행이랄지, 그들은 그저 자세만 취하고 있을 뿐 그 이상의 행동은 하지 않고 있는 것이 아무래도 둘을 위협하여 움직이지 못하게 하기 위한 행동인 듯했다.

'도망가면 물론 공격하겠지?'

당연한 것이었지만 다시 한 번 확인하고는 어떻게 나올지 긴장한 눈으로 정면의 사내를 바라보았다. 분명한 것은 엄청난 기도를 발휘하고 있는 정면의 사내가 어떤 방식으로든 공격할 것이다.

긴장감이 거의 최고조에 다다른 순간 그의 손에 쥐어져 있던 도가 갑자기 그의 인중으로 떠오르기 시작했고, 그것을 본 그녀는 한 번도 본 적이 없는 그것이 떠올라 불길함이 엄습되었다. 하지만 거의 현실화되어 가고 있는 사내의 모습에 그녀의 얼굴에는 절망감이 떠오르고 있었다.

'이기어도술(以氣御刀術)…….'

"어, 언니……."

그녀의 등 뒤에 있던 도용연 역시 절망감과 두려움에 몸을 떨고 있었다. 아무래도 자신들을 죽이지 않으려 한다는 것은 그저 추측에 불과한 모양이라고 생각한 도용연의 해맑기만 하던 얼굴에서는 죽음에 대한 두려움과 슬픔으로 눈물 한줄기가 흘러내렸다.

"……."

우영은 결코 약한 여인이 아니었기에 그녀의 표정에는 결사의 의지가 떠오르고 있었다. 그녀는 뒤에 업혀 있는 도용연에게 말했다.

"살고 싶다 했잖아."

"언니……."

"죽지 않아."

그녀가 그렇게 말한 순간 사내의 도는 엄청난 빛에 싸여 보이지 않고 그저 푸른 빛만 그의 앞에 떠 있을 뿐이었다. 한순간이나마 우영은 그 장엄한 광경에 눈이 풀렸지만 이내 정신을 차리고 검을 더욱 세게 쥐었고 풍잔검법의 마지막 오초식인 풍잔각(風殘覺)의 형세를 떠올렸다.

그리고 초마심법(超魔心法)을 읊으며 흑검기를 불어넣었다. 이기어도술에 비하면 새 발의 피 같았지만 초마의 경지에 이를 수 있다는 초마심법을 그녀는 믿을 수밖에 없었다. 마검이라는 별호를 얻게 했던 풍잔검법의 마지막 초식 풍잔각이 이기어도술에 대적할 수 있을지는 미지수였지만 믿을 것은 이것뿐이었다.

　그녀의 검에서 흑검기가 솟아오르는 순간 사내의 가슴 앞에 떠 있던 도는 마치 어디론가 흡수되어 버리는 듯한 모양새로 잠시 일그러지는가 싶더니 이내 그녀의 정면을 향해 날아왔다.

　"……!!"

　그녀는 아무것도 생각하지 않고 그저 풍잔각을 충실히 펼쳤다. 그 뒤는 생각하지 않는 것이 나을지도 몰랐다.

　그녀의 검세는 너무나 놀랍게도 그 정도면 일 년 전 청풍룡이나 천풍공자와 싸워도 전혀 지지 않을 정도로 강력한 위력이었다. 그녀의 검기가 사방으로 뻗어 나가며 엄청난 검풍을 일으켰고 환상적인 검세의 마지막에 나타난 결정적인 횡소천군의 일검. 단순한 가로 베기에 그쳤지만 그것은 여태껏 그녀가 펼친 모든 검세를 스스로 물러내며 흑검기를 동반한 엄청난 검풍을 몰고 나아갔다. 초식이 가진 이름같이 개오(開悟)의 순간처럼 장엄했다. 그녀의 마지막 검세는 이기어도술에 부딪쳤고 잠시 밀고 밀리는가 싶더니 이내 그녀의 검풍세(劍風勢)는 한 줌의 바람처럼 흩어져 버리고 말았다.

　"아……!"

　그녀에게 다가오는 한줄기 빛은 죽음에 몰린 그녀마저도 감탄사를 자아낼 정도로 황홀했다. 그녀로서는 처음 보는 이기어도술이었기 때문에 그런 것이지만 이제 마지막 순간이었다. 아까보다는 힘이 약해져 있었지만 힘이 거의 없는 자신의 몸을 충분히 짓이겨 버릴 수 있을 정도로 위력적이었다.

　"언니!!"

　한순간이었다. 도용연은 크게 외치며 업혀 있던 자세에서 그녀의 몸을 옆으로 쏠리게 해 우영의 몸을 살짝 굽히게 했다. 의외의 사태에 우영의 몸은 비틀거리며 앞으로 숙여졌고 그 순간 날아오던 도는 그녀의 귀를 잘라 버렸다.

"아악!"

그것은 우영의 비명이 아니라 도용연의 비명이었다. 등이 비스듬하게 노출된 상태였기에 이기어도가 우영의 귀를 자르고 도용연의 등을 깊이 갈라 버린 것이다. 순식간에 그녀의 등은 피로 물들었고 우영의 등은 도용연의 피로 흠뻑 젖어버렸다.

"아……!"

우영은 뭔가에 홀린 듯 자신들의 뒤로 날아가 선회하여 주인의 품으로 날아가려는 도를 멍하니 보기만 했다. 귀의 화끈함도 등 뒤에서 이미 기절해 있던 도용연의 아픔도 모두 잊게 하는 순간이었다.

'죽음…….'

그녀는 순간 초월에 대한 한 가닥의 무언가를 잡은 것이었다. 깨달음의 순간은 말 그대로 일순간인 것인가? 아니, 어쩌면 누군가의 상처로 얻어내는 것일지도 몰랐다.

죽음[死] 속에서 각(覺)의 환희(歡喜)가 느껴진다!

초마심법의 한 구결이 떠오르며 그녀의 몸 안에서 초마심법의 구결대로 내공이 빠르게 흘렀다. 그리고 자신이 제어할 틈도 없이 내공은 검으로 흘러들어 갔으며 그녀의 신형은 순식간에 앞으로 쏘아져 나갔다. 그것은 궁신탄영(弓身彈影)으로는 설명이 부족할 정도로 엄청난 순발력이었다. 그녀의 몸은 어느새 그의 앞으로 다가가 검을 휘두르고 있었다.

갑작스런 사태에 당황한 그는 자신에게 회수되는 도(刀)도 잊은 채 그녀에게 급히 장력을 날렸다. 그녀를 향해 날아오던 장풍은 그녀가 휘두른 흑검기에 의해 깨끗하게 잘려 나갔고 그의 몸은 앞으로 쏠리다가 갑자기 밀려났다. 그것은 흑검기의 흡(吸)에 이어 갑자기 변화된 추(追)의 효능에 의해 뒤로 밀려나 버린 것이다.

이기어도술을 날린 사내에게는 최악의 상황이 되어버린 것을 본 네 명은 크게 놀라며 그와 그녀에게로 빠르게 다가갔다.

"크악!"

우영의 몸이 그의 몸을 비스듬하게 그어버리는 순간 회수하던 도가 직격으로 그의 몸에 꽂혀 버렸다. 마치 약속이라도 한 듯이 일사불란한 연수 합격 같았다.

그의 몸에서 피가 높이 솟아올랐고 그의 신형은 맥없이 무너져 버렸다. 그런 그를 멍하게 바라보던 우영은 갑자기 무언가에서 깨어나듯 눈빛이 원래대로 돌아왔다. 잠시 알 수 없는 상황에 어리둥절해하던 그녀는 이내 상황을 깨닫고는 자신에게 엄청난 살기를 뿜으며 다가오는 네 명을 피해 쏜살같이 숲 속으로 도주했다.

하루가 지났지만 여전히 그때의 그 상황처럼 힘을 낼 수가 없었다. 게다가 더욱 심각한 것은 그들의 추적이 이제 밤낮을 가리지 않기 때문에 잠조차 제대로 잘 수 없다는 것이었다. 한 번 더 그들과 싸웠는데 그들의 엄청난 기세와 살기는 예전과 다르게 자신을 죽이려 함을 실감할 수 있었다.

다행스럽다고 해야 할지는 모르지만 그녀가 죽인 자만큼 강한 사람은 네 명 중에는 없는 것 같았다. 또다시 그 끔찍한 이기어도술을 보지 않아서 다행이긴 했다.

도용연은 급히 상처를 치료했지만 평범한 몸으로 그런 심한 상처를 입었기 때문에 그녀의 몸은 더할 나위 없이 약해지고 있었다. 안색도 파리했으며 식은땀이 자꾸 흐르고 있었다. 충분한 휴식을 가지지 못해 무공을 잃고 말았는데 이제 또 그러한 이유로 목숨마저 위태롭게 되어 버린 것이다.

우영의 몸 또한 무리한 도주로 그 어느 때보다 지쳐 있었으며 입 안은 바싹 말라 버려 탈수 증상마저 나고 있었다. 그나마 다행인 것은 사라성에 거의 다 도착했다는 것이었다. 아무리 살기충천한 그들이라도 사라성 가까이까지는 쫓아오지 못할 것이다.

'조, 조금만 더……'

도용연은 정신을 잃지는 않았지만 반 정도는 오락가락하는 상태인지라 무게가 더욱 나갈 수밖에 없었고 자신의 힘도 얼마 남지 않았기 때문에 그녀를 지탱하기가 더욱 힘들었다. 또 경공술도 자신이 쓰고 있는지 아닌지도 모를 정도였다.

어느새 그녀의 이십 장 뒤에서 그들이 자신을 쫓아오고 있었다. 그녀는 이제 싸우는 것은 어리석은 짓이라 생각하고는 도망가는 것에 열중했다. 그러다 힐끗 하늘을 쳐다보았다.

'달이 참 밝군.'

보름이 다가오고 있는지 달은 거의 원형에 가까웠다. 밝다는 것은 그녀의 도주에 불리한 점으로 작용하는 것이었지만 그녀는 이제 그런 것에는 신경 쓰지 않았다. 어떻게든 사라성에 도착해야 한다는 생각만이 그녀의 본능을 지배하고 있었다.

생각해 보면 어떻게 자신이 이렇게 살아올 수 있었는지 꿈만 같았다. 분명 처음 경험하는 것이었고 죽고 싶은 적도 한두 번이 아니었지만 이렇게 살아 있다.

'용연아…….'

그녀는 자신의 등에서 죽어가고 있는 도용연을 생각했다. 그녀는 도용연이 자신을 살게 해준 장본인이라 생각하며 진원진기 쓰는 것을 아끼지 않았다.

진원진기를 이렇게 쓰다가는 결국 내공을 회복하지 못하는 일이 생길지도 몰랐지만 그녀는 개의치 않았다. 사는 것이, 그리고 그녀를 살리는 것이 우영에게는 더욱 중요했다. 뒤에서 쫓아오고 있는 그들은 이제 우영에게는 아무것도 아니었다. 사라성에 도착하는 데는 일각도 채 걸리지 않을 것이기 때문에 그들도 그 사실을 안다면 곧 물러날 것이 분명했다.

선천적으로 호기심이 많은 것이 언젠가는 그녀에게 탈을 가지고 올 것이 분명한데도 소류연은 여전했다. 비도대주가 일 년간의 휴가를 가졌기 때문에 임시 대주 직을 맡고 있는 소한천은 과중한 업무로 피곤했기에 일이 끝나고 들어오면 곧바로 자기가 일쑤였다.

관영호도 없는 밤이 심심해 그녀는 자주 밖을 돌아다닌다든지 창문을 열어 밤하늘을 보며 눈물을 글썽였다. 그러다 하루 전에 어떤 여자를 발견했는데 바로 오화란이었다. 어제는 그녀의 행사에 별 생각이 없었다. 그냥 밖에 나갔다가 두 시진이 지나 곧 들어오는 것을 보곤 뭘 하다 들어왔는지 몰랐지만 그냥 그러려니 했었다.

그런데 오늘도 어제처럼 나가는 것이었다. 그게 대수냐 하겠지만 소류연은 참을 수가 없었다. 엉뚱한 그녀였기에 괜히 미행이 어떤 것인지 맛보고 싶기도 했고 할 일은 없고 마음도 착잡하여 이런 일이나 해 보자는 심정으로 그녀의 뒤를 쫓아갔다. 오화란의 무공이 얼마나 되는지는 몰랐지만 최대한 조심하는 것이 상책이라 신중하게 그녀의 뒤를 쫓아갔다.

사라성 정문에서 나와 북동으로 약 일각 정도를 걸어가자 길이 나왔다. 오화란은 거기서 가만히 선 채 끝없이 뻗어 있는 길을 가만히 바라보고 있는 것이 마치 누군가가 오는 것을 마중 나오는 듯한 모습이었다.

'저렇게 두 시진이나 서 있다가 온 것이야?'

그녀의 추측은 무리였지만 일단 좀 더 살펴보기로 했다. 왜 이 야밤에 저런 짓을 하는지 궁금했다.

'숨겨둔 남자가 있는 거 아냐?'

이제 이 속도면 반 각도 채 남지 않았기에 그녀의 얼굴에는 희색이 만연했다. 자신을 쫓아오던 다섯은 추적을 포기했는지 이제 거의 점처럼 보일 뿐이었지만 그녀는 혹시나 하는 마음에 속도를 늦추지 않고 계속 경공을 펼쳤다.

'이제 이 길을 가다 서쪽으로 꺾으면 사라성 정문이야!'

자신의 등 뒤에 업혀 있던 도용연도 어느새 정신이 들었는지 얼굴에 기쁨이 서려 있었다.

"언니……."

그녀는 울먹이는 얼굴로 우영의 등을 비볐다.

"그래……."

우영 역시 울먹이는 듯한 목소리로 그녀의 마음에 동조하였다. 도용연은 급박한 위기들로 인해 잠시 잊고 있었던 그가 생각났다. 자신이 오래 살 것이라고 말했던 그의 말이 맞을지도 모른다고 생각하다 자신의 모습을 보고는 자신도 모르게 주눅이 들었다.

'이런 몰골… 좋아할까, 그가?'

하지만 이내 미소 지으며 좋게 생각을 고쳐먹었다. 몰골이야 씻으면 되는 것이고 초췌해진 몸은 일주일 정도 쉬고 나면 다시 예전의 외모(?)를 되찾을 수 있을 것이다.

'의외로 쑥맥일지도 모르지. 그럼 내가 충분히 그를 사로잡을 수 있어. 호호호!'

벌써부터 희망찬 생각을 하며 이런 저런 상상의 나래를 펼치고 있을 때 그녀는 우영의 몸이 멈추는 것을 느꼈다. 약간 불안한 신색으로 고개를 드니 우영의 손은 왼쪽 허리춤의 검자루에 가 있었다.

"적이 아니니 걱정 마세요."

오화란은 미소를 살짝 지으며 당당한 자세로 그들에게 다가가 삼 장 앞에 섰다.

"누구죠?"

우영의 목소리는 잔뜩 굳어 있었다. 지금 같은 상황에서는 신경이 날카로울 수밖에 없었고 또 모르는 인물이 나타났으니 조심하는 것은 당연했다.

"며칠 전에 들어온 사라성의 객(客)입니다."

"객?"

"우 소저가 맡은 의무가 생각보다 늦어지자 몇 명을 사라성 근방으로 보냈죠. 혹시 불상사가 발생할까 봐서입니다. 다행히 어제부터 두 시진씩 기다리고 있었는데 살아오셨군요. 잘하셨습니다."

약간은 남자 같은 말투였지만 믿음이 가는 모습과 분위기였다. 의심하고 싶었지만 이미 안도해 버린 둘로서는 더 이상 의심할 여력도 남아 있질 않았고 더구나 자신의 의무에 대해서 안다면 분명 자신과 같은 일을 하는 여자가 확실했다. 힘겹게 도용연을 업고 있는 것을 본 오화란은 가볍게 미소 지으며 말했다.

"뒤에 있는 분은 누구죠? 못 보던 사람인데……."

"오다가 만나서 내게 큰 도움을 준 동생이에요."

"그렇군요. 제가 업고 가겠습니다. 우 소저도 많이 지치신 것 같으니 제게 맡기세요. 그리고 어서 사라성으로 들어가죠."

"네."

우영은 많이 지친 표정으로 도용연을 바닥에 내린 뒤 서지도 못하는 그녀를 바닥에 잠시 누이려 했다.

"잠시만 참아……."

도용연이 웃으면서 괜찮다고 말하려는 순간 동공이 경악으로 크게 떠졌다.

"언……!"

"까아아아아악!!"

너무나도 쉽게 그녀의 몸이 허리를 중심으로 이 등분되어 버린 것이다. 그녀의 하체는 여전히 대지 위에 서 있었으며 상체는 도용연의 옆으로 굴러 떨어졌다. 엄청난 피와 내장들이 도용연의 몸을 적시며 그녀를 괴기스럽게 만들었다. 한밤에 일어난 살인, 그리고 그녀의 공포에 찬 외침은 분위기를 더욱 공포스럽게 몰고 갔다. 하지만 오화란은 그저 음산하게 미소 지을 뿐이었다.

"아… 아……!"

도용연은 한차례의 외침 끝에는 두려움에 눈물이 범벅되었고 온몸이 부들부들 떨리고 있었다. 그녀의 눈은 백치처럼 멍하게 우영의 얼굴을 보고 있었다. 자신의 죽음도 몰랐는지 여전히 가볍게 미소 지은 얼굴이었는데 그것이 그녀를 더욱 두렵게 했다. 여태껏 죽을 뻔하면서도 죽지 않고 끈질기게 살아왔던 것에 비하면 너무나 쉽고 허무한 죽음이었다.

"이제 소리치지 않을 건가 보지? 하긴 소리쳐 봤자 도와줄 사람도 없지만. 호호!"

오화란은 여유있는 걸음으로 도용연에게 다가갔다. 도용연은 그녀가 자신에게 다가오고 있음에도 불구하고 움직일 수가 없었다. 원래 힘도 없었지만 설혹 있었더라도 두려움에 꼼짝도 하지 못했을 것이다.

"후후, 추하군."

그 말을 듣는 순간 도용연은 두려움이 조금씩 밀려가고 곧 묘한 분노에 몸을 떨었다. 그녀가 한 말은 마치 자신 때문에 죽은 우영을 모독하고 있는 것 같았다. 우영은 자신의 친언니나 마찬가지였고 생명의 은인이기도 했다. 허무한 죽음을 맞았지만 그 죽음에 대해 애도가 아닌 모독을 하고 있는 것이다.

"……."

도용연은 입술을 깨물며 간신히 몸을 일으켰다. 그녀의 옷은 피로 범벅이었으며 일어나면서 우영의 몸 안에서 쏟아졌던 내장들이 후두두 떨어졌지만 그녀는 아무렇지도 않았다. 다만 힘이 정말 없는지라 다리가 조금씩 떨리고 있었다.

"그 눈은 뭐지? 분노?! 호호! 분노는 힘없는 자가 하면 그저 발악에 불과하다는 것을… 모르고 있나 보지?"

오화란은 그녀를 비웃으며 손에 들고 있던 검을 들었다. 그러자 한 자 반 정도의 검기가 검에서 솟아올랐다. 은은한 뇌전을 품고 있어 보기만 해도 그녀가 극강 고수라는 것을 알 수가 있었다.

"……."

도용연은 힘은 없었지만 눈으로라도 그녀에게 시위하려 했다. 마지막일지도 모르는 자신의 죽음에 추함을 더하기는 싫었기에 그녀에 대해 반항했으며 이것이 죽은 우영에 대한 예의라 생각했다.

"……."

오화란은 그런 그녀를 보며 그저 가볍게 비웃고는 망설이지 않고 그녀의 심장에 검을 찔러 넣었다.

검이 자신의 심장으로 다가오는 순간 도용연은 죽음을 실감했다. 도주하던 긴 며칠보다 지금이 더욱 생생했다. 죽음에 임박해서였을까, 그녀의 머리 속에서 두 가지가 갑자기 한꺼번에 떠오르는 것은?

"도 소저는 방금 죽다가 살아났소. 천만다행이외다. 죽음은 말이오, 순간이오. 그래서 그 순간을 볼 수가 있다면 죽지 않을 수 있소. 죽는 것은 죽음의 순간을 보지 못하기에 죽는 것이오. 불가항력의 죽음이라는 것도 있지만 그것은 천수를 다해 죽는다거나 천재지변을 당해 죽는 것이고, 만약 도 소저가 이번 같은 경우를 다시 당한다면… 그때는 죽음을 보시오. 그럼 살 수 있을 것이오……."

"용연아, 죽음 속에서 각의 환희가 느껴진다는 것이 무슨 말일까? 어떻게 사람이 죽는 순간에 깨달음의 환희를 느낄 수가 있는 것이지? 사람은 정말

죽음의 순간에 다른 생각을 할 수가 있는 것일까?'

지금에 와서 왜 그 생각이 났는지는 알 수 없지만 그녀는 자신도, 그리고 자신을 공격하는 그녀도 모르게 몸을 살짝 튼 것 같다고 생각했다. 그리고 자신의 심장에 검이 꽂히는 것을 느끼고는 죽는다는 것을 알았다.

'죽음의 순간을… 난 봤어……'

'하지만 난 살아날 수 있을까?' 라는 생각은 미처 하지도 못한 채 그녀의 의식은 백지가 되어버렸고 그녀는 심장에서 피를 흘리며 그 자리에 주저앉아 버렸다.

"……"

오화란은 두 명 모두 죽었음을 확인하고는 회심의 미소를 지으며 죽어 있는 우영의 시체로 다가가 그녀의 얼굴을 강하게 밟아 짓이겨 버렸다.

"웃는 얼굴로 죽으면 의심받을 수 있거든."

그녀는 태연한 표정으로 잔인한 짓을 하더니 걸음을 돌려 사라성을 향해 걸음을 옮겼다.

"……"

소류연은 두려움에 몸을 떨 수밖에 없었다.

소류연은 너무나 잔인한 장면에 두려움으로 몸을 떨고 있었다. 묘계 은밀대주의 며느리 간도민의 사매인 오화란이란 여자가 자신도 안면이 있는 두 여인을 순식간에 죽여 버렸고 자신은 그 살인 현장의 목격자가 되어버린 것이다. 그녀는 본능적으로 들키면 안 된다는 생각을 했기에 기척을 최대한 숨겼다. 몸이 떨렸지만 기척을 내지 않기 위해 숨쉬는 것도 참고 있었다.

'관 공자…….'

그녀는 두 눈을 꼭 감고는 제발 오화란이 자신을 알아차리지 못하기를 바랐다. 그녀가 보기에도 오화란은 자신이 상대할 수 없는 고수처럼 보였기에, 그리고 처음 보는 끔찍한 살인 장면에 그녀와 싸울 엄두도 나지 않았다.

그녀의 기척이 멀어져 아예 느껴지지 않게 되자 소류연은 그제야 안심이 되는 듯 들키지 않아 운이 좋았다 생각하며 크게 숨을 쉬었다.

그녀는 무림의 아름다운 꽃 두 명이 너무나 허무하게 죽어버렸기 때문에 두려움보다는 슬픔이 앞섰다.

'어떻게 하지……?'

목격자였지만 오화란이 했다고 말해도 믿어줄 사람이 있을지가 의문이었다. 현장범으로 잡았다면 좋았으련만 자신의 실력은 그녀에 비하면 아직 멀었기에, 그리고 잔혹한 살인에 자신도 모르게 두려움이 앞섰기에 어쩔 수 없었다.

'오빠한테 말해야 해.'

일단 그 방법이 가장 좋을 듯했다. 그녀는 자리에서 벌떡 일어나 수풀을 헤치고 사라성 쪽으로 몸을 돌렸다.

"학!!"

수풀을 헤치는 순간 그녀는 놀라움에 헛바람을 들이키고 말았다. 그곳에는 오화란이 자신을 가만히 쳐다보고 있었던 것이다.

"……."

서로 간에 정적이 찾아왔지만 그 정적은 의외로 쉽게 깨졌다.

"날 너무 우습게 본 것 같군."

오화란이 비웃듯이 말했지만 소류연은 아무 말도 하지 못했다. 사실이 그러했고 무엇보다 너무 놀라 대꾸할 여력도 없었다. 여기서 빠져나가지 못하면 저 여자의 손에 분명 죽임을 당할 것이 확실했다.

"아, 너무 무서워할 필요 없어. 그리고 도망갈 생각은 하지 마. 후후!"

"……"

"죽이진 않을 테니까. 하지만 말이야……."

오화란은 갑자기 그녀에게 다가오더니 그녀의 맥문을 잡았다. 순식간의 일이라 소류연은 대항조차 하지 못했다.

"이, 이것 놔! 징그러워!"

"호호! 역시 이상한 여자군, 너도."

그렇게 말하면서 그녀는 품에서 손톱 크기만한 환단을 꺼내 들었다.

"멸구(滅口)에는 독만큼 좋은 것도 없지."

"음……."

오화란은 환단을 그녀의 입 안으로 집어넣고는 억지로 삼키게 혈을 짚었다.

"으……."

"그런 표정 짓지 마. 죽는 것보다는 낫겠지? 후후, 만약 발설하면 죽는다. 왜냐하면 이 독의 해약은 나만 가지고 있거든. 아무도 이 독이 어떤 독인지도 몰라. 호호호! 이 주에 한 번씩 내게 해독약을 가지러 와야 할 거야. 그러지 않으면… 온몸이 욕정에 불타오를 것이고 온몸에서 피가 쏟아져 나올 테니까. 아, 그전에 욕정 때문에 아무 남자나 붙잡고 분탕질하다 죽겠지. 호호호!!"

오화란은 기분 좋게 웃으면서 신형을 날렸다. 순식간에 소류연의 시야에서 사라졌고, 소류연은 군은 표정으로 그녀가 떠난 곳을 노려보고 있었다. 그것도 잠시, 그녀는 허탈한 듯 바닥에 주저앉아 버렸다. 눈물이 한줄기 흘러내렸지만 그녀는 알아차리지 못하는지 눈물을 닦을 생각도 하지 않았다. 허무한 표정으로 고개를 들어 자신의 얼굴을 비추는 무심한 달을 바라보는 그녀의 옥용은 마치 선녀의 탄식 같았다.

사라성에서는 다시 큰 소란이 일어났다. 현 무림을 군림하고 있는 사라성 앞에서 어젯밤으로 추정되는 시간에 살인이 일어났기 때문이다.

비록 밤에는 경비를 성안으로만 한정시키기에 밖의 경비에 허술하다고는 하지만 감히 사라성 바로 앞에서 그런 일을 저질렀다는 것은 사라성의 위엄을 무시하고 있는 것이나 마찬가지였다. 더욱이 죽은 당사자가 사라성과 관계되어 있는 인물이었기에 더욱 그랬다.

정홍축 조사부(調査府)의 부주 태환사(太患事)는 묘계은밀대가 주도하여 맡아야 할 일이 자신에게로 넘어와 버리자 힘들어질 수밖에 없었다. 그래도 제법 머리 좀 쓴다는 인물들을 쓸어 모을 대로 모아와 일을 착수하려는 노력은 보여주었지만 단서는 너무 부족했고 그들의 추리력은 너무 미진했다.

'젠장! 결국 회골림 녀석들의 짓이 아닌가? 하지만 위에서는 그렇게 보고 있지 않은 것 같은데 말야.'

올해 나이 마흔여섯이었다. 조사부라고는 하지만 여태껏 한 것이라고는 지휘뿐이었으니 그로서도 오래 생각하는 것은 무리였다. 하지만 하는 모습은 보여주어야 했고 더 더욱 결과도 내야 했다. 그것도 좋은 결과를.

"부주님."

"무슨 일이냐? 한동안 사람을 들이지 말라 했잖느냐!"

태환사는 발작적으로 신경질을 냈지만 산전수전 다 겪은 부부주는 싹 무시하고 자신의 할 말을 했다.

"성주님의 삼제자님께서 오셨습니다."

"뭣이?!"

그는 혈미소 백리경이 왔다는 소리에 깜짝 놀라 자리에서 바로 일어났다.

"어서 안으로 모시거라!"

"이미 왔어요."

부부주의 뒤에는 그녀가 이미 나타나 있었다. 훤칠한 키 덕분에 부부주보다 머리통 하나는 더 큰 그녀였기에 부부주는 마치 꼬마처럼 보였다. 이지적인 미인인 백리경을 본 태환사는 잠시 넋을 잃었다가 이내 정신을 차리고는 그녀를 극진히 대접했다. 무슨 일로 왔는지는 모르지만 어쩌면 이번 일을 도와줄지도 모른다고 은근히 기대가 되었다. 특히 그녀의 이성적인 면모와 뛰어난 추리력, 판단력은 묘계은밀대의 사람들도 감탄을 자아내게 한다고 했으니 그녀의 능력에 대한 증명이야 두말할 나위가 없을 것이다.

"이번 일의 전권을 맡겨달란 말입니까?!"

확실히 그의 예상대로 그녀는 이번 사건을 맡기 위해 온 것이었지만 그녀의 조건은 예상 이상이었다.

"네, 모든 권한을 제게 주셨으면 해요. 저의 조사에 어떠한 간섭도 받기 싫어서입니다. 너무 무리하다 싶으면……."

그녀는 말끝을 흐리고는 의도적으로 차를 한 모금 마셨다. 그녀의 말은 자신의 요구를 들어주지 않는다면 살인 사건에 대한 조사를 맡지 않을 것이라는 의도가 깔려 있음을 태환시는 눈치 챘다. 그는 내심 씁쓸했지만 분명 자신보다는 훨씬 좋은 결과를 얻을 수 있을 것이라는 확신이 섰다. 만약 잘못된다면 자신이 모든 책임을 면할 수 없겠지만 그는 그동안 듣고 보고 한 그녀에 대한 판단을 믿었다.

"알겠습니다. 이번 사건에 대한 저의 대리자로 삼제자님께 모든 권한을 넘기겠습니다."

그는 잠시 몸을 일으켜 벽의 한 면의 중앙에 있는 작은 설합(舌盒:서랍장)에서 백지 한 장과 벼루, 붓을 꺼내왔다.

"지금 당장 권한 이권증을 쓰겠습니다."

그가 부주로 있을 수 있었던 것은 확실한 일 처리 때문이었다. 그만큼 그는 행정에서 훌륭한 자질을 보여주었다.

"넘겨주셔서 감사해요. 반드시 범인을 잡겠어요."

임사우는 침통한 표정으로 감옥 안으로 걸어 들어가고 있었다. 그의 뒤를 따라 호사란도 함께 걸어가고 있었다.

"우랑(羽郎), 괜찮나요? 오늘 아침부터 당신답지 않아요."

"후우, 비록 여자였기에 친구라고 하기는 예법상 맞지 않으나 일 년 전만 해도 다들 매우 친한 친구였소. 그랬기에 우영도 날 생각하여 이곳에 남아 사라성을 위해 일해준 것이기도 하오. 그런데… 우영과 도 동생이 죽다니……."

"우랑……."

"이 사실을 알면 친구도 대단히 슬퍼할 것인데 면목이 없구려. 그는 일부러 나와 친구들을 보러 여기까지 온 것인데 그가 불미스런 일로 감옥에 갇힌 데다 그사이 친구마저 죽다니… 나의 모자람 탓이오."

"너무 탓하지 마세요. 그들이 죽은 것은 불가항력이었을 것이고 운명이었어요."

"후우, 반드시 범인을 잡아야 할 것이오. 그렇지 않으면 내 어찌 죽은 두 여인의 얼굴을 저승에서나마 다시 볼 수 있겠소. 사라성의 위신을 위해서라도 반드시 잡아야 하오."

"네, 삼사제가 이 일을 맡았으니 좋은 결과를 얻을 것이에요."

"아, 고맙구려. 그대가 신경을 써주니……."

그의 고마워하는 표정에 호사란은 활짝 웃으며 말했다.

"힘내세요. 당신은 완벽하지만 정이 많아요. 그것이 단점은 아니지만 지금 같은 상황에서 당신은 냉정해져야 할 필요가 있어요."

"……."

그녀의 진심 어린 충고에 임사우는 그녀에게 미소를 지어 보였다. 자신에게는 매우 좋은 여인이었고 아내였다.

둘은 관영호가 갇혀 있는 방의 철창 앞에 서 있었고 관영호는 예전 사마진영 등이 왔을 때와 같은 눈으로 둘을 바라보고 있었다.

"……."

서로 간엔 잠시 아무 말도 없었다. 관영호는 그의 말을 기다리고 있었고 임사우는 말하기를 꺼려하고 있었다.

"표정이 좋지 않군."

"좋지 않은 소식이네."

"뭔가?"

"우영과 도용연이… 죽었네."

"……."

임사우와 호사란은 그의 반응을 살펴보았지만 죽었다는 말을 하는 순간에도 그의 몸은 꿈쩍도 하지 않았고 자신을 바라보고 있는 편안한 눈빛도 변함이 없었다. 그는 둘을 말없이 바라보더니 다시 고개를 숙여 편한 자세를 취했다.

얼마간 침묵이 감옥 안을 감싸자 그런 적막감을 견디지 못했던지 임사우가 끊었던 말을 다시 이었다.

"회골림으로 밀정을 갔는데 아무래도 발각되어 도주하고 있었던 모양이네. 아마 도중에 도용연을 만나 같이 온 것 같은데 사라성 앞에서 살해당했어. 사라성 내부의 인물일지도 모르지……."

"……."

마치 어둠 속으로 빠져 버린 듯 관영호는 아무 말도 하지 않았다.

"왜 아무 말이 없는 건가, 자네는?"

임사우가 약간 흥분하여 소리치려는 순간 관영호가 그의 말을 막고 말했다.

"정말… 정말 죽은 것이 확실한가?"

"…내 눈으로 확인했다네. 삼 일 뒤에 장례를 치를 것이네."

"둘은 어디에 있나, 지금?"

"검묘비로 가는 곳에 시체를 보관하는 곳이 있다네. 그곳에서 지금 향을 올리고 있지."

"……."

"……."

다시 적막감에 빠지며 감옥 안은 한없이 아래로 빠져들 것 같은 분위기가 되었다. 임사우도 관영호도, 호사란도 아무 말도 하지 않아 한 동안의 침묵이 그들 사이에 묘한 긴장감을 주고 있을 때였다.

"안됐군."

"……!!"

관영호의 툭 내던진 듯한 말 한마디에 임사우는 자신도 모르게 두 손으로 창살을 잡았다. 하지만 이내 자신이 너무 감정적이었다는 것을 안 그는 손을 내리고 평온한 신색으로 물었다.

"…자네의 대답인가?"

그의 물음은 너무나 미묘했다. 단순한 질문인 것 같기도 한 그 한마디에 너무나 많은 것을 함축하고 있는 것 같기도 했다.

"……."

하지만 관영호는 더 이상 아무런 말도 하지 않으려는 듯 어떠한 대답도 하지 않았다. 아까와 같은 자세로 가만히 있는 모습이 마치 천 년 석상이 된 듯 고요했다.

임사우는 복잡한 눈빛으로 그를 보다가 가볍게 한숨을 쉬고는 호사란에게 나가자는 눈빛을 보냈다. 둘이 그곳을 떠나려는 찰나 두 사람의 귀에 관영호의 목소리가 들려왔다.

"난 곧 남쪽으로 가야 하네."

"……."

임사우는 잠시 멈칫했지만 이내 고개도 돌리지 않고 그곳을 떠나 버렸다. 다시 찾아와 버린 적막감은 분명 임사우가 찾아오기 전의 그것과는 묘한 차이가 있었다.

"큭!"

신음 소리 같기도 했고 웃음소리 같기도 했기에 어떤 의미의 소리인지는 확실치 않았다. 무릎에 얼굴을 묻다시피 했던 그는 고개를 살짝 들어 평온한 눈으로 지저분한 바닥을, 정확히는 빈 허공을 주시했다.

"…힘들군, 이런 감정."

죽음이란 것이 그에게는 그저 안타까움으로 다가왔지만 지금 자신이 느끼는 것은 안타까움과는 달랐다.

"그런 것들은 다 초월한 줄 알았는데… 나도 인간이란 말인가? 큭 큭! 원래 인간이지 않았는가? 나 스스로를 인간으로 취급하지 않았었나?"

그는 한동안 말없이 바닥만을 보았다. 뭔가를 생각하고 있는 듯했지만 다른 사람이 보면 아무 생각 없는 무념의 모습 같아 보이는 표정이었다.

'그들이 나의 친구였기에 이런 것이겠지? 그들이 나를 친구로 생각했는지는 모르지만 난 그들을 친구라 생각하고 있었기에……'

얼마나 그렇게 있었을까? 그는 부스스 자리에서 일어났다. 그제야 그는 자신의 발에 족쇄가 채워져 있다는 것을 알고는 허리를 숙여 발목을 죄고 있는 족쇄를 두 손으로 잡고 가볍게 당겼다.

탁!

뭔가가 부서지는 소리와 함께 족쇄는 가볍게 두 쪽으로 갈라져 버렸다. 다른 쪽 발목에 있던 족쇄도 마찬가지였다. 몰골이 딱히 좋지 않아 폐인 같아 보이는 그였지만 고문을 받던 날부터 지금까지 눈빛은 변함이 없었다. 오히려 그의 눈은 지금 전보다 더욱 빛나고 있었다. 아니, 어찌 보면 더욱 가라앉은 눈빛 같아 보였다.

관영호는 창살로 다가가 두 손으로 창살을 하나씩 잡고는 좌우로 당겼다.

표정 하나 변하지 않는 얼굴은 전혀 힘을 주고 있지 않은 것처럼 보였지만 창살은 마치 의지가 담겨 있는 듯 좌우로 크게 벌어졌다. 감옥 밖으로 나오게 된 그는 잠시 자신이 앉아 있던 자리를 보았다. 왜 여기에 왔을까 하는 허무함도 있었지만 여기에 있음으로써 그는 자신을 생각해 주는 사람들의 정이나마 알 수 있게 되었다.

"가보면… 확실히 내 마음을 알겠지."

"호호호, 뇌 동생! 어머, 그러면 안 돼!"

간도민의 방에서는 색감있는 교성이 울려 퍼지고 있었다. 그녀의 방은 시녀조차도 들어오지 못하게 했고 방음은 물론 비밀이 철저히 지켜지는 곳이었다.

그녀의 방에서는 벌거벗은 두 남녀가 침상 위에서 유희를 펼치고 있는 진풍경이 연출되고 있었다. 뇌운성의 두 눈은 멍했지만 그 가운데서도 절실한 욕정의 눈빛을 띠고 있음은 누가 보아도 알 수 있었다.

간도민의 우윳빛 나신은 뇌운성을 유혹하는 나비가 되어 침대 위를 뒹굴었다. 그녀의 움직임 하나하나가 뇌운성의 뇌리를 마비시키며 꼭 두각시로 만들고 있었다. 사람이 죽었어도 인간의 본능을 탐하는 유희는 계속되고 있는 이곳이었다.

뇌운성은 마치 무언가를 쫓고 있는 사람처럼 간절히 간도민의 몸을 안기 위해 안간힘을 쓰고 있었다. 두 손을 뻗어 간도민을 원하는 몸부림은 처절하기까지 했지만 그런 그를 보는 간도민의 기분은 최고였다.

"호호, 동생! 어서 날 안아줘!"

"우……."

간도민의 나비 짓이 멈추어지자 뇌운성은 금방 간도민의 몸을 강하게 안을 수 있었다.

"호호호!"

뇌운성의 바람이 현실로 이루어지려는 찰나 그 현실화를 무너뜨리는 소리가 들려왔다.

"아가씨!"

"…무슨 일이야, 사매?"

"문극문이 온다고 사람을 보내왔습니다."

"알았어. 준비할게."

"우우……!"

뇌운성은 그 와중에서도 그녀의 가슴에 얼굴을 묻고 있었지만 간도민의 몸은 이미 식어 있었다.

"동생, 지금은 안 되니까 나중에 해. 여기 있어. 응접실에 좀 갔다 올 테니까."

뇌운성의 입술에 가볍게 입을 맞추고 옷을 입는 그녀의 모습을 뇌운성은 멍한 눈으로 그저 좇고 있을 뿐이었다.

간도민은 문을 열기 전에 그에게로 고개를 돌려 말했다.

"참, 깜빡했네? 동생한텐 미처 이야기를 못했어. 우영이란 여인과 도용연이란 여인이 죽었다고 해. 우영이란 사람은 동생이 잘 알 것 같은데… 죽어서 너무 안타까워. 그럼 나중에 봐."

그녀는 완벽한 연기로 그에게 말을 하고는 방을 나섰다. 꼭두각시에게 연기를 할 필요는 없었지만 완벽을 기하는 것은 그녀의 천성이었다. 간도민이 나가 버리자 방에는 벌거벗은 뇌운성만이 홀로 남게 되었다.

"……."

순간 착각이었을까, 그의 눈에서 물기가 보인 것은? 그는 하염없이 문을 바라보다 이내 침상으로 무너져 버렸다.

"아버님……."

"수고가 많구나."

"별말씀을요. 아버님이야말로……."

"난 괜찮다. 너에게 미안할 뿐이구나."

"……."

간도민은 아무 말도 하지 않고 조용히 자리에 앉았다. 그런 그를 연민의 표정으로 바라보던 그는 말을 이었다.

"…묘계은밀대에서 추진하던 일에는 밀정 같은 것도 포함되어 있는데 사라성의 객들 중 강한 사람을 뽑아서 무공을 전수해 주며 그런 임무를 맡기는 일이 종종 있단다. 그런데 이번에 사람이 죽었다는구나."

"네, 들었습니다."

"그래, 죽은 자들이 임사우 대협과 매우 절친한 사이였다는구나. 그래서 나도 거기에 가 애도의 뜻을 표해야겠기에 너에게 왔단다. 같이 가자꾸나."

"네, 알겠습니다."

"그럼 밖에서 기다릴 테니 어서 나오려무나."

"네."

문극문은 자리에서 일어나 밖으로 나갔다. 간도민은 별다른 표정 변화 없이 생각에 잠겼다.

'문극문이 의외로 빨리 자리에서 일어났지만 그걸 생각지 않은 것도

아니지. 호호, 방법은 아주 많으니까 상황에 맞추어주기만 하면……'

　뇌운성에게 말을 해야 했기 때문에 그녀는 자리에서 일어나 자신의
방으로 갔다.

◆제3장 ◆ 몽환의 끝

黃昏片月滿
地碎陰清
纯投作枝南
誤有致
無哭
廣背鑒
難折

두 개의 관이 놓여져 있는 곳에는 향이 피어오르고 있었다. 향이 피어오르는 곳에는 사람들이 있었으며 그들의 마음속에서 피어오르는 슬픔의 감정은 향에 스며들며 허공으로 사그라지고 있었다. 그렇게라도 하지 않으면 사람들의 죽음은 생자(生者)들에게 고뇌만을 남길지도 모르는 일이다.

공손아리는 아침에 우영과 도용연이 죽었다는 소식을 듣고 지금까지 눈물을 멈추지 않고 있었다. 천성이 마음이 약하고 착한 여인이었기에 자매처럼 지내던 두 여인의 갑작스런 죽음을 쉽사리 받아들이지 못한 것이다. 그녀의 눈물은 슬픔을 잊기 위해 향이 피어오르는 것처럼 아래로, 바닥으로 스며들고 있었다. 그녀 역시 울지 않는다면 자신의 슬픔을 견뎌내지 못할지도 몰랐다.

"흑흑! 흑흑!"

일각 전까지만 해도 조금 잠잠해지는가 싶더니 다시 어깨를 들썩이며 오열하기 시작하자 그 오열에 사람들의 표정은 더욱 침울해졌다. 공손강은 이미 자신의 동생을 달래는 것을 포기한 지 오래였다.

허탈한 표정이지만 어느 정도는 안정이 된 신색으로 의자에 앉아 있던 임사우는 공손아리가 다시 오열하자 안쓰러운 표정으로 바라보았다. 하지만 어쩔 수 없는 자신을 책망하며 그저 눈을 감을 수밖에 없었다. 바쁜 와중이었지만 그는 시체들을 묻을 때까지는 자신이 상주로 있기로 했다. 도용연의 아버지가 조만간 도착하여 시신을 가져가긴 하겠지만 피붙이라고는 하나도 없는 우영은 너무나 쓸쓸한 장례를 맞이해야 했다.

"……."

"임 대협, 묘계은밀대주께서 문상(問喪)하러 오셨습니다."

"문 대주님께서?"

임사우는 깜짝 놀라 목소리가 들려온 곳으로 고개를 돌렸다.

"네, 지금 밖에서 기다리고 계십니다."

곁에 있던 호사란도 놀랐는지 눈을 크게 뜬 채 자리에서 일어나 있었다. 임사우는 우울한 얼굴에 그나마 조그마한 희색을 띠며 말했다.

"어서 들어오라 전해주시오."

문지기는 허리를 정중히 숙이고는 밖으로 나갔다.

"우랑, 문 대주가 다시 일어난 것일까요?"

"충격에서 극복하셨으니 문상을 오신 게 아니겠소? 안 좋은 일만 일어나는 것 같았는데 그나마 좋은 징조를 보이는구려."

임사우의 얼굴에서 희미한 웃음이 떠오르자 호사란 역시 그제야 화사한 미소를 지었다.

얼마 지나지 않아 문극문은 젊은 남녀 세 사람과 함께 안으로 들어오고 있었다. 문극문의 신색이 평온한 것을 보고 임사우는 내심 기뻐했다. 자신이 사라성의 책임자로 있는 동안 불미스러운 일이 너무나 많이 일어나고 있었고 특히 문학문의 죽음으로 내분의 우려까지 있었는데 그것을 종식시키려는 듯이 문극문이 자리를 박차고 일어난 것이다.

"문 대주님, 잘 오셨습니다."

"임 대협, 슬픔이 크시겠소."

"문 대주님만 하겠습니까. 정말 다행입니다."

임사우가 한 말의 속뜻을 안 그는 입가에 살짝 미소를 매달았다. 자신이 생각해도 임사우는 차대 성주감으로 충분한 사람으로 성품, 무공, 지식 등 모든 것이 완벽에 가까웠다. 무림인이면서 정이 많다는 것은 단점 아닌 단점이었지만 그것 외의 다른 것으로 그것을 충분히 보완하고도 남았다.

"……."

문극문의 뒤에는 간도민과 오화란, 그리고 뇌운성이 서 있었는데 임사우가 간도민을 보자 그녀는 살짝 고개 숙여 인사했지만 뇌운성은 자신을 본체만체했다. 하지만 임사우는 슬픔으로 경황이 없었기에 그것에는 그다지 신경 쓰지 않고 문극문을 관이 있는 곳으로 안내했다.

"……."

옆에 앉아 있던 사마진영은 간도민을 유심히 지켜보았고 옆에 있는 뇌운성도 놓치지 않고 있었다. 임사우와는 호형호제할 정도로 친한 사이인데도 그는 임사우를 아는 척도 하지 않고 있는데다 간도민과 같이 온 것도 이상했다. 오다가 우연히 만났다고 하면 할 말은 없겠지만 이상한 마음이 드는 것은 어쩔 수가 없었다.

　그리고 걱정이 되는 것은 우영과 도용연의 죽음이었다. 그녀들은
관영호의 친구들이었고 사마진영이 보기에도 관영호가 자신의 친구들
을 매우 생각하고 있음을 알 수 있었다. 그렇지 않다면 세상을 등진 은
자(隱者)가 무엇 때문에 일부러 수고하면서까지 속세로 친구를 보러
왔겠는가? 그가 이 사실을 안다면 어떤 행동을 보여줄지는 알 수 없는
일이었다.

　사마진영은 문극문 일행의 뒤를 따라가는 자중남을 스치듯 보면서
뇌운성의 일과 관영호의 생각에 깊이 빠지기 시작했다.

　"……."

　관영호의 눈에는 멀리 떨어져 있는 건물이 보이고 있었다. 그곳에서
문극문과 간도민, 그리고 뇌운성과 오화란이 문지기를 따라 안으로 들
어가는 것이 보였다. 그는 의미를 알 수 없는 미소를 지은 채 몸을 돌
려 그의 앞에 있는 입구를 보았다.

검묘비(劍墓秘).

　그 입구는 끝없는 어둠과 같았다. 검들의 묘지이자 사람들의 묘지이
기도 한 이곳에 정체를 알 수 없는 두 사람이 살고 있다는 것을 모르는
사람이 없건만 그는 그런 사실을 몰랐다. 그는 심증(心證)을 물증(物證)
으로 바꾸기 위해 한 가지를 확인하러 이곳에 온 것이었다.

　그는 검의 날카로운 예기가 안에서 강하게 뿜어져 나오고 있는 것을
충분히 느낄 수 있었지만 전혀 개의치 않았다.

"안에 두 사람이 살고 있군. 묘지기치고는 상당히 특이하구나."

그는 흘리듯 말을 남기고는 꺼지듯이 사라졌다.

약간 걱정했던 것과는 다르게 다행스럽게도 쉽게 문학문의 묘를 찾을 수가 있었다. 요란한 죽음과는 대조스럽게 그의 무덤은 너무나 고요했다. 그의 무덤 앞에 꽂혀 있는 검은 그의 안식을 지키려는 듯 날카롭게 빛나고 있었다.

"……."

그는 아무 거리낌 없이 허리를 숙여 무덤을 파기 시작했다. 누가 본다면 섬뜩한 느낌을 주는 광경이었지만 이곳에는 그 말고 아무도 없었기에 그 괴기함은 공동묘지의 음산함 속으로 파묻히고 있었다.

그가 무덤을 파기 시작한 지 얼마 지나지 않아 갑자기 그의 옆에 있던 검이 아무 소리도 없이 땅에서 솟아올랐다. 너무나 은밀하여 무덤을 파느라 집중하고 있던 관영호는 그것을 알아차리지 못했다.

검은 이제 수직에서 기울어져 검끝이 관영호를 향해 수평으로 뉘어졌고 검끝에서는 검강이 솟아나기 시작했다. 누군가가 검을 잡고 있는 것도 아닌데 검에서 검기도 아닌 검강이 솟아난다는 것은 경악할 만한 일이었다.

섬뜩한 검강을 품은 검이 그에게 날아가려는 듯 움찔거리는 순간 관영호의 몸이 뒤돌더니 손이 번개같이 내밀어졌고, 그의 손바닥 앞에서 검강의 끝이 멈추었다.

치치칙!

불에 데여 무언가가 타는 듯한 소리가 나면서 관영호의 손과 검첨(劍尖) 사이에서는 푸른 빛과 붉은 빛이 묘한 대조를 이루며 빛났다. 관영호는 상대의 내력이 의외로 높자 내력을 끌어올려 팔을 더 내밀었다. 그러자 검이 뒤로 밀리는가 싶더니 이내 뒤로 맥없이 날아가 땅에 처박히고 말았다.

"큭……!"

갑작스런 충격에 보이지 않는 상대방은 충격을 받았는지 단말마의 신음 소리가 미약하게 울려 퍼졌다.

"……."

관영호는 아무 말도 하지 않고 소리가 난 쪽을 바라보았다. 자세는 여전히 구부러져 있어 계속 무덤을 파려는 듯한 모습이었다.

"캑캑! 정말 대단한 녀석이군. 네 나이 대에 그렇게 강한 자도 있단 말이냐?"

괴기스런 웃음소리와 함께 두 사람의 신형이 어둠 속에서 서서히 나타났다.

어슴푸레한 어둠 속에서 희미하게 비춰지고 있는 두 노인의 모습은 매우 보기 추했다. 옷은 얼마나 오랫동안 빨지 않았는지 지저분함의 극치였고 사 장가량 떨어져 있는데도 관영호에게까지 악취가 풍기고 있었다. 원래 공동묘지의 냄새야 그다지 좋진 않았지만 둘의 냄새가 그것을 압도하고도 남았으니 악취가 얼마나 심한지 알 수 있었다.

"……."

관영호는 그들의 등장에 아무 말도 하지 않고 그저 둘을 보고 있기만 했다. 둘은 남녀 각각 한 명씩으로 겉으로 보기엔 워낙 늙고 지저분해 보였으나 이미 초월경에 이른 관영호의 두 눈에는 그들이 결코 평범한 늙은이들로는 보이지 않았다.

"너는 윤(倫)도 모르느냐? 감히 사라성의 묘지에 들어와서 패악을 저지르다니……!"

늙수그레한 목소리가 다 그렇듯 구분하기 힘들었지만 방금 그에게 소리친 사람은 남자였다. 그의 표정은 대단히 화가 나 있었는데 관영호의 비상식적인 행동이 그에게 큰 분(忿)을 안겨준 것 같았다.

"캑캑! 영감, 그렇게 소리치면 아이가 겁먹잖수! 조용히 말해!"

여자로 짐작되는 노인네는 조용히 말하라고 해놓고는 자신이 오히려 더 큰 소리를 내고 있었다.

"……."

둘 모두 허리가 구부정하고 머리도 하얀 것이 볼장 다 본 사람들 같았지만 눈만은 맑게 빛나고 있어 이들이 겉은 이래 보여도 실제로 겉보기와 전혀 다른 자들임을 관영호는 알 수 있었다. 하지만 그런 것을 따질 때가 아니었다. 그는 그들이 이야기하는 것을 뒤로하고 다시 무덤을 파기 시작했다.

"아니, 저놈이?!"

관영호에게 소리쳤던 남자 노인은 그가 다시 무덤을 파자 머리가 열리는 느낌을 받을 수밖에 없었다. 노인을 공경해도 봐줄까 말까 하는데 자신들을 철저히 무시하고 계속 무덤을 파고 있으니 노인이 보기엔 정말 그가 자신의 무덤을 파고 있는 꼴이었다.

"네놈이 정녕 네 무덤을 파고 있는 것이구나!!"

"영감, 저건 다른 사람 무덤을 파고 있는 것이야! 노망나긴……."

"……."

관영호는 노인네들의 대화 내용이 너무나 황당하여 어쩔 수 없이 무덤 파는 것을 멈추고는 자리에서 일어나 그들을 정면으로 바라보았다.

"어쭈? 젊은 놈이 노인을 꼬나보네?"

그 말을 끝으로 그는 잘 들리지 않도록 뭔가를 중얼거렸는데 귀가 밝은 그는 그것이 욕임을 충분히 알 수 있었다. 쓴웃음을 지은 그는 이내 무표정으로 둘에게 말했다.

"지금 시간 낭비할 상황은 아니지만… 당신들은 얼마나 오래 살았소?"

"뭣이?! 이 새끼가 정말 버릇없네?!"

남자 노인은 어지간히 예의를 소중히 여기는지 그의 평어투(平語套)에 상당히 민감한 반응을 보이며 몸에서 엄청난 기운을 발산시켰다.

"……."

관영호는 그 모습에 아무 말 없이 손가락 세 개를 꼽아 보이며 그들에게 내밀었다.

"……?"

"……?"

둘은 그것이 무슨 의미인지 몰라 잠시 어리둥절해했다.

"난 이 손가락 수 이상을 살아왔소. 당신들은 아무리 많이 잡아봤자 내 손가락만큼은 안 된 것 같소만……."

"푸하하하하!!"

"쿠캑캑캑!!"

둘은 관영호의 말에 배가 째져라 웃어대었는데 특히 여자 노인은 바닥에 누워 새우처럼 몸을 구부리며 웃을 정도로 민감하게 반응했다. 그들의 추태 아닌 추태에 그는 희미한 미소를 지으며 앞에 널브러져 있는 검을 보았다.

"……."

마치 의지가 달린 듯 갑자기 검이 하늘로 붕 뜨자 이를 본 노인은 누가 한 대 친 것처럼 웃음을 딱 멈추었다. 얼굴이 굳어 있는 것이 매우 놀란 듯했다.

검에서 서서히 붉은빛을 띤 검강이 솟아올라 계속 길어지더니 이내 열 자(일 장:3미터)나 솟아 나왔다.

"무림인끼리는 무림의 법칙대로 힘으로 상대하는 것이 예의겠지? 난 반드시 이 무덤을 파야 하고 그대들은 내가 무덤 파는 것을 원치 않으니 난 날 막으려는 당신들을 힘으로 막을 것이오."

"저, 저럴 수가……?!"

"검강이… 저렇게나?!"

둘은 생전 처음 보는 놀라운 광경에 입을 다물지 못했다. 두 노인의 꽉 쥐어진 손에는 땀이 새어 나오고 있을 정도로 검강의 길이에 긴장하고 있었다. 나이는 헛먹지 않았는지 두 사람은 바로 싸움에 임하는 자세를 취했고 곧 그들의 몸에서도 형용치 못할 무시무시한 무형지기가 솟아올랐다.

관영호의 몸에서는 아무런 기운도 솟아나지 않았지만 둘은 방금 전 열 자 길이의 검강을 본 후라 절대 방심할 수 없었다.

"그대가 누구인지 모르나 우리는 그 옛날 천하쌍괴(天下雙怪)라고 불리는 사람이다."

남자 노인이 간단히 자신들을 소개했지만 관영호는 아무 말도 하지 않았다. 허공에 뜬 채 노인들을 위협하던 검이 갑자기 뒤로 누가 당긴 듯이 물러나자 두 노인은 긴장한 몸을 움찔했다.

"난 적이 아닌데 꼭 싸워야 하오? 난 이자의 시체에서 확인해야 할 것이 있소. 아직 백골로 화하지 않았을 것이니 분명 확인할 수 있을 것이오."

"흐흐, 그것도 정도가 있다. 인륜을 무시하면서까지 네놈 사정을 봐주고 싶지 않구나! 무덤 그만 파고 여기서 나가는 게 어떻겠느냐?"

남자 노인은 크게 소리치며 그에게 장력을 날렸다. 강력한 위력이었지만 안타깝게도 관영호는 장의 대가였기에 그에게는 결코 위협적일 수 없었다.

쾅!

자신에게 날아오는 장력을 향해 손을 내밀자 가벼운 폭음과 함께 장력은 싱겁게 소멸되고 말았다. 장력을 날린 노인이 그 충격으로 한 걸음 물러나자 두 노인의 표정은 경악으로 가득 찼다. 하지만 관영호는 그런 둘을 상관하지 않고 바로 천마장을 연거푸 세 번을 날렸다.

"저, 저건?!"

"미친 영감!! 어서 막앗!"

콰콰쾅!!

"큭!!"

큰 폭음과 함께 두 노인의 답답한 듯한 신음성이 들려왔고 곧 미약한 바람에 폭연이 사방으로 흩어지자 장내의 상황이 드러났다. 두 노인 모두 그의 천마장으로 입가에 가는 핏줄기를 흘리며 한쪽 무릎을 꿇고 있었던 것이다.

"이, 이런 미친 영감, 넋을 어디다 두고 있는 거야?! 너 때문에 이렇게 당했잖아."

마지막엔 힘이 없는지 소리마저 지르지 못한 채 음량이 죽어버렸다.

"제길, 저자는!"

"……?"

"혈영천마(血影天魔)다!"

"뭣?!"

여자 노인은 혈영천마라는 말에 경악으로 두 눈이 커질 대로 커졌다. 하지만 평소 헛소리를 자주 하는 영감임을 잘 알기에 쉽게 믿지 않았다.

"영감, 또 헛소리하는 거 아냐?"

"흐흐, 아주 오래됐지만 내가 어릴 적에 가장 동경했던 사람이 혈영천마였다. 그는 겨우 이 년간 무림을 활동했고 금방 잊혀졌지만 난 혈영천마를 동경했지. 그래서 그의 무공 특성에 대해서도 잘 알지."

"……."

"그의 무공 혈영장, 천마장, 혈영천마장은 천뢰상인과 버금가는 무적의 장공임을 누가 모른단 말인가? 그리고 장력이 주 무공인 우리를 단 한 번의 마주침으로 이렇게 만들 수 있는 장공은 그것뿐이지."

그는 관영호가 보고 있든 말든 자신이 생각했던 것들을 주저리주저리 말했다. 자신의 이야기가 나오자 속으로 쓴웃음을 지으며 그는 이내 말했다.

"미안하지만 난 혈영천마가 아니오."

"흥, 저것 보라구. 저 젊은이는 혈영천마가 아니라잖아! 누가 자신이 나이 든 것을 좋아하겠냐?"

"하지만……."

남자 노인은 관영호의 부정과 할망구의 핀잔에 약간 수그러들었지만 아직 완전히 수긍한 눈빛은 아닌 것이 그의 내심으로는 여전히 관영호를 혈영천마로 생각하고 있는 것 같았다.

"내가 그대들보다 힘이 있으니 난 계속 무덤을 팔 것이오."

"대체 그 무덤을 왜 판다는 것이냐?"

여자 노인은 관영호의 말에 기분이 나쁜지 소리쳤다. 하지만 관영호는 들은 체 만 체하고 무덤만 팔 뿐이었다. 식은 차 한 잔 마실 시간도 채 되지 않아 그의 손에 관이 느껴졌다. 관영호는 내공을 이용하여 관의 끝이라 생각되는 곳에 수도를 세워 땅 안으로 팔을 쑤셔 넣었다. 그러자 순간 그가 어떻게 내공을 운용했는지 땅이 조금씩 흔들리더니 흙이 사방으로 튀며 관이 번쩍 솟아올랐다.

　"허공… 섭물……?"

　"저 정도의 무게를……?"

　둘은 그의 놀라운 신위에 애꿎은 신음성만 흘렸다.

　"삼백 년 가까운 내 인생이 허무하군."

　여자 노인은 허탈한 표정으로 바닥에 주저앉고 말았다. 자신들이 누구인가? 그들이 강호 활동을 하던 오랜 옛날 천하쌍괴라는 이름으로 천하십대고수에 든 둘이다. 삼백 년이나 산 지금은 누구도 자신들의 상대가 없다고 내심 자부하던 그들이었으나 앞의 젊은 청년이 내지른 단 삼 장(三掌)에 맥없이 무너져 버렸다.

　"클클… 허무해할 필요 없다니깐. 저 사람은 혈영천마다."

　"정신 차려, 이 영감탱이!"

　여자 노인은 여전히 그의 말을 믿지 않는지 그에게 면박만 주었다. 그러는 와중에 관영호는 이미 관 뚜껑을 열었고 곧 지독한 시체 썩은 냄새가 사방을 뒤덮었지만 셋은 그 냄새에 별다른 느낌이 없는지 표정의 변화 하나 없었다.

　"……."

　문학문의 시체는 이제 형체를 거의 잃어가고 있을 정도로 썩어 있었다. 그의 시체에서 특이한 것은 그의 몸 이곳저곳에서 꿈틀대고 있는 이상한 벌레들이었는데 그는 한눈에 고독(蠱毒)임을 알 수 있었다. 어느새 뒤에 와 구경하던 두 사람도 그것을 보고는 깜짝 놀랐다.

"이건 뭐야? 고독이잖아?"

"신기하군."

"그래, 정말 신기해."

고독은 만들 당시엔 이미 시전자와 영혼으로 맺어져 있기에 독의 발작도 시전자의 의지대로 조정할 수 있는 큰 장점이 있었다. 그들이 신기하다고 했던 이유는 고독은 시전당한 자가 죽으면 원래의 주인에게로 돌아가거나 소멸한다고 했는데 이것들은 그렇지 않기 때문이었다.

'만약 그때도 그녀가 고독에 중독되어 있었다면, 그리고 그때 해독약을 먹고 나서 배설했던 것이 고독의 잔재물이라면… 이것도 그것과 비슷하거나 똑같은 종류일지도.'

그는 고독을 만드는 것이 보통 힘든 일이 아니라는 것을 알고 있기 때문에 두 종 이상일 것이란 추측은 하지 않았다.

좀 더 확신을 하기 위해 그는 품에서 예전에 간도민이 주었던 해독제를 꺼내었다. 혹시나 해서 감옥에 들어가기 전에 머물렀던 자신의 방을 살폈는데 자신의 짐이 그대로 보존되어 있었기에 당연히 이것도 보존되어 있었다. 사마진영을 치료할 때 혹시나 하여 극소량을 남겨두었던 것이다.

그도 좀 더 연구를 해봐야 할 정도로 확실한 내용물을 알 수 없는 해독제 가루를 손가락에 조금 떠 침을 묻혔다. 묽게 희석되자 그는 그것을 꿈틀대고 있는 곳에 살짝 떨어뜨렸다.

"호오!"

"고독은 해독약이 없는 것으로 알고 있는데 정말 신기하군."

"새로운 종의 고독인가?"

희석된 해독약이 고독에 닿자 고독은 고통스럽다는 듯이 발광하더니 이내 검은 물로 녹아버리는 것이었다.

"이것으로 독을 살포한 사람을 확실히 알게 되었군. 이제 남은 것은 둘인가?"

"이보시오, 노선배."

"난 노선배가 아니오."

"캑캑! 이 노망난 영감탱이야! 추잡하니 그런 표정 짓지 마라!"

남자 노인이 관영호를 바라보는 눈은 마치 어릴 적 자신이 우상으로 생각하던 자에게 보내는 동경의 눈빛이었다. 다된 노인네의 눈빛이 그런 눈빛이자 여자 노인이 질색하는 것도 당연했다.

"많이 변형되긴 했지만 난 그것이 분명 천마장이라고 확신할 수 있소."

"당신이 어떻게 생각하든 상관없소. 이제 나는 가볼 것이오."

그렇게 말하고는 출구로 향하자 그의 뒷모습을 보던 남자 노인이 그를 향해 소리쳤다.

"노선배가 뭐라 말해도 난 당신이 혈영천마라 믿소! 나도 점을 조금 볼 줄 아는데 노선배는 후에 반드시 우리 사라성과 연관이 될 것이오!"

"……."

"영감탱이야, 정말… 그가 혈영천마란 말이냐?"

그의 행동이 워낙 확신을 가지고 하는 행동이라 그녀도 슬슬 그의 말을 믿는 눈치였다. 그는 흐뭇한 눈빛으로 그녀를 보며 고개를 몇 번 끄덕였다.

"그럼그럼. 그 유명한 혈영천마의 혈영삼장을 모른단 말이야? 그것은 분명 천마장이었어. 그의 혈영삼장(血影三掌)은 마도제일장법(魔道第一掌法)이라 불리는 것인데 어찌 모르겠나?"

"흠, 무림에 다시 피바람이 부는 것일까?"

"글쎄, 설령 그렇다 하더라도 옛날만큼 쉽지는 않겠지. 그리고 그의 눈은 말로만 듣던 살성(殺星)의 눈이 아니었어."

그들도 오래 산 사람들이라 무엇이 옳고 무엇이 그른지를 함부로 판단하는 사람들이 아니었기에 더 이상 왈가왈부하지 않았다.

"알 수 없는 것이 세상사라더니……."

그의 작은 중얼거림이 검묘비의 차가운 바람을 타고 밖으로 날아가고 있었다.

"……!!"

앉아 있던 사람들은 입구에서 한 인영이 나타나자 다들 놀라 헛바람을 들이켰다. 몇몇은 자리에서 일어나기까지 했다.

"관 공자……."

사마진영은 그가 감옥을 스스로 나왔다는 것에 괜히 뿌듯한 느낌이 들어 희미한 미소를 지어 보였다. 어떤 생각으로 그랬는지는 확실히 모르지만 그가 부당하게 죄를 뒤집어쓴 채 감옥에 있다는 것이 너무나 싫었기에 그가 이렇게 나온 것이 두 사람의 죽음에 의해 침체된 그녀의 마음에 약간의 청량제가 되어주었다.

"……."

공손아리는 눈물이 맺힌 눈으로 그를 보고 있었다. 그녀의 그렁그렁한 눈에는 의아한 빛이 가득했는데 지금의 사태가 잘 이해되지 않고 있는 것이었다.

관영호가 나타나자마자 예전 섬전무가에 문학문과 같이 동행했던 검마대주의 아들 나헌신(羅軒賮)이 그의 앞을 가로막았다. 눈에는 짙은 살기가 서려 있어 그의 심정이 어떤 것인지를 충분히 알 수 있었다.

"네놈이 어떻게 나온지는 모르나 문 공자를 죽이고도 버젓이 이 사라성 안을 돌아다닌단 말이냐? 정녕 죽고 싶은 것이구나!"

그는 그 말과 함께 허리춤에서 검을 꺼내 들었는데 그것은 어떤 대화도 용납치 않겠다는 강경함의 표현이었다.

"나 소협, 진정하시오."

남궁명혼은 급히 일어나서 그를 만류했지만 나헌신은 한 팔을 그에게 내밀어 더 이상 오지 말라는 표현을 했다.

"남궁 소협은 날 막지 않으셨으면 하오. 난 저자를 결코 그냥 둘 수가 없소!"

"나 소협……."

"……."

관영호가 그런 그를 보며 짙은 미소를 지어 보이자 다른 사람들은 깜짝 놀란 표정들이었다. 그의 미소가 어떤 의미였던 간에 나헌신은 그 미소가 자신을 비웃고 있다고 생각했기에 더욱 분노했다.

"네 이놈! 무공을 모른다 하여 사정을 봐주려 했는데 이젠 도저히 용서할 수가 없다!"

그는 삼 장가량 떨어져 있는 관영호를 향해 검을 찔러갔다. 상당히 매서운 공격이었는지라 주위에 있던 사람들은 크게 놀랄 수밖에 없었다.

깡!!

순간 다른 사람들은 그가 검에 찔려 죽을 것이라 생각했는데 금속성과 함께 의외의 결과가 나타났다.

"저럴 수가!"

남궁명혼은 자신도 모르게 소리를 질렀다. 그는 관영호가 나헌신의 검신을 손가락으로 반이나 부러뜨린 뒤 그의 검을 뒤로 흘려 버리고는 그의 문맥을 쥐는 것을 확실히 보았던 것이다. 너무나 유연한 듯하면서도 그 연계 동작은 완벽했다.

"아……."

공손아리는 관영호의 일수를 보고는 아무런 생각도 나지 않았다. 그가 무공을 하고 있다는 생각조차 나지 않을 정도로 정신이 없었다. 친구의 죽음으로 정신이 없는데 이런 알 수 없는 사태까지 벌어지니 지금이 꿈인지 생시인지도 모를 정도였다.

관영호가 아무 말 없이 그의 배에 손바닥을 붙이자 미약한 신음성과 함께 나헌신은 그 자리에 주저앉고 말았다. 그 모습을 본 백소화는 자신도 모르게 자리에서 일어나 그에게 소리쳤다.

"네 이놈! 살인자 주제에 무슨 행패냐!"

"……."

관영호는 그런 그녀를 무시하고 안으로 걸어 들어가려 했다. 백소화는 그를 가만두지 않으려는 듯 검을 꺼내 들었지만 사마진영이 가만히 자리에서 일어나 그녀의 팔을 붙잡았다.

"뭐, 뭐야?!"

백소화는 갑작스런 그녀의 행동에 당황하며 몸을 주춤거렸다. 사마진영은 자신을 쏘아보는 그녀를 보며 고개를 가볍게 젓고 말했다.

"조금만 더 지켜보세요."

발끈하려던 백소화는 반은 진지한 그녀의 말에, 반은 억센 그녀의 악력 때문에 팔에 준 힘을 빼고 말았다.

관영호가 안으로 들어가자 누가 뭐랄 것도 없이 의외의 사태를 지켜보기 위함인지 다 같이 뒤를 따라 안으로 들어갔다. 그의 눈에 안면이 익은 몇 사람이 들어왔고 그들이 자신을 쳐다보자 그중 몇몇이 반응을 보였다. 그 시작은 문극문이었다.

"네, 네놈이!!"

문극문은 관영호를 보고 꽤나 격렬한 반응을 보였다. 당연히 자신의 아들을 죽인 자를 평온한 신색으로 바라보는 것을 기대하는 것은 어려운 일이었다. 문극문은 얼마 전에 보여주었던 모든 것을 극복했다는 듯한 표정과 행동들이 모두 거짓말이었다는 듯 몸을 부들부들 떨다 고개를 돌려 뒤에 있는 임사우를 쏘아보았다.

"임 대협, 이게 어찌 된 일이오? 살인자가 어떻게 혐죄부에서 빠져나온 것이오?"

"음……."

임사우는 할 말이 없었다. 내심 기쁘기는 했지만 마음껏 기뻐할 수 있는 자리가 아닌데다 더욱 큰 문제는 이 심각한 상황을 타개할 방법이 딱히 떠오르지 않는다는 것이었다.

'맙소사!'

만약 여기서 어떤 해결책이 나오지 않는다면 문극문의 분노는 앞으로 사라성의 흐름에 큰 차질을 빚을 것이 분명했다.

"네 이놈!!"

자중남은 분노에 찬 목소리로 청(廳)을 쩌렁쩌렁 울릴 정도로 크게 소리를 질렀다.

"살인자가 감히 여기가 어딘데 다시 나타난단 말이냐? 네 이놈, 관

가야! 내 너를 오늘 죽여주겠다! 네놈이 무공을 쓰지 못한다고 나를 원망하지 말거라!!"

자중남은 제법 장공(掌功)을 쌓은 듯 두 손에 은은한 흑기(黑氣)를 품은 채 그를 향해 달려갔다. 그가 관영호에게 가까이 다가갈수록 그 손은 점점 검게 변하더니 그의 명치에 부딪칠 때는 흑기에 손이 보이지 않을 정도로 짙어져 있었다.

퍼퍽!!

"안 돼!"

워낙 순식간의 기습이었기 때문에 임사우는 깜짝 놀라 자신도 모르게 소리쳤다. 뒤에 있던 사람들도 갑작스런 공격에 각자 신음성을 내고 있었지만 그 순간에는 이미 자중남의 장(掌)과 관영호의 명치가 부딪친 후였다.

"이, 이건 뭐야?"

이 정도의 장력에 무방비 상태로 부딪쳤으면 죽어도 비참하게 죽어 있든지 최소한 뒤로 몇 장은 튕겨 나가야 했지만 관영호는 한 발자국도 물러나지 않았고 그가 정녕 자중남의 장에 명치를 공격당했는지도 의문일 정도로 무표정했다. 오죽하면 이를 지켜보던 임사우도 자중남이 장난으로 그런 것은 아닌가 하고 순간 생각했을까.

"으……."

"아!"

자중남의 신음성과 임사우의 신음성이 동시에 터져 나왔다. 같은 신음성이었지만 그 내포한 의미는 전혀 달랐다.

자중남은 눈치가 빠른 인물이라 그 순간 예전에 술을 마실 때의 일이 생각나면서 불현듯 불길한 느낌이 들었다. 하지만 내심 고개를 강하게 젓고는 다른 손에도 더욱 강한 공력을 일으켜 그의 가슴을 향해 다시 공격했다.

쾅!

강하게 부딪친 소리가 났지만 관영호의 몸은 미동도 하지 않았다. 그러자 자중남의 얼굴이 새하얗게 탈색되면서 두 다리를 조금씩 떨기 시작했다. 하지만 그것을 인정하지 않으려는 듯 악을 지르며 두 손을 무자비하게 교차하며 재차 그의 가슴을 강타하기 시작했다.

"으아아아!!"

퍽! 퍽! 퍽!!

장내는 조용한 가운데 가슴이 몽둥이질을 당하는 듯한 섬뜩한 소리가 청 내를 울리고 있었다. 그러나 돌아오지 않는 메아리처럼 그의 힘은 관영호의 가슴에 닿아도 되돌아오지 않는 목소리가 될 뿐이었다.

"……."

처량하달까, 아니면 추한 모습이었달까? 관영호는 호수같이 잔잔히 가라앉은 눈으로 자중남을 쳐다보다 조금씩 그의 입에 미소가 서리기 시작했고 그 미소는 사마진영도 처음 듣는 웃음소리로 번졌다.

"후후……."

"……."

"후후후후……."

고요한 웃음소리가 가슴을 때리는 소리와 함께 묘한 조화를 이루며 청 내를 휘돌기 시작했다. 얼마나 웃었을까? 그리 길지 않은 웃음이었지만 자중남을 비롯한 다른 사람들은 상당히 길게 느꼈다. 곧 그의 웃음이 멈추자 자중남의 공격도 거짓말처럼 같이 멈추었다.

관영호는 가만히 손을 들어 자중남의 얼굴을 살짝 만졌다.

"힘은 있는 듯 없는 듯하여 한쪽에 기울이지 않고 집착하지 않아야 하는 것이다. 사람의 마음도 그러하니 한쪽으로 치우쳐 있는 자네는 언젠가 우환을 당할지도……."

그가 어떻게 했는지는 모르지만 말이 끝나자 자중남 역시 나헌신처럼 그 자리에 주저앉고 말았다. 그 놀라운 모습에 좌중은 아무도 입을 여는 이가 없었다. 관영호는 자신을 향한 침묵을 무시하며 이번에는 문극문을 바라보았다.

"내가 싫소?"

"…다, 당연하다!"

"하지만 난 당신에게 어떠한 감정도 없소. 당신이 날 싫어하는 것을 뭐라 할 수는 없지만 내가 죄를 지었다고 믿고 날 싫어하는 것은 참으로 슬픈 일이구려."

"네가 죽이지 않았다면 누가 죽인 것이냐?"

"……."

관영호는 말없이 손을 들어 올려 간도민을 지목했다. 그걸 본 문극문은 황당한 표정으로 헛웃음을 지었다.

"허허, 네놈도 변명거리가 떨어지니 그런 억지를 쓰는 것이냐? 혈잠대원들은 무엇을 하는 건가! 어서 저 미친 살인마를 죽여라!"

그가 소리치자 곳곳에 숨어 있던 혈잠대원 열 명이 갑작스럽게 장내에 나타났다. 다들 고도의 은신술을 쓰고 있는지 그들이 있다는 것을 못 알아차린 사람도 몇몇 있었다.

혈잠대원 중 두 명이 소리없이 그에게 다가가 검을 휘둘렀다. 매우 신속하고 빠른 검은 그들이 실전 위주로 철저한 훈련을 받아왔다는 것을 알 수 있었다. 하지만 관영호는 그들의 검을 무시한 채 그저 간도민을 보고 있었다.

두 명의 검이 그를 베고 찌르려는 순간 그의 몸은 순식간에 사라져 버렸다. 상대방이 사라져 버리자 두 혈잠대원은 몸을 잠시 주춤했고 이내 몸을 가다듬고는 재빨리 방어 태세를 취하는 철저한 모습을 보였다. 하지만 관영호의 신형은 어느새 다른 곳에 있었다.

"……."

두 개의 관 앞에 선 그는 관 하나를 열어보았다. 그 안에는 우영이 있었는데 얼굴은 짓이겨져 있어 우영인지 아닌지를 잘 알 수 없을 정도였다. 하지만 그나마 잘린 허리는 잘 이어져 있었다. 죽었다는 것을 몰랐다면 그저 자고 있는 추녀(醜女)로 착각할 정도로 시체 처리가 잘되어 있었다.

"웃고 있군."

"……?"

관영호의 중얼거림을 들을 수 있었던 임사우는 영문을 알 수 없었다. 그의 말이 그저 아픔에서 우러나온 단순한 독백인지 아니면 어떤 의미를 담고 있는지 혼란스러웠다. 하지만 다음에 이어져 나온 관영호의 말을 통해 그 뜻을 알 수 있었다.

"기습당한 건가?"

그렇게 말하면서 관영호의 시선이 잠시 오화란을 향한 것은 우연이었을까? 관영호는 뒤이어서 다른 관 뚜껑을 열었고 평온히 잠들어 있는 도용연을 볼 수 있었다.

"오랜만이오, 도 소저."

그의 행동이 너무나 진지해 문극문과 혈잠대원들은 잠시 어떻게 해야 할지 갈피를 잡을 수가 없었다.

관영호는 도용연의 시신을 바라보다가 전혀 죽은 것 같은 모습으로 보이지 않아 임사우에게 물었다.

"도 소저는 무엇 때문에 죽은 건가?"

"심장에 검이 찔렸네."

"……."

관영호가 입혀져 있는 그녀의 윗도리를 벗기자 그 행동에 사람들은 놀라 그를 만류하려 했다.

"그게 무슨 짓입니까? 시체를 모독하는 짓을 하지 말았으면 하오!"

공손강이 한 발 앞으로 나와 그에게 크게 소리치며 행동을 나무랐다. 하지만 관영호는 들은 척도 하지 않고 그녀의 가슴을 자세히 살펴보기 시작했다.

그러다 그는 심각한 표정으로 그녀의 가슴에 손을 대었다. 다른 사람이 보면 패륜적인 짓으로 보일 정도의 행동을 그는 아무렇지도 않게 하고 있는 것이었다. 임사우도 사마진영도, 그를 좋게 생각하던 남궁 명혼도 순간 저것은 아닌데 하는 생각이 들 정도였다. 관영호는 계속 그녀의 가슴을 만지다가 이번에는 아예 그녀의 상의를 완전히 찢어 벗겨 버렸다.

"혈잠대원들은 어서 저 살인자를 막아라! 사람을 죽인 것도 모자라 남에게 죄를 덮어씌우려고 했으며 이제는 시체까지 모독하는구나! 생 포할 필요 없이 죽여라!"

혈잠대원들은 그가 심상치 않은 무공 내력을 지니고 있음을 어느 정도 파악했기에 신중하게 그의 뒤로 다가갔다. 관영호의 곁에 있던 사람들은 그의 알 수 없는 행동에 꺼려함과 동시에 흉흉한 분위기 덕에 어쩔 수 없이 자리를 비켜주었다.

"……."

그들이 다가옴을 느낀 관영호는 잠시 자신이 하던 일(?)을 멈추고 다가오는 열 명의 혈잠대원을 보며 입을 열었다.

"난 지금 심각하니 물러서시오."

하지만 그들은 아무 말도 하지 않고 제각기 무기를 꺼내 들더니 그를 향해 계속 다가왔다. 그들 각각의 몸에서 풍기는 기도는 무림의 어디에 내놓아도 전혀 손색이 없을 정도로 대단했다. 관영호는 그런 그들을 보고는 어쩔 수 없이 몸에서 혈영천마공을 일으켰다.

"그대들을 이해하지만 나의 일을 위해서는 어쩔 수가 없군."

그가 예상치 못한 힘을 일으키자 장내에 있던 모든 사람들이 놀란 표정을 지었다.

"저, 저럴 수가……!"

"관 공자가 어떻게 저런 강한 무공을?!"

그의 몸에서 피어오르던 검붉은 기운은 이내 두 손에 모아지면서 붉게 변했다. 그의 쌍장이 앞으로 내밀어지는 순간 엄청난 혈장이 그들을 향해 나아갔다.

"위험하다!"

문극문이 한눈에 보아도 위험하다는 느낌을 받을 정도로 그의 장력은 숨 막힐 듯 거대했기에 자신도 모르게 그 소리를 질렀다. 하지만 혈잠대원들은 오직 맞서 싸우는 것만 세뇌당할 정도로 배워왔기 때문에 물러서지 않고 거리낌없이 그의 장력을 향해 각자의 절기를 쏟아냈다.

쾨쾅!!

엄청난 굉음과 함께 열 명의 혈잠대원은 급한 걸음으로 뒤로 계속 물러났다. 하나같이 그들의 입가에는 핏줄기가 흐르고 있어 일 대 십(一

對十)의 대결에서 관영호의 우위가 확연히 드러났다.

"오……!'

"……!!'

모두 놀라움으로 할 말을 잃을 정도였다. 혈잠대원 중 최고의 실력을 지녔다는 이들 혈룡십천(血龍十天) 모두와 대적하여 압도적인 우위를 점했다는 말을 누가 믿겠는가?

관영호는 그들을 쓰러뜨린 후 다시 몸을 돌려 도용연의 몸을 살피기 시작했다. 그런 그의 모습에 임사우는 내심 끓어오르던 묘한 흥분을 가라앉히고는 물었다.

"자네… 뭘 하는 것인가?"

"……."

그의 질문에도 관영호는 아무 말 하지 않고 계속 이리저리 그녀의 몸을 살피기만 했다.

간도민은 심상치 않은 그의 행동에 이것저것 생각해 보다 결국 한 가지 가정을 하게 되었다.

'저렇게 살핀다는 것은 살해자의 정체를 알 수 있다는 것과… 생각하긴 싫지만 저 여자가 살아 있다는 것이다. 하지만 살아 있어도 의식을 회복하는 것은 힘들 거야.'

그리고 문제는 관영호의 무공이 엄청나다는 것이었다. 오화란이 패배했을 정도면 문제는 심각했다. 비록 오화란이 자신의 모든 힘을 다 쓰지도 못한 채 지긴 했지만 섬전무가의 최후 초식까지 무위로 돌렸다는 것은 그의 무공이 절대의 경지에 이르러 있을 가능성이 농후했다. 그리고 방금 본 일장 역시 그것을 확실하게 해주는 명확한 증거였다.

'호호, 하지만…….'

자신이 꼭두각시로 만든 뇌운성이 있으니 두 사람이 합공을 한다면 저 사람을 쉽게 제압할 수 있을 것이라 확신했다. 지금의 저 두 사람이 합공한다면 자신의 아버지도 당할 수 없을 정도라 생각한 그녀는 관영호도 충분할 것이라 판단했다. 간도민이 오화란에게 눈짓을 줘 나서라고 할 때 관영호의 입에서 놀라운 말이 튀어나왔다.

　"살아 있다."

　"……?"

　"살아 있다니?"

　사람들은 그의 말을 이해하지 못했지만 임사우는 그의 말에 깜짝 놀라 그에게 다가가 어깨를 잡고 물었다.

　"정말, 정말 그녀가 살아 있단 말인가?"

　"뭣?"

　사람들은 도용연이 살아 있다는 말에 다들 경악성을 내질렀다. 다들 그녀의 죽음을 당연하게 생각하고 있었는데 관영호가 거짓말 같지 않게 너무나 진지한 말투로 살아 있다고 말하니 놀라지 않은 사람이 없었다.

　"……."

　관영호는 임사우의 마음을 이해하는지 희미한 미소로 대답을 대신했다. 임사우의 얼굴이 금세 환해졌다.

　"우랑, 그의 말이 정말인가요?"

　호사란의 의심스러운 말에 이어 오화란 역시 확인하듯 물으며 앞으로 나왔다.

　"살인자의 말을 쉽게 믿는 것은 안 될 일입니다."

　"음… 맞는 말입니다. 증거가 확실하지 않는 이상 관 공자는 살인자입니다. 그리고 살인자가 하는 말은 쉽게 믿질 못하겠습니다."

공손강이 거들고 나오자 분위기는 더욱 그의 말이 거짓말이라는 쪽으로 옮겨지고 있었다. 공손강은 천성이 그렇듯 올바르지 못한 것을 매우 싫어하는 사람이었기에 관영호가 일단 살인자라는 증거가 명확한 이상 무리해서까지 그를 두둔하고 싶지는 않았다.

"흥! 나도 그렇군요. 어떻게 죽은 사람을 살아 있다고 하는 것이죠? 그리고 시체를 모독한 행위는 용납할 수 없어요."

백소화가 그 분위기에 이어 한마디 거들었다. 임사우는 자신의 아내인 호사란마저 자신의 친구를 믿지 않는 눈치이자 순간 얼굴에 슬픈 빛을 띠었지만 애써 평온을 유지하며 그에게 말했다.

"난 친구를 믿소. 그게 내가 살아온 방식이고."

"임 대협!"

"여보……."

"그리고 난 도 소저가 살아 있다는 말을 믿고 싶소. 도저히 둘의 죽음을 받아들일 수 없는 마음에서 도 소저가 살아 있다는 것은 꺼지기 직전의 희망이기도 하니까."

"……."

그는 아까처럼 짙은 미소를 임사우에게 보여주고는 말했다.

"분명 살아 있네만 의식이 회복되는 것은 불가능에 가깝네. 그러나 방법이 없는 것은 아니야."

"그래. 자네를 믿고 있네, 난."

"이제… 살인자를 처단해야겠지?"

그는 임사우만 들을 수 있도록 조용히 말하며 오화란을 향해 몸을 돌렸다.

"어차피 나를 죽이려 했을 것이니 내가 당신을 죽이려 한다고 해서 불공평한 것은 아니라고 보오."

"무슨 말이죠? 왜 나의 사매를 죽이려 하는 건가요?"

"네놈은 정말… 나의 아들을 죽인 것도 모자라 내 며느리의 사매마저 죽이려 하느냐? 너를 용서할 수가 없구나."

"아버님, 괜찮습니다. 저 사람이 비록 내 사매를 죽이려 하지만 제 사매의 무공은 누구에게도 지지 않을 정도입니다. 그리고 뇌 소협께서 저 살인마를 해치우는 데 도움을 주실 겁니다."

"뭣?!"

"……."

임사우는 간도민의 말에 깜짝 놀랐다.

"뇌 형님, 그것이 무슨 말입니까?"

뇌운성은 아까부터 말없이 멍하게 서 있었지만 임사우가 자신을 힐책하자 앞으로 한 걸음 나와 오화란과 나란히 서서는 그를 보고 말했다.

"자네와 그가 비록 친구 사이라고는 하나 공과 사는 철저히 구분해야 하네. 동생의 다정함이란 장점이 지금은 단점으로 작용하고 있으니 안타깝구나."

그의 말은 간도민의 말처럼 관영호를 죽이는 데 함께 힘을 보태겠다는 말이었다.

"뇌 소협."

사마진영이 나지막이 그를 불렀지만 뇌운성은 들은 척도 하지 않았다.

임사우는 갈등의 눈빛을 보이다가 이내 입술을 깨물고는 걸음을 옮겨 관영호의 옆에 섰다.

"……?"

그러나 관영호의 팔이 그를 가로막아 자신의 옆으로 오는 것을 막아 버리자 임사우는 놀란 눈으로 그의 뒷모습을 쳐다보았다.

"아무리 자네가 강한 무공을 지니고 있다 해도 뇌 형님의 무공을 감당하기는 힘드네. 그리고 오화란이란 여인의 무공 또한 대단할 것 같으니……."

"됐네. 어차피 저 여인과 나 사이에는 은원 아닌 은원도 있고 내 친구들을 죽인 여자니까. 그리고 뇌 소협은……."

"……?"

관영호가 말을 하다가 말자 뒷말이 궁금했으나 지금 같은 상황에 쓸데없는 호기심은 필요없다는 것을 알기에 이내 궁금증을 지워 버렸다.

관영호는 조금 더 앞으로 걸어나가 오화란과 뇌운성을 마주 보고 섰다. 그의 너무나 담담한 얼굴을 본 문극문은 불안한 마음이 싹트기 시작했다.

'저놈은 대체 뭘 믿고 저렇게 태연하단 말인가? 아무리 강하다고 하지만 천뢰상인의 후예인 뇌운성마저 두려워하지 않는단 말인가?'

"난 시간이 없다. 도 소저의 몸이 죽어가고 있기 때문에 치료를 해야 하니까. 두 꼭두각시에게 어서 싸우라고 명령하시오, 간 소저."

"네 이놈! 감히 아가씨를 모독하는 것이냐!"

"……"

뇌운성은 아무 말 없이 몸에서 천뢰신공을 일으켰다. 그의 몸에서 뇌기가 서리자 청 내에 은은한 뇌성이 울렸다.

'뇌 형님의 천뢰신공이 더욱 강해졌다. 대체 어찌 된 일인가? 며칠 사이에 깨달음이라도 있었단 말인가? 분명한 것은 뇌 형님이 이상하다는 것이다. 친구, 괜찮겠나?

임사우의 생각과는 달리 대치 상태는 서서히 싸움으로 들어섰다.

"······."

관영호는 뇌운성이 천뢰신공을 일으키고 있는데도 그저 가만히 있었다. 오화란은 그가 어떻게 행동하는지를 알아야 했기에 가만히 주시하기 시작했다. 그때 우연인지는 모르지만 관영호의 눈이 그녀와 마주쳤다.

'헉!'

순간 다리가 풀릴 뻔했지만 내공을 급히 끌어올려 간신히 버틸 수 있었다. 그녀가 본 그의 눈빛은 그녀 생전 처음 보는 공포스런 눈빛이었다. 자존심이 상한 그녀는 잘못 본 것이라 생각하며 두 눈에 힘을 주어 다시 그의 눈을 보았다. 역시 그녀의 예상대로 담담하고 착 가라앉은 눈빛이 자신을 주시하고 있었다.

'착각이었군. 한 번의 패배가 이 정도로 영향을 끼친단 말인가?'

그녀는 입술을 꽉 깨물며 한 발을 뒤로 조금 당겨서 발검 자세를 취하고 그의 눈빛을 마주 보았다.

"앗!"

그녀는 그의 눈에서 뿜어져 나오고 있는 살기의 눈빛에 자신도 모르게 경악성을 내지르고 말았다. 그를 보고 있는 다른 사람들이 멀쩡한 것을 보면 그 살기는 그녀만을 향하고 있는 것이었는데 다른 사람들은 모르게 하면서 특정 대상에게만 살기를 내뿜을 수 있는 능력에 그녀는 가슴이 서늘해졌다. 그러나 결코 그에 기죽지 않는 그녀였다.

'호호! 나를… 죽이겠다 이 말씀이신가? 아니, 내가 너를 죽여주겠다!'

그녀의 생각과는 달리 선공은 뇌운성이었다. 그의 몸에서 일어나던 모든 뇌기가 그의 주먹에 몰려 있는 것 같은 착각이 들 정도로 그의 주먹에는 엄청난 뇌기가 실 뭉치처럼 휘돌고 있었다. 천뢰패영신보(天雷霸影身步)와 함께 펼쳐지자 그의 신형은 마치 태풍이 관영호를 향해 몰아치는 것과 같았다.

"천뢰투(天雷闘)다!"

누군가의 입에서 감탄사처럼 천뢰투란 단어가 튀어나왔다. 천뢰투는 천뢰신공을 바탕으로 한 근접 무공으로 인간의 가장 기본적인 움직임을 박투술로 승화시킨 무공이었다. 간단한 주먹 차기, 발차기, 어깨 공격, 수도 치기 등이 그 공격 방법이라 매우 삼류적인 느낌을 주는 것이지만 그 빠르기와 위력은 그 누구도 감히 경시할 수 없는 것이었다. 그리고 천뢰투의 움직임이 무아지경에 이르면 천뢰무(天雷舞)로 승화하여 어느 누구도 그 춤을 견뎌낼 수 없다고 하니 천하제일의 박투술이라 해도 과언이 아니었다.

뇌운성의 주먹이 그의 가슴을 쳤지만 관영호는 간단하게 한 손바닥으로 막아버렸다. 천뢰신공이 그의 몸을 휘감아도 그는 아무런 영향을 받지 않는 듯 무표정했다. 곧이어 뇌운성의 질풍 같은 박투술이 그의 전신을 향해 쏟아졌다. 그 위력이 대단하다는 것을 보여주려 함인지 뇌기가 사방으로 퍼지며 구경하는 자들을 위협했다.

뇌운성의 속도를 따라잡아 볼 수 있는 사람은 이 안에서 사마진영, 임사우 부부, 오화란뿐일 정도로 빠르고 태산이라도 부술 듯한 위력의 공격을 관영호는 제자리에 선 채 아무런 부담 없이 다 흘려버리고 있었다. 제자리에 선 채로 막기에는 불가능한 기괴한 공격도 많았는데도 그는 불가능이란 없다는 것을 몸으로 말해 주듯 모두 막고 있었다.

어느 순간 뇌운성의 움직임이 순식간에 멈추었다. 놀랍게도 그의 두 주먹이 관영호의 두 손에 잡혀 있었다.

"그 정도로는 날 위협하지 못하오. 그리고 다시 한 번 마지막으로 말하겠소. 최선을 다해 날 상대하지 않으면 얼마 가지 못해 쓰러질 것이오."

그 와중에도 뇌운성은 다리를 들어 올려 관영호의 음낭(陰囊)을 걷어찼으나 관영호의 무릎이 그 발을 막아버렸다. 그의 비겁한 행동에 임사우는 아연실색할 수밖에 없었다.

"뇌 형님!"

"맙소사……!"

호사란도 놀랄 수밖에 없었다. 뇌운성 같은 공명정대한 자가 그런 비겁한 싸움을 한다는 것은 그 자신에게 엄청난 불명예를 가져올 수 있었다. 하지만 정작 당사자인 뇌운성의 표정은 변함없었고 당하는 입장인 관영호도 오히려 미소를 지으며 그를 칭찬했다.

"좋은 자세요. 싸움은 어떤 수단을 써서라도 이겨야 하는 법, 나의 방심을 파고든 점은 칭찬하지만……."

관영호의 팔이 움찔거리자 뇌운성의 몸이 순간 그를 향해 기울어졌으며 그의 배에 붉은 기운을 띤 관영호의 손이 닿았다.

"우욱!"

가볍게 댄 것 같았지만 뇌운성은 고통스런 신음성을 내며 오 장이나 뒤로 날아가 오화란의 옆에 떨어져 버렸다.

"큭……!"

뇌운성의 입가에 실핏줄이 흐르는 것이 약간의 내상을 입은 듯했다. 하지만 그는 곧 다시 자리에서 일어났다.

관영호는 그를 보다가 이번에는 오화란을 보고 묘한 미소를 지으며 말했다.

"이번엔 당신 차례인 것 같군. 하지만 뇌 소협같이 덤비다간… 저것 이상의 꼴을 맛보게 될 거요. 특히 당신은."

"흥!"

그녀는 그의 말을 무시하고는 서서히 몸에서 섬전뇌기공(閃電雷氣功)을 일으켰고 어느 순간 그녀의 몸에서 일어나던 섬전뇌기공의 기운이 사라져 버리자 그녀의 주위에는 답답한 정적이 몰려왔다.

"아니……."

사마진영은 오화란의 모습을 보고 깜짝 놀랄 수밖에 없었다. 저 모습은 예전에 오패마 중의 한 명인 섬전검 간훈과 싸울 때의 모습과 흡사하기 때문이었다.

"검신령합……."

절로 신음성이 나왔다. 관영호가 걱정되어서가 아니라 저렇게 젊은 나이에 간훈이 이룬 성취를 오화란이 이루었다는 걸 믿을 수가 없기 때문이었다.

콰쾅!!

엄청난 폭음과 함께 거센 폭연이 관영호에게로 퍼져 나가 시야를 가렸으며 시야를 가리는 순간 한줄기 빛은 이미 관영호의 앞까지 와 있었다.

"맙소사!!"

임사우를 비롯한 다른 사람들도 검신령합에 대해서 알고 있었기에 놀라 마지않을 수 없었다. 오화란은 온데간데없이 검만이 광활한 빛을 발휘하며 그에게 날아가는 그 장엄한 광경에 모두가 넋을 잃고 바라보고만 있었다.

"후후!"

한줄기 비릿한 웃음이 광활한 빛에 묻혀 버림은 아무도 알지 못했다.

늦었는지 빨랐는지 모르게 혈광(血光)이 관영호의 앞에서 퍼져 나왔다.

파팟!!

그 혈광은 빛을 덮는가 싶더니 어떠한 저항도 없이 허무하다 할 정도로 쉽게 빛을 밀어내 버렸다.

"아악!!"

째질 듯한 비명 소리와 함께 오화란은 뇌운성과 같은 모양새로 뒤로 날아가 바닥에 떨어져 버렸다. 검과 함께 나뒹구는 모습이 희극적이기까지 했다. 그녀가 쓰러짐과 동시에 뇌운성이 내상에서 거의 회복이 되었는지 방금 전과는 차원이 다른 강력한 뇌기를 몸에서 일으켰고 그 덕분에 사 장 정도 뒤에 있던 문극문과 간도민은 청(廳)의 가장 끝으로 몸을 피할 수밖에 없었다.

"엄청나다!"

임사우는 뇌운성의 가공할 천뢰신공에 절로 감탄사를 내뱉었다. 그가 아는 바로 뇌운성의 한계는 천뢰삼장인 뇌섬작렬폭(雷閃灼熱爆)이었다. 그런데 지금의 그를 보면 그 한계를 훨씬 넘어가 있는 모습이었다.

"크으으!"

뇌운성은 무리하게 구성(九成)의 천뢰신공을 끌어올려 고통스러운 표정을 짓고 있었다. 예전 같았으면 아예 엄두도 내지 못할 경지였지만 간도민이 먹인 약으로 인해 가능하게 된 것이었다.

"크크크!"

그는 고통을 참으려는지 혀를 깨물어 피를 내었다. 입 주위가 피 범벅이 된 그의 얼굴과 천뢰신공의 막강한 기운으로 몸에서 강렬하게 번쩍이는 뇌광으로 인해 그는 마치 지옥에나 있을 법한 뇌마(雷魔)처럼 보였다.

오화란 또한 마찬가지였다. 그녀의 어긋난 질투심이 관영호에 대한 살심으로 번졌는데 또다시 패배를 맞자 그녀를 나찰녀(羅刹女)로 만들어 버린 것이다. 그녀의 두 눈은 살심과 분노로 가득 차 있었고 일그러진 표정은 매우 추해 보였다. 뇌운성의 폭주에 그녀 역시 영향을 받아 흥분해 버린 것도 한몫했다. 그녀의 검은 그녀의 몸 앞에 뜬 채 강렬한 황색 빛을 발하고 있었고 그녀의 몸 역시 검과 같이 황색 빛을 강하게 발산하고 있었다.

그녀의 힘과 뇌운성의 힘이 서로 부딪쳐 강한 반발을 하고 있었지만 둘은 신경도 쓰지 않았다. 오직 관영호를 노려보고 있을 뿐이었다.

"널… 반드시 죽인다!"

오화란은 반쯤은 이성을 잃은 듯 그렇게 외치며 이를 갈았다. 그런 그녀의 모습에 간도민은 상황이 좋지 않게 흐르고 있음을 느꼈다. 관영호의 예상을 훨씬 벗어난 무공도 그랬고 오화란의 흥분도 그랬다. 더 더욱 심각한 것은 뇌운성의 눈빛이 조금씩 신지를 되찾아가고 있다는 것이었다. 그 이유를 자세히는 알 수 없었지만 그것은 매우 심각한 문제였다.

뇌운성의 한 손이 천장으로 올려져 하늘을 가리키고 있었고 나머지 한 손은 앞으로 내밀어져 하늘과 마주하고 있었다. 손이 부들부들 떨리고 있는 것이 매우 무거운 무언가를 간신히 들고 있는 것 같았다.

"천뢰… 사장… 천뢰패(天雷覇)……."

쥐어짜는 듯한 목소리와 함께 어디선가 가공할 뇌음(雷音)이 울려퍼졌다.

우르르릉!!

관영호는 그와 함께 엄청난 무형지기가 자신의 위에서 자신을 짓누르기 시작하는 것을 느낄 수 있었다.

'멋지군!'

그는 내공을 더욱 끌어올려 하늘을 향해 무명오장 중의 무(霧)를 시전했다. 하늘을 향해 장력을 쓰는 것이 매우 힘든 일이긴 했지만 그는 자신이 있기에 거리낌없이 그 힘을 상대했다.

붉은 안개가 형체도 보이지 않는 무형의 힘을 향해 날아가는 순간 오화란의 몸은 전과는 다르게 검이 되어가고 있었다. 그녀의 앞에 떠있던 검은 곧 빛을 발하며 관영호를 향해 곡선을 그리면서 날아갔고 그 반대편으로 그녀의 몸 또한 검이 되어 날아갔다.

"아즉검(我卽劍)!"

임사우는 두 눈을 크게 뜬 채 멍하게 바라볼 수밖에 없었다. 아즉검의 경지를 본 것은 이번이 처음인 다른 사람들도 마찬가지였다.

'이길 수 있어. 호호!'

간도민은 오화란의 아즉검을 본 순간 승리를 확신할 수 있었다. 그녀의 눈으로는 따라가기도 힘든 속도인지라 그녀는 관영호를 보고 있었다. 분명 천뢰패를 상대하기 위해 장력을 쓰느라 오화란의 쌍아즉검(雙

我即劍)을 상대하는 것은 불가능할 것처럼 보였다.

"헉!"

"으윽!"

"앗!"

오화란의 검과 검이 된 그녀 자신이 양쪽에서 그의 몸을 할퀴려는 순간 청(廳) 내에 있는 모든 사람은 그들을 향해 몰아치는 엄청난 힘의 압박감을 느껴야만 했다. 가슴이 답답하고 제대로 서 있을 수조차 없을 정도였다.

무공을 모르는 간도민조차 그 엄청난 힘을 느낄 수 있었고 압박감에 밀려 뒤로 넘어지면서 그녀는 관영호의 몸에서 눈부시도록 빛나는 혈광을 볼 수 있었다.

쿠쿠쿠쿵!!

엄청난 폭음과 함께 천장이 무너지기 시작했다. 뇌운성은 피를 토하며 그 자리에 주저앉아 버렸으며 오화란은 허공으로 피를 뿜어대며 한없이 뒤로 날아갔다.

"꺄아악!!"

"피햇!!"

무너지는 돌덩이들을 피해 사람들은 이리저리 도망 다니고 있었다. 다행히 청 내의 천장만 무너지고 있었기에 탈출구를 통해 밖으로 나가던 그들은 황당한 장면을 하나 목격하게 되었다.

쾅!! 콰쾅!!

관영호가 무너져 내리는 천장의 돌덩이들을 장력으로 하나하나 파괴하고 있었던 것이다. 너무나 강력한 장공에 돌덩이들은 가루로 화해 먼지가 되어 하늘로 날리며 사람들의 시야와 호흡을 막았다.

"사람이 아냐……."

다른 사람들의 마음을 대변하듯 백소화는 멍한 표정으로 한마디 중얼거렸다.

"조심하시오!"

그때 남궁명혼이 멍하게 있던 주위의 사람들 위로 큰 돌덩이 하나가 떨어지자 큰 소리로 경각심을 일깨웠다. 하지만 정신을 다른 곳에 팔아버린 그들로서는 치명적인 실수였는지라 피할 수도, 그렇다고 부딪칠 수도 없는 상황이 되어버렸다.

"앗!"

공손아리는 자신의 머리 위로 날아가는 검은색 장력을 보고는 깜짝 놀라 소리쳤다. 그 검은 기운은 돌덩이와 부딪치더니 굉음을 내며 돌덩이를 맥없이 가루로 만들어 버렸다. 가루를 뒤집어쓰고 있는 것도 모른 채 그들은 인간이 낼 수 없는 믿지 못할 위력의 장력을 선보인 관영호를 멍하게 바라보고 있었다.

장내의 상황은 관영호의 도움 아닌 도움으로 금방 수습될 수 있었다.

"……."

아무도 말이 없었다. 기막힌 상황과 현실에 다들 할 말을 잃은 것이다.

"크으……."

쓰러져 있던 뇌운성의 몸이 조금씩 꿈틀거리자 사마진영은 급히 그에게 다가갔다.

"괜찮나요?"

그 모습을 본 백소화는 눈에 불을 내며 역시 그에게 다가가 사마진영과 같이 그를 부축하여 일으켰다.

"하……."

신음성인지 한숨인지 알 수 없는 소리가 엉망진창이 된 뇌운성의 입에서 흘러나왔다. 희미하게 떠 있는 그의 눈동자는 방금 전까지와는 많이 달랐다.

"눈빛이 달라졌군요."

사마진영이 나지막하게 중얼거렸다. 백소화는 그녀의 말이 무슨 말인지 몰라 갸우뚱했지만 뇌운성의 입술은 살짝 뒤틀려 올라가 있었다. 미소였으리라.

관영호는 도용연이 누워 있는 관으로 가 그녀의 벗겨진 상체를 자신의 옷을 벗어 감쌌다. 그리고 관을 받치고 있던 비단포를 바닥에 깔고 그녀의 몸을 누였다.

"……."

침으로 치료를 해야 했지만 옥문관에서 나올 때부터 가져오지 않았기에 그의 수중에는 없었다.

"침이 필요하네."

"사람을 시켜 의술부(醫術府)에서 침을 가져오라 하겠네."

임사우는 곧 밖으로 나갔다가 다시 안으로 돌아왔다.

"도 소저를 살릴 수 있는가?"

"지금은 불가능하네."

"그럼?"

"단지 죽지 않게 몸 상태를 유지시키는 것만이 가능하지."

"그럼 영원히 의식은 돌아오지 못하는 건가?"

"아까도 말했듯이 방법이 없는 것은 아니지만 그 방법은 불가능에 가까워."

"그 불가능한 방법이라도 알고 싶네. 가능성이 있다면 반드시 해보아야 할 것이 아닌가?"

"그것은……."

그가 말을 하려는 순간 뒤에서 여인의 구슬픈 흐느낌이 들려오기 시작했다.

"흑흑! 사매!"

간도민의 서글픈 감정이 실린 울음소리가 청 내를 다시 슬픈 분위기로 몰아가고 있었다. 이곳은 시체를 안치하는 곳이니만큼 그녀의 울음소리는 예전에 있던 분위기에 얹혀져 더욱 구슬퍼지고 있었다.

"아가야, 울지 말거라."

문극문은 안쓰러운 표정으로 간도민의 어깨에 손을 얹었다. 하나 간도민은 두 눈을 부릅뜨고 죽어 있는 오화란의 시체를 안은 채 계속 오열할 뿐이었다. 그 울음에 얼마나 슬픈 감정이 담겨 있었는지 마치 관영호라는 마두가 선량한 오화란을 잔인하게 죽였다는 생각을 들게 할 정도였다. 관영호는 그녀의 뒷모습을 보다가 그녀에게 다가갔다.

"네놈은… 내 아들을 죽인 것도 모자라 내 며느리의 사매마저 죽였구나! 널 용서할 수 없다!"

"아직도 모르겠소?"

"뭘 말이냐!"

"내가 굳이 당신의 아들을 독살시킬 이유가 있겠소? 그것도 바보처럼 사람들이 모두 보는 곳에서 말이오."

"……."

그 말에도 일리가 있는지라 문극문은 그의 말에 아무런 대꾸를 할 수 없었다. 워낙 명확한 현장 살해범이었기 때문에 그는 애당초 그런 생각을 하지 않았을지도 몰랐다. 더구나 자신의 아들이 살해되지 않았던가. 그런 상황에서 냉정심을 유지할 수 있는 사람이란 흔치 않을 것이다.

관영호는 계속 울고 있는 간도민의 옆으로 다가갔지만 그녀는 그가 오든 말든 계속 슬퍼하며 울고 있었다.

"사매……."

그녀는 칠공에서 흘러나온 피로 범벅이 된 그녀의 얼굴을 가슴에 꼭 안고는 오열하고 있었다. 그러다 그녀의 이마에 입을 맞추고는 고개를 돌려 관영호를 바라보았다. 눈물이 그렁그렁한 것이 너무나 슬퍼 보여 누가 봐도 가슴이 저밀 정도였다.

아무 말 없이 그저 서로를 바라보고 있는 두 사람은 마치 연인 같아 보일 정도였다. 하지만 현실은 결코 그런 것이 아니었기에 계속될 것 같은 아리송한 침묵을 먼저 깬 것은 관영호였다.

"이제 사실대로 말하시오."

"대체 뭘 말씀하시는 것이죠?"

간도민의 눈은 두려움으로 물들어 있었다. 그녀의 모습에 화가 나기보다는 웃음이 나는 관영호였다.

"굳이 말하지 않아도 좋소. 그리고……."

그는 고개를 들어 자신을 매우 복잡한 눈으로 보고 있는 문극문과 눈을 마주쳤다.

"이제 당신이 나를 어떻게 보든 상관하지 않겠소. 애초부터 그럴 생각이긴 했지만……. 일이 어떻게 흘러갔던지 간에 난 남쪽으로 가기 위해 감옥을 나 스스로 빠져나와야 했소. 그리고 이제 곧 난 떠날 것이오. 당신이 날 잡아봤자 소용없음을 미리 말하는 것이오."

어느새 관영호의 옆에는 두 여인의 부축을 받고 있는 뇌운성이 다가와 있었다. 그의 눈은 매우 복잡한 빛을 띠고 있어 무슨 생각을 하고 있는지 알 수 없었다.

"관 공자는… 문 대주의 아드님을 죽이지 않았습니다."

"아!"

그의 말은 주위 사람들에게 큰 충격을 주고 있었다. 증거의 여부를 떠나서 뇌운성만큼 명성과 인덕이 쌓인 사람의 증언은 대단한 영향을 끼치는 것이기 때문이었다.

"뇌 형님, 그 말이 사실입니까?"

"동생, 난 조금 전까지만 해도 간도민의 술수에 빠져 그녀의 명령을 듣는 꼭두각시 노릇을 하고 있었네."

"뭣?!"

"그게 정말인가요?"

"그렇소……."

뇌운성은 수치스러웠던지 입술을 깨물며 고개를 살짝 숙였다.

"그럼 지금은 어떻게 깨어난 거죠?"

호사란이 이상하다는 듯이 물었다. 모두가 당연히 가졌을 궁금증이었다.

"내 생각에는 아까 약 성분의 힘을 빌려 천뢰신공을 구성 가까이 끌어올렸을 때 몸속에 있던 약 성분이 오히려 녹아버린 것 같소."

"……."

관영호는 말을 하던 뇌운성을 의문의 눈빛으로 잠시 쳐다보다 이내 고개를 돌려 다시 간도민을 바라보았다.

"간 소저는 지금 상황에서 이제 어떻게 할 것이오?"

"호호호호!!"

상황이 이렇게 되어버리자 간도민은 허탈한 심정이 담긴 웃음을 지을 수밖에 없었던 모양이다. 눈가에는 눈물 한 방울이 비춰지고 있었다.

"그래, 내가 죽였다! 호호호!!"

그녀는 발작적으로 자리에서 일어나더니 품 안에서 비수를 꺼내어 문극문을 찔렀다. 문극문은 너무도 갑작스럽게 그녀가 자신을 해하려 했기에 무공을 익히고 있었음에도 완전히 피하지 못하고 팔을 베여 버렸다.

"멈추어라!"

그때 남궁명혼이 크게 소리치며 쏜살같이 다가가 그녀의 맥문을 잡았고, 그녀의 손에 쥐어져 있던 비수는 땅에 떨어져 버렸다.

"음……."

그녀의 모습을 본 뇌운성은 자신도 모르게 신음성을 흘렸다. 비수가 땅에 부딪침과 동시에 그녀의 눈물이 비수의 날 위로 떨어지고 있었던 것이다.

"……."

그는 고개를 숙이며 쥐어짜는 듯이 일그러진 미소를 지었지만 아무도 그 모습을 보지 못했다.

"네, 네가……?"

문극문은 사태가 수습되는가 싶더니 다시 일어난 의외의 충격으로 말을 잇지 못하고 있었다. 아들을 죽인 자가 바로 자신의 며느리라는 사실에 기가 막혔던 것이다.

"허허허!"

그는 이마를 짚으며 뒷걸음질쳤다. 아무도 그를 위해 어떤 말도 해주지 못하고 그저 지켜볼 수밖에 없었다.

"문 대주, 지금 당장 저 여자를 죽이겠습니다."

임사우는 허리에서 검을 꺼내 들었다. 두 자가 넘는 검신의 반은 검은색이고 나머지 반은 하얀색인 기검(奇劍)을 들고 그는 거침없이 그녀의 심장을 찔러갔다.

"……."

"뇌 형님!"

뇌운성은 지탱할 수 없는 몸을 부들부들 떨면서도 임사우의 팔을 잡고 있었다. 무리한 움직임으로 입가에서는 다시 피가 흘러내리고 있었지만 그는 이에 신경 쓰지 않고 미소를 지었다.

"큭! 동생, 내가 여태껏 살아온 인생은 어느 순간부터 솔직함과 웃음이었네."

"……."

"솔직히 말하겠네. 난 사실 그녀의 약에 당한 후 어느 순간부터 반 정도는 정신을 차릴 수 있었어."

"……!!"

"아……."

"하지만 난 일부러 그녀의 유혹에서 빠져나가지 않았네. 큭큭! 조금 더 그녀와 같이 있고 싶었는지도 모르지."

"형님!"

임사우의 팔은 힘없이 아래로 내려가 버렸다. 임사우의 눈에도 뇌운성의 눈에도 허탈함이 맴돌고 있었다.

"형님……."

임사우는 이것 이상의 말은 더 이상 할 수가 없었다. 뇌운성이 하고 있는 말은 자신을 추락시키는 말이나 다름없는 것이기에 말문이 막힌 임사우는 그 말 이외의 말은 더 이상 하지를 못했다.

"난 관 공자가 엄청난 무공을 지니고 있다는 것을 알고 있었습니다. 임무를 마치고 왔을 때는 일부러 관 공자가 무공을 지니고 있다는 것을 말하지 않았죠. 무엇 때문인지는 모르지만… 오직 나만이 그와의 승부를 원한 마음도 그 이유 중의 하나였겠지요. 이렇게 승부할 줄이야 몰랐지만……. 그리고 관 공자에게 패한 후 많은 것을 깨달을 수 있었습니다."

그는 고개를 돌려 관영호를 보고는 기분 좋게 미소 지었다.

"동생, 문 대주님, 부탁이 있습니다."

"뇌, 뇌 형님, 그만 하시오!"

임사우는 발작적으로 소리쳤지만 뇌운성은 그의 소리를 무시하고 계속 말했다.

"그녀를 살려주십시오. 부탁입니다. 처음이자 마지막일 것입니다."

"……."

문극문은 아무 말도 하지 않았다. 그의 표정은 너무나 허탈해 보여 삶의 의욕을 상실한 것 같아 보일 정도였다. 뇌운성의 말에도 놀라지 않은 그는 밖을 향해 걸음을 옮기기 시작했다.

"문 대주님……."

뇌운성은 안타깝게 문극문의 힘없는 등을 보며 그를 불렀다. 그가 부르자 잠시 멈칫했던 그는 쉰 듯한 목소리로 한마디 하고는 걸음을 옮겨 밖으로 나가 버렸다.

"다시는 사라성과 나의 눈에 띄지 말게."

그가 밖으로 나가자 뇌운성은 슬픈 듯한 미소를 지으며 중얼거렸다.

"고맙습니다."

백소화는 기묘한 표정으로 뇌운성의 팔을 세게 쥐고 있다가 이내 표독한 모습으로 변하더니 허리에서 검을 뽑아 들었다.

"난 네년을 용서 못한다!"

간도민은 뇌운성을 파멸시킨 장본인이나 다름없으며 그것은 자신의 자존심에도 큰 타격을 입힌 것이나 마찬가지였기 때문에 크게 분노했다. 그녀가 검을 들어 앞으로 나가려 하자 한 사람의 팔이 그것을 제지했다.

"넌······!!"

그녀는 사마진영이었다. 그녀는 또다시 백소화를 막은 것이다. 이유야 어떻든 간에 백소화는 이제 그녀에 대한 감정의 골이 간도민을 대신해 깊어질 수밖에 없었다.

"흥!!"

백소화는 그녀의 팔을 뿌리치고는 검을 바닥에 내동댕이쳐 버렸다. 그녀는 찬바람이 분다는 말을 물색케 할 정도로 매몰차게 돌아서서는 문밖으로 걸어갔다.

"······."

사마진영은 별다른 표정 변화 없이 편안한 신색으로 그녀의 뒷모습을 바라볼 뿐이었다. 그녀의 눈이 친구의 눈을 닮았다고 생각한 임사우는 내심 흐뭇한 웃음을 지었다.

"간 소저, 이제 떠나시오. 다시는 강호로 오지 마시오."

"······."

간도민은 고개를 숙이고 있다가 관영호의 말에 고개를 들었다. 그녀의 입에는 미소가 서려 있었는데 너무나 요사스러워 다들 흠칫하며 놀랄 수밖에 없었다.

"호호호호호! 관영 네놈이 나와 무슨 인연이길래 이렇게 되어버리는 것이냐? 호호호호!!"

그녀의 광소(狂笑)가 청 내에 울려 퍼지고 있었다.

얼마나 길게 웃었을까? 광소가 끝나자 간도민은 관영호를 쏘아보았다.

"……!"

관영호는 자신을 향한 그녀의 눈빛에 크게 놀랐다. 그녀의 눈빛은 증오도 분노도 아닌 애증(愛憎)을 품고 있었기 때문이다.

"……."

그러나 관영호는 아무 말도 하지 않고 그녀의 눈을 담담히 받아들였다.

둘의 침묵에 아무도 말을 하지 않았다. 간도민의 눈이 어떤 의미였는지를 알아챈 뇌운성도, 그의 옆에 있던 사마진영도, 공손 남매도 아무 말 하지 않았다. 어느 순간 간도민의 몸이 쓰러지듯이 움직였지만 어느 누구도 그녀가 떠나는 것을 말리지 않았다.

"혈잠대원은 가서 간도민이 나가는 것을 막지 말고 놔두라고 알리거라."

간도민의 신형이 그들의 시야에서 사라지고 남은 것은 아무것도 없었다. 최소한 관영호는 그렇게 생각했다.

'그녀와의 인연은 이제 끝인가?'

과연 그럴지는 알 수 없었지만 자신이 해야 하는 것은 항상 스스로에 대한 준비였다. 그는 고개를 남쪽으로 돌려 보이지 않는 무언가를 보려 실눈을 했다.

'이제 남쪽으로 가야 할 때다.'

무림의 소문은 당사자가 아니라 그것을 지켜보는 자들에 의해 퍼지는 것이 일반적이다. 그날의 일은 차츰차츰 무림으로 번져 나갔고 신비천장(神秘天掌)이란 별호로 관영호에 대한 평가가 이루어지며 무림에 알려지게 되었다.

그는 묘계은밀대주의 아들을 죽인 오해를 받고 감옥에 갇혔으나 고절한 무공으로 빠져나온 뒤 자신의 오해를 풀고 통쾌한 복수를 한 사람이라고 알려져 있었다. 그의 손에서 쏟아져 나오는 엄청난 장력은 천뢰상인의 후예인 뇌운성마저도 패퇴시킨 극강의 장법을 지녔고 신상에 대해 자세히 알려지지 않아 신비한 면모를 지녔기에 신비천장으로 불리웠다.

반면에 신영웅으로 떠오르던 뇌운성은 무림의 생리대로 비판의 목소리가 높아져 갔다. 패배자는 무참히 사장되는 것이 무림의 세계였다. 사라성에서는 그가 무엇을 잘못했는지 모르지만 그를 퇴출시켜 버렸다. 애초에 사라성의 인물이 아니었기에 파문이라는 말은 쓰기가 묘했으며 귀빈의 위치로 사라성에서 머물렀기 때문에 손님을 내쫓았다는 것이 정확했다.

대부분의 사람들은 뇌운성이 문학문을 죽인 장본인인 그녀의 아내 간도민을 뒤에서 도왔다는 일로 그 이유를 대고 있었다. 어디까지나 무성한 소문일 뿐이었지만 시간이 흐르면 소문은 사람들의 뇌리에 사실로 인식되는 것이 무림의 생리가 아니겠는가.

"마음 가는 대로 하는 것이 좋소. 마음이 없는데 굳이 날 따라올 필요가 있겠소? 천궁자의 유언처럼 강해지는 것은 어디서든 가능한 것이오. 날 따라온다고 강해지는 것도 아니며 물론 날 따라오지 않는다고 강해지는 것도 아님을 잘 알 것이오. 어디까지나 소저의 일이오."

"……."

사마진영은 사라성에서 조금 떨어진 숲 속의 공터에서 관영호와 이야기하고 있었다.

"날 따라온다는 것은 세상과 멀어짐을 뜻하는 것이오. 그리고……."

그는 말을 잇지 않고 그녀를 보며 미소 지었다. 그녀는 그의 웃음이 무엇을 뜻하는지 알고는 쑥스러움에 살짝 얼굴을 붉히며 고개를 돌렸다.

"알아야 할 것은 비록 사명감이라는 것이 자신을 짓누르고 있다 해도 인생은 자기 자신이 이루어간다는 것이오."

그는 그 말을 끝으로 아무런 미련 없이 몸을 돌려 걸음을 옮겼다.

"아……."

그녀는 손을 들어 그를 부르려다 그냥 힘없이 손을 내려 버렸다. 여전히 고민하는 눈치였고 입술을 잘근잘근 깨물고 있었다.

"생각나면 옥문관으로 오시오. 아빈도 사마 소저를 보고 싶어할 것이오."

관영호의 몸이 공터에서 나무 사이로 들어가 버리자 그녀는 더 이상 그를 볼 수가 없었다.

"……."

어느새 그녀의 입에는 미소가 서려 있었다. 그동안 하던 고민이 마치 거짓말이었다는 듯이.

"왜 나를 따라오는 것이오?"

"……."

사마진영은 뇌운성의 뒤를 따라가고 있었다. 뇌운성은 당황하는 눈치였지만 싫지는 않은 표정이었다. 간사한 것이 남자의 마음이리라.

"난 패배자요. 다시는 무림으로 나와 명성도 부귀도 얻지 못하오."

그녀는 그저 웃을 뿐이었다. 그녀의 미소에 뇌운성은 어쩔 수 없다는 듯이 고개를 젓고는 몸을 돌려 걸음을 옮겼다. 지금 올라가는 산은 경치가 좋기로 유명한 산이었다. 그동안 바빴던 일상에서 이제 다시 한가해져 버린 그였기에 여유를 즐기기 위해 이곳으로 온 것이었다.

그의 얼굴은 너무나 편안했다. 불명예, 패배의 짐이라는 것이 그에게는 아무런 무게감도 주지 못하는지 그의 표정은 밝기만 했다.

"애초부터 그런 것을 바랐다면 나 스스로 이루었을 것입니다. 내가 따라가고 있는 것은 나의 인생입니다."

"……."

뇌운성은 아무 말도 하지 않고 걸음만을 재촉하고 있을 뿐이었다. 전보다 더욱 몸이 좋았고 내공도 급진된 것을 보니 관영이 준 약이 명약이긴 명약인 모양이었다. 몸이 상쾌했기 때문인지는 몰라도 그의 입에 상쾌한 미소가 서렸다.

'나의 몽환의 끝에는 개운함만이 남는구나. 간도민을 원망하지 않는다. 후회없는 선택이었고 지금도 후회는 없다. 그리고 나를 따라와 주

는 아리따운 여인이 있지 않은가. 후후.'

　"반 시진 정도 오르면 산 정상이오. 꽤나 경치가 좋은 곳이지. 한두 달 정도는 맘 편하게 유람이나 합시다. 그리고 후에는……."

◆제4장 ◆ 타락

그의 침잠된 눈은 바닥 위에 놓여져 있는 것을 보고 있었다. 그것은 약간 어두컴컴한 석실 안을 희미하게나마 밝게 비추고 있었다. 그 빛으로 드러난 그의 모습은 상당히 초췌해 보였다. 오랜 시간 동안 얼굴 손질 한번 하지 않은 것 같은 텁수룩한 수염과 때 진 얼굴, 그리고 고뇌에 빠져 있는 눈은 그의 예전 모습과는 매우 달라 보이게 하는 것들이었다.

사라성주 호극철(湖克鐵)은 별다른 별호가 필요없는 사람이었다. 단지 사라성주 하면 모두가 알아주는 명호였다. 그는 무림을 군림하는 사라성의 주인이었고 전혀 거칠 것이 없는 자로 그에게 고민이나 갈등이란 있을 필요가 없는 것들이었다. 항상 그의 몸에서는 패기와 젊은 도전에 대한 자신감이 넘쳐 났지만 지금 이 순간 그의 두 눈은 고민과 갈등으로 회오리치고 있었다.

그는 잠시 손을 들어 자신의 앞에 놓여 있는 자줏빛 환단을 잡으려 했다. 하지만 여전히 마음속에는 잡을 것인지 말 것인지에 대한 갈등이 존재하는지 머뭇거렸다.

"휴우……."

호극철은 결국 그 환단을 잡지 않고 한숨을 푹 쉬었다. 아까보다 몇 년은 더 늙어 보이는 것이 심적 갈등이 큰 듯했다.

"허허, 나 호극철이 이따위 믿지 못할 이야기에 이런 갈등을 겪다니… 나도 늙었구나."

그는 자신의 나약함에 탄식하며 내공을 끌어올려 가부좌의 상태에서 몸을 띄우더니 몸을 돌리고는 다시 바닥에 착지했다. 그 자줏빛 환단을 보지 않기 위한 행동이었다.

"……."

그는 눈을 감고 믿지 못할 그 당시 상황을 다시 떠올렸다. 믿기는 싫었지만 너무나 비참하면서도 생생한 현실이었다.

"누구냐?"

한참 명상을 하고 있던 그는 갑자기 느껴지는 기척에 차분하게 말했다. 자신의 폐관 수련실에 잠입했다는 것은 폐관 수련실 앞에서 거주하고 있던 삼 장로의 눈을 속여서 왔든지, 아니면 그들을 쓰러뜨리고 왔든지 둘 중의 하나였다. 어느 것이든 간에 자신의 앞에 음영을 드리우고 서 있는 자는 결코 무시할 수 없는 실력을 지닌 자라는 것이었다.

"이거… 명상을 방해해서 죄송하게 됐소."

약간은 능청스러우면서도 묵직한 음성이 호극철의 귓가에 울려 퍼졌다. 결코 좋은 의도로 온 것은 아닐 것이란 생각에 그는 눈썹을 순간 꿈틀거렸다.

"방해하는 줄 알았으면 어서 사라지거라."

"후후! 왔는데 볼일은 보고 가야 할 것 아니오."

음영에 가려져 있던 그자는 한 발자국 앞으로 걸어나왔다. 희미한 빛 아래 그의 얼굴이 드러나자 호극철은 신음성을 내뱉었다.

"……."

잠입자치고는 그의 표정이 매우 밝았다. 천성이 그런 것인지, 아니면 좋지 않은 의도로 왔음에도 그 의도에 자신이 있어서인지 모르지만 호극철로서는 그다지 반가운 웃음은 아니었다.

"볼일이 뭔가?"

"아, 너무 굳어 있소. 그다지 나쁜 의도로 온 것은 아니니 걱정 마시오. 후후."

호극철이 가장 인상 깊다고 해야 할지 이상하다고 해야 할지 애매모호한 감정을 느낀 것은 바로 그자의 귀에 꽂혀 있는 나뭇가지였다. 잎하나 달려 있지 않은 메마른 나뭇가지였지만 그것이 왠지 그를 풍류아처럼 느끼게 했다.

"……."

호극철이 아무 말도 하지 않고 자신을 빤히 쳐다보자 잠입자치고는 의외의 반응을 보여주었다.

"허허, 이거 부끄럽소. 자꾸 그렇게 쳐다보지 마시오."

그렇게 말을 하며 그는 정말 쑥스러워하는 표정을 지으면서 머리를 긁적였다. 어리숙한 행동에 약간 놀라긴 했지만 잠입자에 대한 인식이 그런 것으로 변할 수는 없었다.

"용건을 말하거라."

"큭큭! 반말은 듣기가 거북하지만… 내 볼일은……."

그는 호극철의 눈과 마주치지 않던 시선을 이제는 일부러 그와 마주쳤다. 호극철은 그 눈빛이 매우 섬뜩하다는 것을 본능적으로 느낄 수 있었다.

"넌……?'

"내 말을 끝까지 들어야지. 하하! 내 볼일은 당신의 한계와 그 한계 이상의 세계에 무엇이 있는지를 보여주는 것이오. 큭큭큭."

"……."

그의 말에 호극철은 그가 자신을 공격할 것이라 생각하고 자리에서 일어났다. 그가 말한 한계라는 것이 그에게 찾아오기는 했지만 그 한계치라는 것이 타인의 추종을 불허할 만큼 높이 있었기에 저런 한량에게 당할 한심한 무공은 아니라고 자부하고 있었다. 그렇게 생각하니 마음은 오히려 혼자 있을 때보다 더욱 편하게 되었다.

"덤벼라."

"허허, 알겠소. 그럼 가니까 준비하시오."

"……."

호극철은 그가 덤빈다는 말에도 아무런 움직임을 보이지 않고 그냥 제자리에 서 있기만 했다. 잠입자의 반응에 충분히 대응할 수 있는 초고수였기에 취할 수 있는 자신에 찬 자세였다.

"저런, 사람 보는 눈이 없군. 내 친구는 절대 그러지 않았건만. 참고로 내 친구는 날 처음 봤을 때부터 최선을 다했소. 당신은 그리하지 않는 것을 보니 내 친구보다 사람 보는 눈이 떨어지는가 보오. 실력을 나이에 맞추면 훨씬 뛰어나지만. 하하하!"

"무엄하구나!"

"이제 간다."

순식간에 그의 목소리가 예전과 달라졌다. 그 목소리는 끔찍하게도 음유한 지옥의 유부에서 흘러나오는 소름 끼치는 목소리였다. 의도적으로 그런 목소리를 낸 건지는 알 수 없지만 호극철을 긴장시키기에는 매우 효과적인 소리였다.

그의 목소리에 호극철은 본능적으로 위험을 느끼고 몸에서 내공을 끌어올렸다. 사라성주라는 이름에 걸맞게 그의 몸 주위로 짙푸른 기운이 스멀스멀 피어오르며 주위를 압도하기 시작했다.

"흠… 삼파(三破)로 간단히 끝내려 했는데 내가 너무 경각심을 일깨워 줘버렸군. 그럼 내 힘을 조금만 보여주지."

그 말과 동시에 그의 몸에서 뭐라 설명하기 힘든 이상한 기운이 솟아나기 시작했다. 아지랑이 같은 기운이 피어올랐는데 점점 그의 몸 주위에 퍼지기 시작하더니 이내 그 아지랑이는 호극철의 기운에까지 다가갔다.

치직!

"큭!!"

아지랑이가 푸른 기운에 닿자 그 기운은 타는 듯한 소리를 내며 밀어내더니 결국 참지 못하고 호극철이 신음성을 뱉어냈다. 호극철은 몇 발자국 뒤로 물러난 채 잠입자를 경악의 눈으로 쳐다보고 있었다.

"호, 조금은 견뎠군. 하지만 내상을 입은 것 같은데?"

"뭣?!"

그는 그가 헛소리를 하고 있다고 생각했다. 뒤로 밀려나긴 했지만 결코 내상을 입은 것은 아니기 때문이었다. 그런 생각을 하는 순간,

"우욱!!"

그는 속에서 갑자기 치밀어 오르는 욕지기로 인해 허리를 굽혀 피를 토해냈다. 그제야 그는 자신이 내상을 입었다는 것을 알고는 불안감이 피어오르기 시작했다.

"그대는 누구인가?!"

"글쎄, 멋지게 말해 본다면 시간을 초월한 사람이지."

"……?"

"자세히 알 필요는 없고… 당신은 강자의 유희를 아는가?"

"……."

그가 이제는 말을 낮추어 자신에게 말을 하는데도 호극철은 그런 것을 신경 쓰지 않고 잠입자의 말에 귀를 기울였다.

"알 수 없을 테지. 그대는 강자가 아니니까."

"으……."

호극철은 그의 말에 자존심이 상해 다시 그에게 공격을 하려 했지만 어찌 된 일인지 내상이 평소대로 빠르게 치유되지 않아 힘을 끌어올릴 수가 없었다. 이로써 호극철은 자신이 잠입자의 상대가 되지 않는다는 사실을 뼈저리게 받아들일 수밖에 없었다.

그를 더욱 비참하게 한 것은 잠입자는 자신을 비웃기 위해 그런 말을 한 것이 아니라 당연하다는 듯한 표정으로 자신은 강자가 아니란 말을 한 것이었다.

잠입자는 호극철의 생각을 읽은 듯 말을 이었다.

"후후… 당신은 진정한 강자의 세계를 모르고 있기 때문에 그런 생각을 하는 것이야. 매우 희박한 확률로 극강에 이른 고수가 내단을 꺼낸다면 내공이 소실되는 것이 아니라 초월의 힘을 이룰 수 있지. 다시 한 번 말하지만 매우 희박한 확률이야. 당신의 경지는 이제 내단을 꺼낼 수 있겠지만 그렇게 되었을 때 과연 결과가 어떻게 될지는……. 큭 큭! 내 말을 믿고 안 믿고는 어디까지나 당신 몫이지만… 내가 증거를 보여주지."

그는 품속에 손을 넣어 두 가지 물건을 꺼내 들었다. 그것은 낡은 양피지 책 한 권과 한 알의 자줏빛 환단이었다. 양피지 책은 좀 얇은 편이었는데 찢겨져 나가 있었다. 자줏빛 환단을 보자 호극철은 순간 머리 속에서 뭔가가 떠올랐다.

'저것이… 내단?'

잠입자는 호극철의 생각을 마치 읽고 있는 듯 신기하게도 그의 생각에 대답을 해주었다.

"맞아. 이것은 내단이다. 이것을 먹으면 그대는 나와 같은 초월경에 들 수 있지. 초월경의 세계도 생각보다는 복잡하지만 그게 뭐 중요하겠는가. 중요한 건 초월경에 이른다는 것이지. 믿고 안 믿고와 마찬가지로 이것을 먹고 안 먹고도 역시 당신에게 달렸어. 하지만……."

"……?"

"내가 아까 한 말을 기억하는가? 내 친구… 그는 나와 같은 초월경에 든 인간의 한계를 벗어난 사람이네. 한데 문제는 나 같은 초월경의 고수는 보통 속세에 관심이 없게 마련인데 그 사람은… 회골림이란 단체를 만들어서 무림 지배의 야욕을 가지고 있더군. 내 입장이 어떻게 되겠나? 난처하더군. 그래서 생각해 낸 것이 이것이지. 이 내단은 내가 옛날에 나와 같은 초월경의 고수와 싸워 이기고 얻은 부산물이네. 어떤 힘을 지니고 있는지는 먹어보면 알 것이고 이 책은 초월경에 대한 설명이 조금이나마 들어 있지. 읽어보면 많은 생각을 할 수 있을 것이야. 하지만 상당히 어려운 천축어로 되어 있지. 뭐, 당신이라면 충분히 해독할 수 있겠지만."

그는 내단과 책을 바닥에 내려놓고는 다시 뒷걸음질쳐 음영 속으로 들어가 버렸다. 아까와 지금의 모습이 너무나 대조적으로 느껴지는 그였다.

"후후, 내 말을 너무 믿지는 말게. 그렇다고 너무 안 믿으면 회골림의 일은 끔찍해질 수도……. 아무리 수가 많아도 결국은 대장 싸움으로 끝나는 것이 무림인 것을 알고는 있겠지?"

"……."

그의 신형이 사라졌음에도 호극철은 복잡한 눈빛으로 계속 그가 있던 자리를 쳐다보기만 했다. 그러다 시선을 내려 바닥에 놓여져 있는 자줏빛 내단을 바라보았다.

"저것이 초월경에 이를 수 있게 하는 내단? 큭! 미친 소리!"

"……."

그때의 일은 생각하고 싶지 않았건만 한 달이 지난 지금도 하루에 한두 번씩은 생각이 나기에 또다시 얼굴이 찌푸려졌다. 처음에는 그런 강자가 존재한다는 것을 알게 되자 그자가 만약 좋지 않은 마음을 품으면 무림은 어떻게 될 것인지에 대한 생각이 들었지만 지금은 다른 고민을 하고 있었다.

한 달이 지난 지금도 자신의 경지는 제자리로 도무지 올라갈 생각도 하지 않고 멈추어져 있는 것이다. 벽사옥룡공(辟邪玉龍功)을 십성 대성한 것은 이미 오래전의 일이었으며 그 이상의 경지를 훨씬 넘어온 상태였다.

만약 그가 나타나지 않았다면 자신의 한계는 여기까지이고 언젠가는 그 한계를 넘어갈 수 있을 것이라 생각하며 폐관 수련을 마쳤을지도 몰랐다. 하지만 그가 나타남으로써 한계 이상의 세계를 한 번 경험해 버린 지금 무인으로서의 욕심은 그로 하여금 폐관을 하지 못하게 하고 있었다.

"……."

아무리 초인적인 인내력을 지녔다고 해도 한 달간의 고민은 그를 더 이상 참을 수 없게 만들고 있었다. 시일 내에 결론을 내야 했다. 그것이 지금 당장이라면 그의 마음 상태에 더욱 이로울 것이다.

"후후! 무림을 군림한다는… 천하제일인으로 불리는 내가 이까짓 환단 하나 때문에 고민한단 말인가?"

번개같이 몸을 다시 돌려 환단과 마주한 그는 손을 내밀어 자줏빛 환단을 집어 들었다. 약간은 떨리는 손이었지만 아까보다는 훨씬 덜한 것이 분명 마음의 결정을 한 모양이었다.

"그자의 말이 거짓이라고는 생각지 않는다. 회골림의 주인이 그자만큼 강한 자라면 나도 그만큼 강해져야 한다. 그런 악의 집단에 무림을 맡기는 것보다는 차라리 우리 사라성이 낫다고 생각하기 때문에… 나는 강해져야 한다."

그는 애써 자기 위안을 하며 단숨에 환단을 입 안으로 넣었다. 입으로 들어간 환단은 거짓말처럼 완전히 녹아 그의 목 안으로 넘어갔다.

환단이 넘어가자 그의 몸속은 조금씩 뜨거워졌고 얼마 지나지 않아 그의 내공이 단전 속에서 소용돌이치기 시작했다.

"으……!"

조금씩 참기 힘든 고통이 그의 전신을 감싸기 시작했고, 그의 몸은 어느새 바닥을 뒹굴고 있었다.

"크윽……!!"

그의 초인적인 인내력도 이 고통엔 속수무책이었다. 전신이 완전히 뒤틀어지려 하고 있었고 내장들이 마치 자리를 바꾸려는 것처럼 고통스러웠다.

"크아아아!!"

크지는 않지만 결국 고통스런 비명이 터져 나왔고 그것과 동시에 그의 몸이 정말로 뒤틀리기 시작했다. 그는 의식을 잃지 않고 버텨내고 있었지만 펑펑 쏟아지는 눈물과 입가로 흐르는 침은 거의 의식을 잃어가기 직전임을 보여주고 있었다.

우두두둑……!

환골탈태(換骨脫胎)라면 이미 오래전에 겪은 몸이었다. 그럼에도 그의 몸은 또다시 환골탈태를 하고 있었고 그때와는 비교도 되지 않는 고통이 그를 엄습하고 있었다. 그의 입가에서는 이제 피가 흐르고 있었다. 바로 고통을 참기 위해 자신도 모르게 혀를 깨물어 버렸기 때문이다.

"크으으……."

어느 순간일까? 그의 머리 속을 하얗게 만들어 버릴 정도의 무언가가 그를 엄습하면서 그는 자신의 온몸이 폭발하는 듯한 느낌을 받았다. 마치 개오의 순간과도 같이 엄숙하면서도 격렬한 모순적인 느낌이었다.

"크아아아아아!!"

이 소리에는 엄청난 내공이 실려 있어 폐관실 주위 오십 장이 넘게 그의 비명 소리가 퍼져 나가고 있었다.

"으아아아아아!!"

단 두 번의 비명을 끝으로 더 이상 그의 입에서는 소리가 나오지 않았다.

"……."

몸은 바닥에 누워 있었지만 그는 의식을 잃지 않고 있었고 두 눈빛은 이제 편안함으로 가득 채워져 있었다. 그러나 그 눈빛 속에는 뭐라 설명하지 못할 이상한 기운이 포함되어 있어 누가 본다면 본능적으로 공포감을 느낄 정도로 섬뜩한 무언가였다.

"큭큭큭! 이것이 초월경인가? 크크크!"

그가 음산한 웃음을 자아낼 때 석실의 입구 쪽으로 누군가가 다가오는 소리를 듣고 시선을 석실의 문 쪽으로 돌렸다.

"흠……."

유유객은 걸음을 옮기다가 갑자기 몸을 돌려 남동쪽의 하늘을 쳐다보았다.

"호오, 한 달 정도군. 꽤나 버텼는데?"

그는 알 수 없는 말을 하고는 품에서 손바닥의 두 배는 될 법한 주머니를 꺼냈다. 그 안으로 손을 넣더니 자줏빛 내단을 꺼내어 눈에 가까이 대고는 이리저리 돌려가며 자세히 살펴보는 시늉을 했다.

"음, 제대로 줬군. 이것은 '반탄의 극한' 이란 능력을 주는 순수 제조품이 맞군. 이물질(異物質)이 들어가지 않은……. 큭큭큭!"

그는 쥐어짜듯이 웃으며 내단이 든 주머니를 다시 품속에 넣었다.

"싸워서 얻은 부산물? 크하하하하! 내가 생각해도 괜찮은 거짓말이었어. 큭큭! 이렇게 많은 내단이 다 싸워서 얻은 부산물? 그럼 초월경 고수가 그렇게나 많았단 말야? 으하하하하!!"

그는 정말로 웃긴지 걸음을 멈추고는 배를 잡고 허리를 굽히면서까지 크게 웃었다.

"하하하하! 초월경 고수가 그렇게 많았다면 역사는 바뀌었지. 바보."

그는 누구에게 말하는지 비아냥거리며 다시 걸음을 옮겼다.

"이제 친구의 생사가 문제군. 만약 자격이 있다면 그를 이길 것이고 안 된다면 죽겠지. 조심하게, 친구. 그자의 성격은 정말 감당하기 힘들지. 대체 몇 개야? 후후……."

거센 사막의 바람이 그의 몸을 휘몰아쳤지만 그의 몸은 꿈쩍도 하지 않고 계속 일정한 걸음을 옮겼다. 그의 발자국이 바람에 의해 사라지면서 그의 몸도 점점 사라지고 있었다.

호남성이란 이름이 나오면 처음 떠오르는 단어는 동정호임을 부정하는 중원인은 아무도 없을 것이다. 산수를 즐기는 사람이라면 누구나 소문난 동정호를 구경해 보는 것이 소원일 정도로 동정호의 환상적이고도 아름다운 풍경은 단연 으뜸이었다.

관영호는 일 년도 채 되지 않은 시간 동안 동정호 주변이 상당히 변해 있음을 알 수 있었다.

'악양루(岳陽樓)…….'

전에만 해도 분명 없던 주루였건만 지금 그의 눈에 삼층 높이의 화려한 건물이 세워져 있는 것이 보였다. 이 건물이 세워지기 전에는 자신이 여기서 동정호를 감상하던 곳인지라 장소를 잃었다는 안타까움에 내심 쓴웃음을 지었다. 더구나 이곳은 친구가 남긴 무공인 다섯 가지 기공 오파(五破) 대한 실마리를 얻은 명상의 장소이기도 했다.

'좋은 자리를 잡았군.'

그는 확실한 명당 자리에 이 건물을 세운 사람을 칭찬해 주었다. 특히 저 정도의 삼층 건물 높이라면 동정호가 한눈에 훤히 보일 것이니 얼마 지나지 않아 중원에서 크게 이름이 날 것이 분명했다. 세운 지는 얼마 되지 않았는지 상당히 깨끗한 티가 났고 아직은 많이 알려지지 않았는지 그 규모만큼 사람들의 왕래가 많지도 않았다.

걸음을 옮겨 일층 문 안으로 들어가자 기다리고 있었다는 듯이 점소이가 다가와 그에게 인사했다.

"어서 오십시오! 악양루에 잘 오셨습니다!"

"창가로 자리를 주게."

"이리로 오십시오."

아직 식사 시간 때도 아니었고 사람도 듬성듬성 있는 터였기에 창가의 자리가 다행히 몇 개 남아 있었다. 자리에 앉아 술과 안주를 시킨 후 창밖를 바라보았다. 약간 높은 곳에서 보는 동정호의 경치는 말로 표현하기 힘들 정도로 아름다웠다.

사람이 배를 띄운 것은 동정호의 아름다움을 직접 손으로 잡아보고 싶기 때문일지도 몰랐다. 아니면 환상적인 경치 속에서 기녀와의 은밀한 시간을 가지기 위함일지도 몰랐다. 어느 쪽이든 동정호의 아름다움 때문에 기인한다는 것은 같았다.

"좋군……."

그의 입가에는 미소가 서려 있었다. 그만큼 동정호의 경치가 마음에 들었기 때문이다. 청해호(靑海湖)가 황량함 속에서도 철학적인 기품이 드는 곳이라면 동정호는 화려함 속에 쾌락의 환희가 존재하는 곳이었다.

얼마 가지 않아 술과 안주가 나왔고 그는 동정호를 안주 삼아 술을 음미하면서 자작했다. 멀리 보이는 배는 개미가 움직이듯 천천히 움직이고 있었고 그 정적인 움직임은 악양루 내의 고요함에 더하여 그의 마음을 한없이 차분하게 해주었다.

"꺄악!!"

"하하하하!"

방탕한 느낌을 주는 사내의 큰 웃음소리와 여인의 비명 소리가 이층에서 터져 나와 일층에까지 울려 퍼졌다.

정적을 부수는 웃음소리는 걷잡을 수 없이 분위기를 흐트렸고 이층에서 흘러나오는 좋지 않은 분위기는 이어서 일층으로 이어졌다.

"꺄악!! 도와줘요!"

"히히! 멈추어라, 소향(小香)아. 내가 어디가 싫다고⋯⋯!"

이층 계단에서 두 사람이 뛰어내려 오고 있었다. 기녀인 듯 화려한 옷을 입은 한 여인은 질린 표정 반과 두려워하는 표정 반으로 계단을 뛰어내려 오더니 금세 주방으로 사라져 버렸다.

그녀를 뒤따라 술에 취해 비틀비틀 내려오던 건장한 체구의 장한은 취한 몸을 이기지 못했는지 발이 어긋나 계단에서 구르고 말았다.

"어이쿠!"

쿠당탕!

그의 덩치가 컸기에 넘어지는 소리도 제법 요란했다. 일층에 있던 악양루 점원들은 물론 이런 일을 대비해 고용한 힘 좀 쓰는 건달들도 장한의 소란에 그저 안절부절못할 뿐 그에게 가까이 가는 사람은 없었다.

'저 사람의 행패가 꽤나 심했나 보군.'

이런 생각을 하며 다시 동정호가 햇살에 비추어 보여주는 아름다움을 다시 감상하려 하던 그는 뒤이어 이층 계단에서 내려오는 누군가의 발을 보고 다시 시선을 그쪽으로 향했다.

옷에 기묘한 수가 놓여진 아름다운 황의 무복을 입은 여인이었는데 그녀는 계단을 내려오더니 넘어져 있는 장한을 일으켜 부축해 주었다. 그 장면 때문이 아니라 그녀의 얼굴을 본 그는 약간 놀란 표정을 지었다. 희미하긴 했지만 그녀를 분명 본 적이 있기 때문이었다.

'언제였더라……?'

그녀를 기억하는 것은 그녀와의 만남이 조금 황당스러웠기 때문이다.

'나보고 대뜸 사귀자고 그랬지. 후후.'

마음이 심란했는지 아닌지는 몰라도 동정호로 와 술과 닭다리를 시켰을 때 같이 합석했던 그 여인이 갑자기 자신의 술을 빼앗아 마시던 기억도 났다. 실연의 눈빛. 그 눈빛은 지금도 생생히 기억할 수 있었다. 그는 아련하면서도 재미있는 그 기억에 새삼 그녀를 자세히 살펴보았다.

가장 눈에 띄는 것은 그녀의 약간은 백치 같은 눈으로 그것은 다른 무언가를 보고 있는 듯한 꿈꾸는 눈빛을 띠고 있었다. 새하얀 얼굴에 꿈꾸는 듯한 눈, 화장기 없는 얼굴이었지만 독특한 모습의 미녀로 기억 남을 수 있을 것 같았다. 허리에는 보석이 박힌 검을 차고 있었는데 검집이 옷 색깔과 같은 황색이라 언뜻 보면 옷으로 착각하기 쉬웠다.

"괜찮나요?"

표정의 변화는 없었지만 목소리에는 그를 걱정하고 있다는 것을 충분히 알 수 있을 정도로 감정이 담겨 있었다.

"헤헤! 놔! 네년의 도움없어도 일어날 수 있다고!"

그는 그녀의 부축을 세차게 뿌리치고 자리에서 일어나 먼지 묻은 옷을 툭툭 털었다. 그의 얼굴은 턱과 구레나룻에 수염이 너무 많이 자라나 있어 얼굴을 제대로 알아보기가 힘들 정도였다. 부리부리한 눈이었지만 지금은 술에 오랫동안 절었는지 흐리멍텅해 보였고 약간은 창백한 얼굴이 건강 상태도 그다지 양호해 보이지 않았다.

"……!!"

관영호는 그의 얼굴을 자세히 보다 자신도 모르게 자리에서 벌떡 일어날 뻔할 정도로 몸을 움찔거렸다.

"고형강……."

그는 아무도 들을 수 없을 정도의 작은 소리로 한 사람의 이름을 불렀다. 철신 고형강. 임사우가 실종 비슷하게 되어 찾기 힘들어졌다는, 사라져 버린 그 친구가 동정호의 악양루에서 이렇게 버젓이 존재하고 있는 것이다.

'그 모습은?'

예전 그 호인의 풍모는 온데간데없고 그저 술에 취해 인생을 함부로 낭비하는 한량처럼 보일 뿐이었다.

'무엇이 그렇게 힘들었단 말인가?'

그리고 의아한 것은 그녀가 왜 그를 따르고 있느냐는 것이었다. 대충 보아하니 그녀는 그를 연모하는 것 같았고 고형강은 그녀를 기피하는 것 같았다. 자세한 내막이야 그도 신이 아닌 이상 알 수는 없지만 친구가 타락해 버린 것을 그냥 두고 볼 정도로 태평할 수는 없었다.

"게다가 또다시 친구를 잃을 수는 없지."

그는 그렇게 중얼거리며 점소이를 불렀다. 그가 이곳에서 저런 것이

한두 번이 아닌 것 같으니 점소이에게 물어본다면 그 사정을 쉽게 알수 있을 것이라 생각해서였다.

"말도 마십쇼. 어느 날 나타나더니 여기에 죽치고 앉아 있습니다. 돈도 많이 써서 좋기야 하지만은 가끔 행패를 부리거나 기물을 파손할 때는 어쩔 도리가 없습니다. 막으려 해도 힘이 장사니 그럴 수도 없고 무림인에게 큰돈을 주고 부탁했지만 옆에 있는 여인의 무공이 엄청나 수치만 당하고 돌아가기 일쑤입니다."

"매일 술만 마시는가?"

"술에 중독되었죠. 고치기 힘들 겁니다. 예전엔 꽤나 이름을 날리던 무림인 같은데 요즘은 거의 힘도 제대로 못 쓰더군요. 쯧쯧."

그는 그렇게 말하며 고개를 젓고는 다시 사람을 맞으러 갔다.

"……."

그는 몸을 일으켜 계단을 향해 걸어갔다. 계단 앞에 선 그는 잠시 고개를 들어 위를 바라보았다.

'사람은 그렇게나 변하는 것인가? 세상은 유변하며… 세상 속의 인(人)들도 유변하구나. 그 가운데 무변하는 것은 없단 말인가? 어느 것이 좋다고 말하기는 힘들지만 사람의 관계에서 좋은 것들만은 변하지 않았으면 좋으련만.'

이층에 도달하니 올라오는 사람들을 맞는 삼십대 초반의 여인이 있었다.

"손님, 방으로 모시겠습니다."

매우 정중하고 인상도 밝은 것이 손님을 접대하는 것에 대해 많은 훈련을 받은 것 같았다.

"아까 그 남자가 있는 방으로 안내해 주면 고맙겠소."

"예……?"

그녀는 숙였던 허리를 들다가 그의 말에 깜짝 놀라 두 눈을 휘둥그레 뜨며 그를 바라보았다.

"그와 나는 친구요."

"네, 알겠습니다. 이리로……."

"왜 다른 기녀들은 오지 않는 거야! 돈은 준다니깐!"

고형강은 다시 술병째로 술을 입 안으로 부어 넣고 거칠게 병을 식탁 위에 놓으며 소리쳤다. 하지만 돈을 아무리 많이 준다고 해도 주정을 부릴 대로 부린 그에게 올 기녀는 없었다.

옆에 앉아 가만히 그를 지켜보던 그녀는 수저로 안주를 집어 들어 그의 입 앞으로 내밀었지만 그는 그것을 거들떠보지도 않고 술만 들이켰다.

"빈 속에 술만 드시면 속이 상해요. 조금이라도 안주를 드세요."

"기녀를 데려오라니깐!! 왜 안 오는 거야! 제길! 못생겼다고 차별하는 거냐! 돈은 있다니깐!"

하지만 지금에 와서 그의 말에 귀 기울이는 사람은 아무도 없었다. 그의 외침은 어느 순간부터 악양루 안에서는 공허한 울림으로 치부되어 버린 것이다.

"크큭……."

그는 자조적으로 웃으며 다시 술을 들이켰다.

"서문설(徐門雪), 제발 꺼져라. 큭큭큭!"

옆의 여인에게 한 말인 듯 그의 말에 그녀는 수저를 들고 있던 팔이 충격으로 미미하게 떨렸지만 이내 본 자세를 유지했다.

"세상에 낙이 없어… 술로 내 인생을 채우니!!"

그는 이내 몸을 뒤로 젖히더니 규칙도 맞지 않는 자작시를 마구 읊어대기 시작했다. 그 시야말로 자신의 마음을 나타내고 있는 시임을 누가 알까.

관영호는 문 앞에서 어찌할 바를 몰라 하는 여인을 보내고 그가 읊고 있는 시를 듣고 있었다.

"……."

씁쓸한 웃음을 지은 그는 문을 살짝 열어 안으로 들어갔다.

난데없는 불청객이 들어오자 고형강은 낭시를 멈추고 그를 바라보았다. 서문설 역시 기적도 없이 들어온 그를 보고 있었다.

관영호는 한 걸음 앞으로 다가가자 갑자기 자신을 향해 살기가 뿜어지는 것을 느낄 수 있었다. 쏘아지는 방향을 보니 서문설이 허리춤에 있는 검자루를 잡고는 자신을 지그시 바라보고 있는 것이었다.

'날 알아보지 못하는군.'

하긴 그녀로서는 충동적으로 한 말이었고 술에 취해 정신도 없었으니 기억하지 못하는 것이 당연할지도 몰랐다.

"친구, 날세."

"친구? 내게 친구가 있었나?"

고형강은 첫눈에 그를 알아보지 못하다 다시 한 번 관영호를 자세히 살펴보더니 이내 조금씩 그의 눈이 커지게 되었다.

"자네는……?"

"오랜만이군. 일 년인가? 와중에 한 번 만난 적은 있지만."

"어서 오게. 이리로 앉게나."

고형강은 약간 가라앉은 목소리로 자리를 권했다. 관영호는 걸음을 옮겨 그의 맞은편에 자리한 뒤 그와 옆에 있는 여자를 가만히 살펴보았다.

"코빼기도 보이지 않던 친구가 무슨 일로 여기엔 왔는가? 옥문관 근처서 산다면서 여기까지……."

"십만대산(十萬大山)으로 가는 길일세."

"십만대산? 극과 극이군. 자자, 일단 만났으니까 술이나 한잔하자구."

그가 술잔을 그에게 주며 술병을 들었지만 관영호는 술잔을 들지 않고 그저 고형강의 얼굴만 바라보았다.

"왜 그러나? 내 얼굴에 뭐라도 묻었나?"

"힘들었나? 아니면 힘든 척하는 것인가?"

"무슨 말을 하는 건가? 하하하! 그때와 달리 자네도 엉뚱한 말을 할 때가 있군. 어서 술이나 받게."

"……."

그가 아무렇지도 않게 잔을 계속 권하자 관영호는 어쩔 수 없다는 듯 잔을 들어 그의 술을 받았다.

"난 술병째로 마시니 굳이 따라주지 않아도 괜찮네."

그는 짐짓 호탕한 척하면서 술병을 흔들어 보이더니 곧이어 그와 술잔을 맞부딪치고는 바로 술병째 입 안으로 넣어 꿀꺽꿀꺽 마시기 시작했다.

그걸 보던 관영호는 희미하게 웃으며 살짝 한 모금 마시고는 담담히 말을 이었다.

"우영이 죽었네."

"……."

고형강의 목젖은 전후 운동을 하다 그의 말에 순식간에 멈추어져 버렸다. 잠시 그의 입 사이로 술이 흘러내렸지만 곧이어 목젖은 다시 전후 운동을 시작했다. 옆에 있던 그녀는 아까보다 더욱 격렬하다고 생각했지만 당사자가 아니고서야 알 수 없는 일이었다.

"크으! 술이 좋군."

"술은 인간이 만들어낸 최고의 음식이지."

"맞는 말이야. 하하하!"

고형강은 다른 술병을 잡고는 이번에는 거의 발작적으로 벌컥벌컥 들이키기 시작했다. 연이어 세 병이나 마셨을까?

"쿨럭! 쿨럭! 우욱!!"

고형강의 허리가 직각으로 휘어지며 식탁 위의 술병들과 음식들은 엉망진창이 되어 땅으로 떨어졌다. 그가 닿을 듯 엎드려 있는 식탁 위에는 어느새 검붉은 피가 흥건히 고여 있었다.

"……."

관영호는 순간 놀라움에 그의 맥문을 잡고 싶은 충동을 받았지만 꾹 참고 아까보다 더욱 가라앉은 눈으로 그를 바라보았다.

"괜찮나?"

"괜찮지 않아. 흐흐!"

"……."

"잘됐군. 자네의 의술이 뛰어나지 않은가? 돌팔이들은 병으로 얼마 못 간다고 했지만 아마 자네라면 날 살릴 수 있을 것이야."

"……."

"고, 공자."

"……?"

"의술에 조예가 있으시다면 부디 고 오라버니를 살려주세요. 오라버니는 지금……."

"닥쳐!"

고형강은 서문설의 애원 섞인 눈을 보며 거칠게 소리쳤다. 서문설은 그의 외침에 할 말을 미처 다 하지 못하고 어쩔 수 없이 입을 다물었다.

"내 친구에게 부담 주는 일은 하기 싫군."

"팔을 이리 줘보게."

"……."

고형강이 오른손을 내밀자 관영호는 그의 맥문을 쥐고는 혈의 흐름을 느끼기 시작했다.

"어떤가?"

"불치(不治)군."

"그런가? 크크! 자네 의술도 생각보다 뛰어나진 않군."

"후후, 미안하네."

목숨이 오가는 대화 내용이었지만 옆에서 듣는 서문설은 그 어투가 이상하게도 그저 의미없이 주고받는 것 같아 고형강의 병을 고칠 수 없다는 말이 도무지 실감나지 않았다. 하지만 말하고 있는 관영호의 마음은 겉으로 표현하고 있는 말처럼 태연하지는 않았다. 자신이 가지고 있던 약 두 알이면 어느 정도 가능성이 보였지만 지금은 단 한 알뿐이었기에 치유가 불가능했다. 처음에 만들었을 때는 총 다섯 개가 있었지만 하나는 호미란의 남편에게, 하나는 호미란에게, 둘은 도용연의 생명을 유지시키는 데 써버리고 이제는 단 한 알만이 남게 된 것이다.

"……."

그는 잠시 생각하다가 고형강에게 말했다.

"혹시… 무림대회 때의 상처 이후 제대로 휴식을 취하지 않았는가?"

"아아, 미안하네. 일이 생겨서 석 달 정도 많이 고생했지. 큭큭!"

그의 예상대로 상처가 후유증으로 남은 데다가 어떤 고생인지는 모르지만 분명 심적 고통도 그에 한몫했음이 확실했다.

"이걸 받게."

그는 품에서 마지막 남은 약을 꺼내 그에게 주었다.

'하나가 살고 하나가 죽는 것인가…….'

그의 마음은 계속 착잡해지고 있었다.

"이게 뭔가? 자네가 만든 특효약인가?"

"자네 병은 이것이 두 알이 필요한데 다 써버리고 이제 없다네."

"그럼 이거 먹어봤자 결국 죽는다는 것이군. 그럼 받지 않겠네."

"……."

고형강의 받지 않겠다는 말에 그가 아무 말 없이 품 안으로 다시 넣자 옆에 있던 서문설은 두 사람이 하는 태도가 너무나 어이없어 황당한 표정을 짓다가 이내 관영호에게 애원하기 시작했다.

"공자, 오라버니의 병에 조금이라도 차도가 있을 수 있다면 제발 도와주세요."

그녀의 눈빛은 멍한 듯한 느낌에 지금의 애원의 빛마저 띠고 있으니 너무나 처량해 보였다. 절세미인이 님이 가심을 탄식하는 것이 저만할까.

"그는 죽소."

"……."

"큭큭! 이제 그만 해. 자자, 이러지 말고 계속 술이나 마시세. 죽은 우영에 대한 슬픔의 술을 마셔야겠네."

그가 다시 술병을 들자 옆에 있던 서문설은 어쩔 수 없다는 듯 고개를 살짝 젓고는 관영호에게 애원하는 눈빛을 지우고 예전의 신색으로 돌아갔다.

관영호는 묘한 미소를 지으면서 서문설을 보았다. 웬만한 무림의 여자 같으면 화를 내거나 또는 어떤 수를 써서라도 사랑하는 사람을 위해서 가능성이 있다면 그것을 시도해 봤을 것이지만 이 여인은 그렇지가 않았다. 좋게 본다면 무림의 여자 같지 않다고 볼 수 있겠지만 안 좋게 본다면 서문설은 그다지 의지가 강하지 못한 여인일지도 몰랐다.

"도용연은 의식이 불명이라 죽은 것이나 마찬가지인 상태이네."

"…제길! 대체 무슨 일이 있었던 것인가?"

그의 갑작스런 말에 고형강은 쥐고 있던 술병을 옆으로 던지며 물었다.

쨍그랑!

"……."

"왜 아무 말도 하지 않는 거야?"

"말해 봤자 달라지는 건 없네."

"큭큭큭, 내가 이렇게 되었다고 이제 무시하는 건가?"

"자네는 타인의 입장에서 봤을 때 타락했다고 하지."

관영호의 말은 마치 삼자가 삼자에게 말하는 것 같아 당사자에게 말하는 것처럼 보이지가 않았지만 고형강은 충분히 그의 말뜻을 알아들었는지 두 팔을 부들부들 떨기 시작했다.

"타락? 하하하! 타락? 으하하하! 내가 타락했다고?"

"……."

"하하하하!"

그의 웃음소리가 다시 악양루 이층을 퍼져 나갔지만 항상 그래 왔던 것처럼 아무도 그 웃음에 신경 쓰는 사람은 없었다. 타락한 자에게 돌아오는 것은 철저한 무관심뿐이었다.

"흥! 아무것도 모르는 주제에 함부로 말하지 마라! 어서 꺼져!"

고형강은 그에게 거칠게 말하고는 탁자를 주먹으로 내려쳤다.

쾅!

탁자는 반으로 갈라져 버렸지만 관영호는 아무렇지도 않는 표정이었다.

고형강은 묘한 표정을 지은 채 그를 바라보다 이내 침상으로 걸어가 그대로 엎어져 버렸다. 그가 누운 지 얼마 지나지도 않았건만 깊은 잠에 빠졌는지 코를 크게 골기 시작했다. 관영호는 그의 뒷모습을 가만히 바라보다 자리에서 일어났다.

"공자."

"……?"

"정말… 오라버니는 살 수 없나요?"

"늦었소."

"아까 그 환단이 두 개만 있으면 된다고 하셨죠?"

"그렇소."

"그걸 다시 만들 수는 없나요?"

"불가능하오."

"공자가 만드셨다면 다시 만들 수도 있잖아요."

그녀의 눈빛은 다시 애원의 빛으로 바뀌고 있었다. 관영호는 몽롱한 듯하면서도 슬픔의 빛을 띤 눈이 마치 유혹의 눈빛 같다고 느끼고는 내심 쓴웃음을 지으며 말했다.

"그 약을 만드는 데는 이 년 이상이 걸리오."

"아……!"

그의 말에 서문설의 눈에서 기어코 눈물이 흐르기 시작했다.

"내일 다시 찾아오겠소."

"무슨 일이십니까, 성주님?"

"……."

호극철은 아무 말 없이 누웠던 자리에서 일어났다. 그의 눈은 여전히 기묘한 빛이 서려 있어 남에게 불길한 기분을 충분히 주고도 남음이 있었다.

밖에서 느껴지는 세 명의 기척은 그도 알고 있는 세 장로였다. 그들 셋은 호극철을 매우 존경하고 따르는 사람들인 데다가 십 장로들 중에서 셋 모두 무공이 다섯 번째 안에 드는 뛰어난 인물들이었다.

"아무 일도 아니네. 안으로 잠시 들어와 보게나. 폐관이 거의 끝났으니 들어와도 괜찮네."

"오오……!"

세 명의 늙수그레한 목소리는 탄성으로 바뀌었고 뒤이어 석실 문이 큰 소리를 내며 열리자 세 명의 백발이 성성한 노인들의 모습이 드러났다. 셋 모두 마치 형제처럼 백발에 길고 흰 수염을 하고 있어 선계를 드나드는 노신선을 연상케 했다.

"성주님, 폐관을 마치신 겁니까?"

세 노인 중 가장 키가 큰 가운데의 노인이 그에게 말을 했다. 사라성주는 자리에 정좌하며 야릇하게 미소 지었다.

"물론이오. 꽤 만족할 만한 성과를 거둘 수 있었소. 하하하하!"

그는 갑자기 고개를 젖히며 크게 웃었다. 그의 웃음소리에는 내공이 실려 있는데 너무나 가공하여 세 노인은 안색을 찌푸리며 내공을 끌어올려 대항했다.

"……."

"아, 죄송하오. 대성의 기쁨에 잠시. 흐흐!"

그의 음산한 웃음소리는 세 노인의 마음을 묘하게 파고들었지만 외관상으론 항상 보아오던 자신들의 주인이었기 때문에 별다른 주의를 기울이진 않았다.

"내 성과를 세 분 장로께 시범을 보이고 싶은데 괜찮겠소?"

그의 어찌 들으면 광오하다고 할 수 있을 정도의 말에 왼쪽의 키 작은 노인은 매우 흡족한 표정을 지으며 말했다.

"허허허, 내 만약 다른 사람이 그런 말을 했으면 광오하다 했겠으나 성주께서 그런 말을 하니 너무나 기쁘오. 성주의 성취는 곧 사라성의 발전을 의미하는 것이니 어찌 기쁘지 않겠소. 기꺼이 상대해 드리리다."

다른 두 노인도 그의 말에 동의하는지 고개를 끄덕이고는 자세를 취했다.

"난 가만히 있겠으니 선공을 하시기 바라오."

호극철은 담담한 표정으로 세 명의 얼굴을 한 번씩 훑어보았다. 세 명의 장로들은 그의 몸에서 은은히 피어나는 가공할 기도에 내심 고개를 끄덕였다.

"성주, 조심하시오!"

키 큰 노인의 외침과 동시에 세 노인의 손에서는 각각 자신들만의 절기가 펼쳐졌다. 한 노인은 검을, 한 노인은 도를, 다른 한 노인은 주먹을 썼는데 그 위세가 경천동지하여 석실 안이 크게 울리며 무너질 듯한 불안감마저 주었다.

약간은 느린 듯했지만 결코 무시하지 못할 속도로 다가오는 세 명의 공격을 호극철은 무표정으로 일관하며 바라보고 있었다. 그의 행동에 세 노인은 그가 위험할 수도 있다는 생각을 했지만 철저히 믿고 있는지라 마음속에서 그러한 마음을 곧 지워 버렸다.

일촉즉발의 상황처럼 그들의 공격은 이제 호극철의 한 자 앞으로 다가와 있었다. 그들의 위력으로 호극철의 옷은 펄럭이고 있었지만 그는 개의치 않았다. 세 노인이 아무런 자세도 취하지 않는 그가 위험하다고 느끼는 순간 호극철의 입가에는 그들로서도 생전 처음 보는 음산한 미소가 걸렸다. 그들이 그의 미소를 보았을 때 되돌리기는 이미 늦은 상태였다. 그의 몸에서 언뜻 평범한 느낌마저 주는 자주색 강기가 솟아올랐다.

퍼퍼펑!!

"크아아악!!"

그 강기와 세 명의 공격이 부딪치자 세 가지의 비명 소리가 동시에 울려 한 사람이 비명을 지른 것처럼 석실 안을 울리면서 세 노인은 공격할 때 다가가던 속도와는 비교도 되지 않을 정도로 빠르게 튕겨 나가 석실에 강하게 부딪쳤다.

쿠쿵!

그들의 몸은 석실 벽에 박혀 버렸는데 그 깊이를 보면 얼마나 세게 뒤로 튕겼는지를 충분히 알 수 있었다.

"……."

아무 말도 없었다. 세 노인은 그대로 즉사한 것이다.

"호호… 호호호……!"

그의 입가에는 만족스러운 표정인지, 아니면 그저 음산한 미소의 표정인지 모를 웃음이 맺혀 있었다.

"최고다! 호호호!"

어느새 그의 눈에는 광기(狂氣)가 번들거리고 있었다. 하지만 어느 순간 광기가 사라지더니 그의 눈에 처절한 고통이 서리기 시작했다.

"크으으… 내가 대체 무슨 짓을 한 것이지?! 내가 세 장로를……."

그는 머리를 쥐어뜯으며 바닥에 무릎을 꿇고는 오열했다.

"크흐흑……."

얼마나 있었을까? 어느 정도 제정신을 차린 호극철은 자신이 무언가 잘못되어 가고 있다는 것을 여실히 느낄 수 있었다. 하지만 이미 되돌릴 수 없다는 것을 알면서도 그는 애써 부정했다.

"그 내단이 이런 결과를 초래하게 할 줄이야……. 한순간의 결정이……."

그는 허탈한 눈빛을 잠시 띠었지만 이내 마음을 다잡고는 자리에서 일어났다.

"나의 심성이 바뀌려는 것을 막아야 한다. 그렇지 않으면 난……."

그 이후에 미칠 여파에 대한 생각을 하자 소름이 끼치는지 고개를 가볍게 저었다. 석실 안의 공기는 세 노인의 시체와 더불어 한없이 밑으로 가라앉고 있었다.

[모월 모일. 맑음.

친구가 변한 모습은 어떤 모습으로 변하든 간에 처음에는 어색하며 적응하기 힘든 것이다. 그것도 무너져 버리고 있는 모습이라면 더욱 그렇다. 어린 나이에 철신(鐵神)이란 소리를 들을 정도로 가공할 위력의 신체를 지녔던 그는 몸과 마음이 거짓말처럼 죽어가고 있었다. 어떤 일로 인해 그런 것인지는 굳이 알고 싶지 않다. 그저 난 그의 죽음을 옆에서나마 지켜보고 싶을 뿐이다.

사라성에서 죽었던 우영이 생각났다. 그때 보았던 흉괘의 기운이 북서쪽에서 남동쪽으로 이어져 사라성으로 이어졌던 것은 우연이 아니었을까? 도용연의 의식 불명 때문인지는 몰라도 조금씩… 천괘를 보는 것이 망설여지고 쉽게 믿지 못하게 되는 것 같다. 어쩌면 내가 천괘를 봄으로써 조금씩 달라지고 있는 것일지도 몰랐다. 그 생각을 하면 우영의 죽음도, 장수할 상이었던 도용연도 모두 나 때문이 아닌가 하는 생각이 간혹 들기도 한다.

이제 고형강마저 죽는다. 나는 그가 분명 무림에 명성을 날리며 무림을 질타하는 호웅(豪雄)이 될 것으로 보았지만 이제 그는 이름조차 지워진 채 세상의 어두운 구석에서 말없이 쓰러져 가고 있다. 대체 무엇이 잘못된 것인가? 난 무림에 나온 것을 후회해야 하는가, 아니면…….]

[모월 모일. 맑음.

여름의 더위가 조금씩 더해지고 있음을 느낄 수 있는 것은 밤의 후텁지근한 기온 때문이다. 남쪽으로 향하고 있으니 더욱 그렇다.

나는 고형강과 서문설을 나의 길에 동행하게 했다. 고형강이 원해서였다. 대흥으로 향하고 있는 나의 남행(南行)에 친구를 데려간다……. 나 스스로 너무 잔인하지 않은가 생각도 해보았지만 이미 벌어진 일이다.

난 나의 어떠한 행동과 결과에도 후회를 해서는 안 된다. 그리고 하기도 싫다. 하늘에 달렸다는 운명이라는 것을 한 인간의 눈으로 알 수 있는 것일까? 만약 그런 자가 있다면 그는 신에 필적하는 인간일지도 모른다. 난 인간이기에 조금 엿볼 수는 있으나 알지는 못한다. 내 지인들이 그렇게 죽으면서 그 생각은 더욱 확실해졌다. 그렇기에 내 행동이 어떠한 결과를 가져오든 후회할 필요는 없는 것이다.

일부러 마을을 피해서 가고 있기에 고형강은 오늘 가져온 두 병의 술만 마신 후 더 이상 마시지 못했다. 덕분에 금단 증상마저 보이고 있었는데 그의 건강을 우려해 잠이라도 편히 자기 위해 어쩔 수 없이 마을로 갔을 때 그는 또다시 술을 마셨다. 이런 상태로 가다가 십만대산 낙정곡(落情谷)에 도착하기도 전에 그는 죽을지도 모른다. 어쩌면 난 친구를 포기한 것일지도…….

내가 친구라고 여겼던 사람들 중에서 두 명이 떠났으며 이제 하나가 더 세상을 떠나려 한다. 이제는 그때처럼 슬픔이 아니라 그저 안타까움으로 남았으면 하는 마음이다.

그래, 어쩌면 나의 업보일지도 모른다. 난 수많은 사람을 죽였으며 그들과 관련있는 많은 사람을 슬프게 했으니 이제 나의 차례인 것이다. 그런 것이라면 받아들이겠다. 슬퍼하지 않을 것이다. 수없이 보아온 죽음에 이제 와서 슬퍼한들 무슨 소용이 있겠는가?

나의 고향이며 나의 안식처인 사막이 생각난다. 인간사에 존재하던 모든 번뇌를 정화시켜 줄 수 있는 나의 자리가 그립다. 이번 남행을 끝으로 난 이제 무림에 나오지 않으려 한다. 난 잊혀진 존재이며 잊혀진 존재는

잊혀진 채 존재하는 것이 당연한 것이다. 그렇게 살아왔고 또한 그렇게 살아갈 것이다.]

[모월 모일. 맑음.

금방 잊혀질 것이라 생각했지만 의외로 우영의 죽음은 가끔 가다 생각이 난다. 곧 죽을 것같이 위태위태한 나의 친구 고형강이 내 옆에 있기 때문에 더욱 그런 것 같다. 아직까지 겉으로는 멀쩡하지만 맥을 잡아보면 이미 갈 데까지 간 몸이다.

도용연의 의식을 회복하는 길은 강력한 영약의 도움이 있어야 가능하지만 하늘의 도움없이 얻는 것은 불가능할 정도로 그런 것은 찾기도 힘들고 또 찾겠다는 생각을 하는 것 자체가 어리석은 짓이다. 결론은 도용연은 평생 온몸에 침을 꽂은 채로 살아가야 한다는 것이다. 그렇게 놔두어서 그녀 주위의 지인들에게 슬픔을 안겨주게 된 나의 결정은 과연 잘한 일일까? 알 수 없다.

사람의 어떠한 행동은 분명 그 주위에 어떠한 의미로든지 다양하게 영향을 준다. 그렇기에 나의 그 일에 기뻐할 사람도 있을 것이고 슬퍼할 사람도 있을 것이다. 내가 그녀를 죽지도 살지도 못하게 해놓은 것은 기뻐할 사람들만을 위한 것이 아니라 양쪽 모두를 위함이라고 한다면 치졸한 자기 변명일지…….

소류연의 일도 새삼 기억이 난다. 나에게 다가와서는 오화란의 알 수 없는 독에 중독되었다고 하며 부끄러워하던 모습을……. 다행히 남아 있던 약을 의술부에 넘겼으니 그 약의 제조법을 알아냈다면 그녀는 해독할 수 있을 것이다.

더 이상의 인연을 만들고 싶은 생각이 없기 때문에 나를 바라보던 그녀

의 안타까움의 눈동자를 난 그저 바람에 날려 버렸다. 고마움과 미안함이
교차하는 그때였다.

　고형강의 마음이 지쳤는지 아니면 자포자기했는지 몰라도 조금씩 내게
자신의 이야기를 하기 시작했다. 아마 조금 더 있으면 그가 왜 이렇게 되
었는지를 알 수 있을 것 같다. 대충 느낌상으론 그가 실연의 충격을 감당
하지 못해 그렇게 된 것 같기도 하다.

　만약 그렇다면 이렇게 버려진 채로 남게 된 두 남녀 고형강과 서문설은
잘 어울리는 한 쌍이 될 것이다 어떤 면으론……. 피식 웃음이 난다. 사람
들은 저마다 같은 부류끼리 살아간다는 말이 진짜 맞는 말임을 새삼 깨달
았기 때문이다.]

　[모월 모일. 맑음.

　오늘은 광서성으로 들어올 수 있었다. 광서성은 중원인보다는 더 많은
장족이 터를 일구고 사는, 약간은 이국적인 곳이며 광서 하면 계림이란 말
이 나올 정도로 빼어난 경치를 자랑하는 곳이지만 안타깝게도 지금은 그곳
으로 갈 여유가 없다.

　마교에서 왔던 이름조차 알 수 없는 그 여인을 낙정곡에 영면마법으로
영면에 빠지게 해놓은 후 어느 정도 세월이 흘렀건만 난 왜 이곳을 잊지
못하여 들르는 것일까? 사실 가지 않을 생각도 있었지만 그곳에 서려 있
는 대흉의 기운이 나의 마음을 이끌었다는 것이 진짜 이유라면 이유다. 그
리고 어떠한 형식으로든 친구와 함께할 이유도 필요했기에 이곳에 가야 한
다는 핑계로 그를 지금껏 데리고 다닐 수 있었던 것이다. 아무튼 이 정도
속도로 일주일 정도만 더 걸으면 십만대산에 도착할 수 있다.

　서문설이란 여인은 무림삼장(武林三莊)이라 불리는 독패장(獨覇莊), 금

단장(金斷莊), 천성장(天星莊) 중에 천성장주의 둘째 여식이라고 한다. 고형강은 무림대회가 끝나고 얼마 있지 않아 한 여인을 사랑하게 되었는데 그녀가 갑작스럽게 죽게 되자 충격을 이기지 못하고 방황하기 시작했다고 한다. 그런 와중에 고형강의 사부가 임종을 맞게 되었고 평소 사부를 아버지처럼 생각하고 있었던 그는 더욱 충격을 받았다. 심적 충격이 컸는지 가벼우나마 주화입마도 입었는데 돌보지 않고 하릴없이 돌아다니며 술만 마시다 그만 폐병을 얻고 말았다는 것이다.

서문설이 왜 그런 그를 사랑하게 되었는지는 모르지만 동정심이 아닐까 생각도 해본다. 하지만 사람의 마음을 어찌 쉽게 알 수 있겠는가? 난 그저 옆에서 그들을 바라만 보고 있을 뿐이다.

고형강과 서문설의 표정에서 날씨가 이제 매우 더워졌음을 여실히 느낄 수 있다. 밤이라 그런지 상쾌한 바람이 살짝 불어온다. 바람은, 아니, 자연은 이렇게 무심(無心)한데 사람은 살아가면서 온갖 번뇌에 빠진다. 너무나 유심(有心)하여 종국에는 번뇌만 안고 가는 셈이니 정말 손해 보는 인생 천지가 아닌가 하는 쓸데없는 생각도 해본다.]

"아! 아아……!"

"클클……."

어느 객잔의 이층 방에서 묘한 소리가 창문으로 새어 나가고 있었다. 달밤의 경치는 아름다워 충분히 술을 마시며 즐겨 볼 만하나 안에 있는 삼십대 초반의 사내는 그런 풍류와는 관계가 없는 자였다.

그는 열다섯 살도 채 되어 보이지 않는 어린 소녀를 탐하고 있었다. 그리고 그 소녀의 밑에는 역시 비슷한 나이로 보이는 소년이 입을 벌린 멍한 표정으로 소녀와 결합한 채 있었다.

"큭큭!"

실제 그의 나이는 오십을 넘었지만 워낙 동남동녀를 탐하다 보니 상당히 젊어 보일 수밖에 없었다. 그렇다고 그가 주안을 위해 이런 짓을 하는 것은 아니었다. 단지 그의 성격 중 하나가 매우 변태적인 성향이었기에 그 성격이 원하는 바에 따라 이런 짓을 하는 것이었다.

그는 야릇하면서도 도착적인 눈빛을 번들거리며 계속하여 소녀의 뒤를 짓누르고 있었다. 아플 만도 하겠지만 어떤 약을 먹였는지 두 소년, 소녀는 그저 쾌락에 취해 겨운 표정뿐이었다.

하체를 열심히 움직이던 우람한 체구의 사내는 누군가가 문밖에 서 있는 기척이 느껴지자 움직임을 멈추고 인상을 찌푸리며 말했다.

"죽고 싶나?"

나이에 비해 제법 묵직한 목소리였지만 그것보다는 오히려 평범한 목소리라는 느낌이 더욱 강한 특색없는 목소리였다.

"…십만대산으로 들어간 인물들이 나타났습니다."

"낙정곡이 확실해?"

"네."

"……."

자세를 고정시키고 있던 사내의 눈이 갑자기 도착적인 눈빛에서 묘한 광기가 서린 눈으로 바뀌며 그의 입가로 일그러진 미소가 서리기 시작했다. 그의 시선이 아래로 향하며 두 눈에 쾌락에 취한 소년, 소녀가 보이자 그의 미소는 더욱 일그러졌다.

"개자식, 정말 짜증나는 녀석이야. 변태 새끼……."

순간 그의 눈이 붉은빛으로 번쩍였고 그의 아래에서 환락에 몸부림치던 두 소년, 소녀의 몸에서는 붉다 못해 하얗다는 느낌이 드는 불이 붙었으며 그 순간 둘은 비명조차 없이 순식간에 재로 화해 버렸다. 불이 붙었음에도 침상 위의 비단 이불에는 전혀 영향을 미치지 않고 있는 것이 매우 특이했다.

"이 변태 새끼의 욕구를 충족시켜 주려고 애들을 납치한 것이냐?!"

"……."

어떤 대꾸라도 한다면 죽음만이 결과라는 것을 알고 있기 때문에 밖의 인물은 그의 외침에 아무런 대답도 하지 않았다.

"큭큭! 드디어 하늘이 열리는군! 하늘이 열리고 영면이 깨리라! 으하하!"

그는 마치 광신교의 사제처럼 두 팔을 하늘을 향해 벌리고는 크게 소리쳤다. 그가 두 팔을 하늘로 향하는 순간 그의 두 손바닥에서 푸른 귀화(鬼火)가 피어올라 방 안을 음산하게 비추기 시작했다.

"역천영면마법(逆天永眠魔法)을 펼친 놈을 잡아 그녀를 깨워야 한다! 마녀혈경(魔女血經)의 행방을 어떤 수를 써서라도 알아내야 한다!"

그는 문밖에 오체투지하고 있는 자를 향해 말한 것이 아니라 마치 자신에게 다짐하고 있는 듯했다.

"흐흐흐! 천하 제패의 길도 멀지 않았다! 큭큭!"

그의 내려진 손에는 아직도 푸른 귀화가 넘실거리며 주위를 위압하고 있었다.

"이제 나머지 아홉 명의 극마대원(極魔隊員)을 깨워 일을 시작하라!"

"존명!"

"일이라고 해봤자 무식하게 그를 힘으로 죽여 버리는 것이 다겠지만! 으하하하!"

그의 광소(狂笑)가 끝나는 순간 두 손에서 넘실거리던 귀화가 물을 부은 듯 갑작스럽게 꺼져 버렸다.

"이런, 이런……."

그의 눈은 방금 전까지 번뜩이던 광기는 어디로 갔는지 지금은 신지(神智)와 현기로 빛나고 있었다. 그의 종잡을 수 없는 눈빛과 그에 따른 말과 행동은 누가 봐도 이상하여 상대하기 힘들 것인데도 불구하고 문밖의 인물은 전혀 그런 기색이 없이 당연하게 받아들이는 것이 한두 번 겪어본 일이 아닌 듯했다.

사내는 약간 비릿한 웃음을 지으며 말했다.

"이런 머리 없는 자가 천하를 제패한다고? 후후……."

분명 자기 자신을 비웃고 있는데도 자신이 아니라 마치 타인을 비웃고 있다는 생각이 들 정도로 자연스러웠다.

"일행이 몇 명이냐?"

"모두 세 명으로 한 명은 평범한 서생이며 한 명은 병색이 완연한 사내였습니다. 또 다른'한 명은 천성장의 둘째 여식으로 드러났습니다."

"누가 영면마법을 펼쳤는지는 보지 않아도 알겠군. 그녀는 보는 눈과 직감이 대단하지. 쓸데없는 사람에게 자신을 맡길 리 없어. 평범한 서생이란 자를 유의하라. 극강고수임이 틀림없다. 낙정곡에 들어온 순간 독을 살포한 다음 일곱 명이 그를 교란시키고 있으면 나머지 둘은 쉽게 두 남녀를 죽일 수 있을 것이다. 그리고 그자는… 후후, 그분이 처리하면 일은 매우 쉽게 끝날 것이야."

그는 방금 전처럼 힘으로 밀어붙이겠다는 말과는 달리 상세한 계획을 말하며 자신의 계획에 꽤나 만족해하고 있었다.

"최대한 빨리 일을 끝내는 것이 효과적이지. 천하 제패도 물론."

"흥! 쓸데없는 데에다 머리를 쓰다니! 이런 일에 굳이 머리를 쓰는 것이 더 멍청한 짓이다. 크하하하!! 내 마법으로 모두 쓸어버릴 것이니 걱정하지 않아도 좋다!"

그는 갑자기 자리에서 일어나더니 온몸에 귀화를 일으키며 미친 듯이 웃어댔다. 방금 전의 차분하면서도 싸늘한 모습은 없어져 버리고 한 마리 미친 야생마가 다시 나타난 것이다.

"크크! 내가 진정한 교주리니, 마교의 교주는 나만이 자격이 있다."

그가 목소리를 깔며 음산하게 말하자 방 주위는 부지불식간에 귀기로 가득 차기 시작했다. 누군가가 있었다면 오줌을 지리고 기절할 정도였다.

"개벽의 순간이 올 때… 나는 이 세계의 꼭대기에서 너희들을 오연히 내려다보리라! 으하하하!!"

그가 다시 두 손을 높이 쳐들자 그의 몸에서 일렁이던 푸른 귀화는 사방으로 번지기 시작하더니 방 안을 태풍처럼 휘감았다. 방 안이 온통 불바다처럼 되어버렸지만 타고 있는 것은 아무것도 없었다. 그렇다 해도 그 장면은 너무나 공포스럽고 귀기적이었기에 누가 본다면 저절로 두 무릎을 꿇고 허리를 숙여 복종하였을 것이다.

"……."

하지만 그런 순간도 거짓말처럼 한순간이었다. 모든 것은 환상이었는지 방 안의 푸른 귀화는 온데간데없이 사라져 버리고 남은 것은 사내의 얼굴에 퍼져 있는 절망감뿐이었다.

"……."

그의 얼굴은 몇 호흡도 지나지 않았는데 수십 년이나 늙은 것처럼 보였다. 누구나 알 수 있을 법한 우울한 표정이었으며 삶의 무게를 이기지 못해 스러져 가고 있는 늙은이 같았다.

"모든 것이 소용없어……."

그는 자리를 옮겨 구석에 앉아 두 무릎을 가슴으로 당기고 두려운 듯한 눈빛을 하며 방바닥 한곳을 응시했다.

"난… 죽어야 해……."

절망 같은 정적만이 그의 몸을 감싸고 휘돌더니 이내 방 안을 휩쓸었다. 그러나 그 절망 속에 은밀히 존재하는 알 수 없는 혼돈이 절망을 지배하고 있다는 것을 누가 알 수 있을까.

◆제5장 ◆ 오심마(五心魔)

오심마(五心魔)

자신의 뒤를 따라오고 있는 두 남녀를 흘끗 보고 그는 고형강의 저런 타락이 단지 실연 때문만은 아니라는 것을 생각하면서 안타까움의 한숨을 내쉬었다. 술을 마시지 않은 지 오 일이 되어 어느 정도 신체가 적응한 듯했지만 그의 몰골은 이제 누가 봐도 죽어가고 있다는 것을 충분히 알 수 있었다. 기침을 할 때마다 피를 게워내었고 두 눈은 퀭한 것이 얼마 가지 않아 혼자서 제대로 운신도 못할 것 같았다.

실연 상대라는 것이 참으로 황당한 게 서문설의 언니로 그는 천성장의 첫째 딸과 사랑에 빠져 사랑을 나누었지만 천성장은 고형강을 마음에 들어하지 않았다. 아무리 이름이 있다고는 하지만 천성장주의 눈에는 여전히 무명소졸로 보일 수밖에 없었다.

그녀가 죽고 이제 그녀의 동생인 서문설이 그를 사모하여 따르고 있는 것이다. 전생에 어떤 인연이었는지는 모르지만 생각하면 할수록 재미있는 그였다. 고형강이 그녀를 차갑게 대하는 것도 이해가 갔다. 그럼에도 그녀가 계속 그를 따르고 있는 것을 보면 어지간히 대단한 정성이었다.

며칠 전에 관영호가 호기심을 이기지 못해 그녀의 수상(手相)을 봤는데 수절할 상은 아니었다. 분명 그녀가 좋아하는 상대는 곧 죽을 것인데 결혼은 언젠가 할 사람이라면 그 내용이야 뻔했다.

"……."

그는 수상에 대한 생각을 하다 이런 쓸데없는 생각을 하는 자신이 웃겼는지 쓴웃음을 짓고 말았다.

십만대산의 산세는 그들을 삼켜 한없이 안으로 빠뜨릴 것같이 거대했다. 낙정곡으로 향하는 길은 험하디험했지만 어느 누구도 말 한마디 하지 않았다. 그런 침묵이 싫었는지, 아니면 말이라도 하지 않으면 제일 처지려는 자신이 부끄러워 견딜 수 없었는지 고형강은 고요함에 돌을 던지기 시작했다.

"젠장! 왜 이렇게 힘들지? 술로 전 내 몸이 정말 못 견뎌 하는군. 하하!"

"제가 부축해 드릴게요."

"됐어! 너의 부축이 없어도 충분히 걸을 수 있다!"

그는 자신의 팔을 잡으려는 그녀의 손을 거칠게 밀어내고는 힘을 내어 앞에서 가고 있는 관영호의 옆으로 걸어갔다. 그런 그의 모습을 처량하게 바라보는 서문설의 모습은 누가 봐도 보호해 주고 싶을 정도로 애처로운 아름다움을 뿜어내고 있었다.

"쉴 필요 없네. 힘내게."

오히려 그는 관영호에게 격려의 한마디를 하고 계속 걸음을 재촉했다.

이제 얼마 있지 않으면 천괴로 보았던 자신도 알 수 없는 큰 흉이 다가올 것이 분명하기에 굳이 쉬고 싶은 생각은 없었다. 쉬는 것도 좋은 방법이긴 했지만 긴장을 늦추기 싫었기 때문에 쉬겠다는 생각을 버린 그였다.

"자네는 그사이 고강한 무공을 익힌 것 같군. 숨결 하나 흐트러지지 않고 고요하니 말이야."

"……."

그는 한번 미소 지어 보이고는 대답없이 그저 걸음만 옮길 뿐이었다. 고형강은 그가 숨기고 싶어한다 지레짐작하며 자신도 힘든 와중에 힘을 내어 그의 뒤를 부지런히 따라갔다.

"후… 후……!"

고형강의 숨결은 매우 거칠었지만 자존심이 있는지 쉬자는 말은 하지 않았다. 그런 그에게 약간은 미안했지만 관영호는 여전히 쉬지 않고 걸었다.

"후. 후. 친구, 자네가 부럽기도 했지. 명성이나 재물 따위는 신경조차 쓰지 않을 것 같은 그대의 눈과 행동들 말일세. 나도 그럴 수 있을 것이라 생각했지만 자네가 떠나고 각자의 길을 가려 할 때 그것이 힘들다는 것을 느꼈네. 후……."

그는 말을 하면서 걸음 속도가 조금 느려졌기에 관영호는 그를 생각해 걸음 속도를 맞춰주면서 그의 이야기를 들었다.

"하하, 자네가 나의 친구라는 것이 괜히 좋았지. 게다가 나의 목숨도 구해주지 않았나? 왜 자네에게 미안한지는 모르지만 결국 그런 것을 이기지 못해 난 이렇게 되고 말았지. 쿡쿡!"

그는 자신이 말한 것이 웃긴 듯 쥐어짜듯이 웃음소리를 냈다.

"마음이 가는 대로 했으면 좋았을 것을……."

"글쎄, 이것이 내 마음 가는 대로 한 것이라 생각하며 위안하네."

"아직도 인정하지 않고 있네, 자네는."

"그래? 내가 하고자 했던 대로 하지 않았다는 거 말인가? 큭큭, 어쩔수 없지. 꽤나 오래 이렇게 살았으니 부정하고 싶지 않은 것일지도 몰라."

관영호의 걸음걸이가 다시 빨라져 그의 걸음 속도를 따라가기 위해 고형강은 다시 힘을 내야 했다. 둘의 뒤를 따라 서문설도 부지런히 따라오고 있었다. 그들의 주위를 감싸고 있는 거대한 수풀들은 마치 다른 나라에 온 것처럼 이질적이었지만 그런 것에 신경 쓰지 않는 셋은 계속 낙정곡을 향해 나아갔다.

"거의 다 왔네. 낙정곡 입구가 나올 것이야."

"이제야……. 꽤나 멀었어."

"……."

"오라버니……."

관영호의 눈빛이 굳어지는 순간 서문설도 좋지 않은 기운을 느끼고 고형강의 옆으로 다가가 검병을 쥐었다. 노골적인 기운을 보건대 자신들이 있다는 것을 일부러 드러내고 있는 것이 확실했고 그 기운이 살기라는 것은 좋지 않은 의도를 가지고 있다는 것을 알게 해주었다.

신기루였을까? 낙정곡의 입구에는 일단의 무리들이 마치 거기에 있었다는 듯이 존재하고 있었다. 그들이 갑자기 나타나자 서문설의 눈빛은 더욱 굳어갔다. 갑작스레 나타난 그들의 신법에 심상치 않은 자들이라는 것을 충분히 느낄 수 있었기 때문이다.

"왜 내 말대로 하지 않았지?"

무리 중의 한 사내가 좋지 않은 표정으로 알 수 없는 말을 꺼냈다. 그가 누군가의 대답을 원하는 듯한 말을 했는데도 그 주위의 사람들은 아무 말도 하지 않고 오히려 말을 한 그 자신이 대답하듯이 말했다.

"그럴 필요 없다. 후후, 어차피 쉬운 상대들이니까. 그리고 여자를 죽이면 아깝지 않나? 미안하지만 저 여인을 보고는 계획을 바꾸어 버렸다."

그는 어느 객잔의 방에서 알 수 없는 모습을 보여주던 사내였는데 여전히 여러 가지의 모습이 한 인물에서 나오고 있었다. 사내는 끈적하면서도 도착적인 눈빛을 뿌리며 무리의 앞으로 걸어나왔다. 그는 손가락을 들어 관영호를 가리키고는 비릿하게 미소 지으며 말했다.

"네가 그녀를 가둬놓고 가지고 놀고는 영면마법을 걸어놓았나? 후후, 좋았겠군."

그의 이상한 말에 관영호는 상대방이 변태적인 성향이 있다는 것을 금방 눈치 챌 수 있었다.

"당신들인가?"

관영호가 마치 그들을 안다는 듯이 말하자 당황한 것은 오히려 변태 사내였다.

"뭐야? 우리를 알고 있는 것인가?"

"아니."

"장난하자는 건가?"

"당신들이 나에게 흉을 일으킬 장본인이라는 것은 알고 있지."

"흠… 역시 내 생각이 맞았군."

그의 눈에는 어느새 방금 전과는 다르게 현기가 서려 있었다. 그의 눈빛이 달라졌음을 느낀 관영호는 대충 그가 어떤 인물인지를 파악할 수 있었다. 간도민의 사례도 있고 특히 이자는 그 현상이 확실해 간도민보다 훨씬 알아채기가 쉬웠다.

"천쾌까지 볼 수 있다면 이미 무공이 극에 이르러 있겠군."

"이중인격자?"

"이런이런, 그따위 이중인격자에 비교를 하다니. 정확히 말하면 조금 많다네."

"……?"

"그리고 중요한 것은 의지를 가진 인격자란 것이지."

"……."

"이런, 내 소개를 하지 않았군. 난 현 마교를 이끌고 있는 오심마(五心魔) 극현탁(極懸濁)이라고 하지. 별호에서도 알 수 있듯이… 난 마음이 다섯 개네."

"다섯… 개?"

"그래, 후후. 놀라지 마라. 마교의 진산비전에는 전설로 남겨진 비공(秘功) 중에 마음을 나누는 무공이 있지. 십심마가 최고 단계지만 누구도 그 경지를 이룬 사람은 없어. 나, 아니, 그분만이 유일하게 오심마를 이루셨고 이제 천하 제패를 꿈꾸고 있다네."

"……."

"자네가 영면마법을 걸어놓은 그녀가 마녀혈경을 가지고 있는데 어디 숨겼는지 없더군. 나도 마녀혈경을 읽은 적이 없어서 안타깝게도 그녀를 깨우지 못하네. 그녀를 깨울 방법은 자네도 알겠지만 자네가 깨워주거나… 아니면 자네를 죽이고 자네가 가지고 있을지도 모르는 마녀혈경을 탈취하는 방법이겠지."

"……."

"아, 마녀혈경이 필요한 이유는 알겠지? 역대 교주들은 죽기 직전 영면마법을 걸어 영면해 있지. 반강시화되는 것인데 무림을 지배하기 위해선 그분들의 힘이 필요하네. 이제 나의 말을 모두 이해했겠지?"

"난 마녀혈경을 가지고 있지 않소."

"그럼?"

"책은 나의 집에 있고… 구결은 내가 외우고 있소."

"솔직해서 좋군. 그럼 어떻게 해야 그 구결을 내게 말하겠나?"

"모르겠소. 난 그냥 그녀의 상태를 살피러 온 것뿐인데 이런 일이 났으니… 당황스러운 면도 없잖아 있군. 알아서 해보시오."

"자네도 그분처럼 초월경에 든 고수인가?"

"……!"

"후후. 가소롭군, 그 태연함이. 그분이 얼마나 무서운 분이신지를 모르는군."

"자기 자신을 그분이라고 부르는 것인가? 큭, 웃기는군."

옆에서 이야기를 듣고 있던 고형강은 극현탁의 말에 실소를 금치 못했다. 누가 들어도 웃기는 호칭이기 때문이었다.

"큭큭큭큭, 맞아. 네 녀석의 말이 맞다. 누가 그따위 녀석에게 '분'이라고 말하지? 그것도 나한테 말야."

갑자기 극현탁의 말투가 급변하고 그의 눈에 광기마저 서려 있음을 안 관영호는 간단하게 한마디 했다.

"그대는 누군가?"

"나? 보면 모르나? 진정한 마교 교주니라! 으하하!! 만마(萬魔)가 앙복(仰伏)하니 천하에 군림하리라!"

화르르륵!!

강렬히 불붙는 소리와 함께 그의 전신에서 붉은 불이 타오르기 시작했다. 그것은 붉다 못해 하얀, 그래서 더욱 섬뜩한 불이었다.

"으하하하! 뒤에 두 사람은 너희들이 해치워라! 난 저 멍청한 녀석을 없애 버리겠다!"

"존명!"

극현탁의 갑작스런 공격 명령에 서문설은 긴장하고 있던 몸을 더욱 긴장시키며 검을 빼 들었다. 검신에 새겨져 있는 별 모양의 음각은 천성장의 고유 표시로 신비함을 주고 있었지만 그 신비함도 곧 쳐들어올 마기에 가려지기 직전이었다.

열 명의 극마대원이 관영호의 양 옆으로 갈라져 그의 뒤에 있는 두 사람에게 다가가려 하자 관영호는 심상치 않음을 느끼고는 서둘러 양쪽으로 혈영장을 날렸다.

콰쾅!

놀랍게도 그의 혈영장을 선두의 한 사람씩 두 사람이 간단하게 막아 버렸고 나머지 각 네 명은 계속해서 둘을 향해 나아갔다.

"이런……."

그는 열 명을 너무 가볍게 봤다는 것을 느끼고는 급히 품속에서 비도 두 개를 꺼내 양쪽으로 날렸다. 비도에선 다섯 자의 도강이 각각 뿜어져 나와 그들을 위협했다.

"헉! 도강? 그것도 길이가 저렇게나?"

고형강은 자신이 위험한 상황인 것도 잊은 채 그의 비도를 보고 경악했다.

비도의 엄청난 위력은 그들도 감히 경시하지 못하는지라 하나의 비도에 두 사람씩 검을 뽑아 맞섰다.

파파파팟!!

도강과 검강이 부딪치자 지독한 마찰음이 났고 놀랍게도 비도는 아무런 위협도 하지 못한 채 바닥에 떨어져 버렸다.

"……!"

관영호는 그들의 심상치 않은 실력에 놀랐지만 그들이 잠시 멈춘 사이 고형강과 서문설을 보호하기 쉽게 하도록 둘에게 가까이 가 작은 삼각 구도를 이루었다.

"그들은 하나하나가 극마에 이르러 나도 그들 모두를 이기지 못할 정도다! 그런 그들을 네가 쉽게 감당할 수 있을 것이라 생각했나? 이제 내가 갈 차례다! 으하하하!"

그는 포악스럽게 웃으며 손바닥이 위로 보이게 내민 다음 알 수 없는 이상한 말들을 중얼거리기 시작했다. 관영호는 급한 상황이라 그 말을 잘 알아들을 수는 없었지만 불길하고도 심상치 않은 기운이 그의 몸에서 피어오르는 것은 충분히 알아챌 수가 있었다. 극현탁의 음산하고 불길한 기운이 최고조에 다다름과 동시에 좌우에 있던 열 명의 극마대원이 숨겨놓았던 기운을 마음껏 발산하며 관영호의 바로 뒤에 있는 두 사람에게 위협적인 공격을 감행했다. 실력이 너무나 차이가 났기에 관영호로서도 그들을 보호하는 것이 쉽지 않았다.

"염화마령(炎火魔靈)!"

극현탁의 외침과 동시에 그의 몸에서인지 손에서인지 알 수 없지만 땅으로 세 개의 불줄기가 마치 두더쥐가 땅을 일렁이며 다가가는 모양으로 관영호를 향해 빠르게 다가왔다. 처음 보는 신기한 공격에 관영호는 어떻게 대처해야 할지 잠시 생각나지 않았지만 일단 뒤의 둘을 향해 공격하는 열 명을 먼저 상대하기로 했다.

"뒤로 물러서시오!"

그의 큰 외침에 두 사람은 급히 물러났고 그 자리를 점한 관영호는 양손을 그들에게 내밀었다.

"무(霧)!"

하늘을 뒤덮을 정도로 거대한 혈무가 그의 손에서 빠져나갔고 그 혈무는 어느새 열 명의 극마대원과 강하게 부딪쳤다.

콰콰콰쾅!!

"크으윽!!"

열 명의 극마대원은 극현탁의 자랑이 거짓말임을 증명하는 듯 뒤로 열 발자국 이상이나 물러났다. 그중에 여섯 명은 피를 흘리며 내상을 입었고 나머지 네 명도 그다지 좋은 안색은 아니라 일 대 십 사이의 우위는 판명이 났지만 관영호도 두 팔이 저릿저릿하고 속이 울렁거림은 피할 수 없었다.

"조심하게, 친구!"

의외의 충격에 잠시 머뭇거린 그를 향해 다가오던 세 줄기의 불길은 이미 그의 몸에 작렬하기 직전이었다.

"……!!"

고형강은 그것을 보고 깜짝 놀랐지만 다행히 관영호는 유형화된 혈영강기로 불길을 막은 후였다.

"……"

불길이 혈영강기와 부딪친 순간 강기를 태워 버리는 놀라운 장면에 관영호는 황당하여 말문이 막힐 정도였다.

"강기를 태우는 불이라……. 마교답군."

강기가 다 타버리자 불길도 자신의 먹이가 사라졌다는 듯이 꺼져 버렸다.

"크크, 대단한걸? 만물을 태운다는 나의 불꽃을 강기만으로 막다니. 하지만 그런 걸로 자만하지 마라."

그가 다시 염화마령을 쓸 때처럼 주문 같은 것을 중얼거리기 시작했다. 그러자 그와 동시에 열 명의 극마대원은 다시 고형강과 서문설을 향해 기회를 엿보며 천천히 다가갔다.

극현탁의 몸에서는 조금 전과는 다른 푸른 귀화가 솟아오르기 시작했고 그것은 그의 중얼거리는 소리가 점점 커짐에 따라 사방으로 급속도로 번지기 시작했다. 종내 그 귀화는 관영호와 두 명을 포함하는 사방 오 장을 감싸게 되었다. 하늘마저 가린 귀화로 인해 관영호는 까마득한 암흑만이 주위를 에워쌌음을 알고 전신을 긴장시켰다.

"으으!"

"아아……!'

둘 역시 관영호와 마찬가지로 암흑에 에워싸이자 귀화가 자신들을 태울 것 같은 본능적인 공포심과 열 명의 극마대원이 곧 자신들을 덮칠 것이라는 위기감에 심적으로 크게 흔들리고 있었다.

"갈!"

관영호는 크게 소리치며 자신과 두 사람의 정신을 되찾으려 했다. 어렵지 않게 환각에서 벗어난 관영호는 다시 뒤로 물러나 둘의 몸을 내공으로 뒤로 밀어버리고는 극현탁의 알 수 없는 공격이 불안해 혹시나 하는 마음에 자신도 급히 고형강과 서문설에게 다가갔다.

극마대원들은 극현탁의 귀화가 그들을 덮자 공격할 기회라 판단하고 빠른 속도로 공격을 위해 들어갔고 관영호는 그들이 다가옴을 느낀 순간 자신의 머리 위로 푸른 불덩이가 하나가 떨어지고 있음을 알게 되었다. 너무나 갑작스럽게 허를 찔린 공격이라 피할 수가 없었다.

"크하하하!!"

얄미울 정도로 광기 서린 웃음소리를 들으며 관영호는 강기를 유형화시켰지만 놀랍게도 그 순간 푸른색 불 덩어리는 몸 주변에 생성된 강기를 흡수해 버리듯이 녹여 버리고 관영호의 머리 위로 곧장 떨어졌다.

"……!!"

푸른 불덩이뿐만 아니라 열 명의 극마대원도 이미 그의 근처까지 쳐들어왔기 때문에 본신의 힘을 쓰지 않는다면 위험한 순간이었다.

"바보같이!"

순간 들리는 외침과 함께 관영호는 누군가의 강한 힘에 의해 옆으로 밀리며 푸른 불덩이가 누군가에게로 떨어지는 것을 보고 말았다.

"안 돼!!"

관영호의 입에서 누구도 상상하지 못할 큰 외침이 터졌다.

"크으으……!!"

고형강의 뒤로 세 극마대원의 검이 검강을 뿜으며 그의 등을 찔러 들어갔다. 하지만 그의 몸은 푸른 불덩이에 휩싸여 고통에 몸부림치며 땅에 쓰러져 버린 뒤라 찌르기는 무위로 돌아갔고 그 순간 세 개의 비도가 보이지 않을 정도로 강렬한 회전을 하며 날아왔다. 세 명은 비도가 날아오는 순간 단순한 찌르기에서 급변하며 위력적인 절초로 비도를 막으려 했지만 비도는 허무할 정도로 간단하게 방어를 뚫더니 검마저 가르고 그들의 몸을 관통해 버렸다.

"크윽!"

가슴에서 피를 쏟으며 자리에서 주저앉아 버린 세 명은 이미 이 세상 사람이 아니었다.

"……."

"크크크, 그놈은 이제 죽었군. 젠장! 하지만 극마대원 세 명이 죽었잖아! 얼마나 뛰어난 인재들인데!! 개자식!"

정말로 화가 났는지 그가 발을 구르자 내공으로 인한 진동음은 울리지 않고 사방에서 북을 치듯 소리가 울렸다. 그 힘이 주변으로 퍼져 나갔는지 사방의 나무에서 수많은 나뭇잎이 그들의 위로 떨어졌다.

"크큭… 친구인가 본데 친구의 죽음을 슬퍼해 줄 빼어난 배경이지 않은가?"

그의 광기에 찬 눈이 관영호를 비웃듯이 바라보자 관영호는 고개를 돌려 그를 바라보았다.

"흠……."

극현탁은 관영호의 감정없는 눈빛에 자신도 모르게 한 발자국 뒤로 물러난 것을 곧 자각하곤 이내 수치심에 이를 갈았다.

"으으……!"

하지만 관영호의 시선은 이미 그를 외면하여 고형강을 향하고 있었다.

"오라버니! 흑흑!"

서문설은 쓰러져 있는 그에게 다가가 오열했지만 그의 몸에서는 아직도 푸른 귀화가 넘실거리고 있어 고형강을 안지 못하고 있었다.

"흐흐, 꽤나 아프군……."

"……."

관영호는 아무런 말 없이 그를 바라보고 있을 뿐이었다.

"흐흐흐, 왜 그런 표정으로 보는 건가? 내가 바보 같다 이건가?"

"그래, 멍청하군. 그따위 공격을 내가 막지 못할 거라 생각하고 그런 바보 같은 짓을 하다니……."

"호오, 자네의 그런 말투와 모습은 처음 보는군. 큭큭! 으으! 으아아아!!"

"……."

관영호는 그의 고통이 극에 다다라 괴로워하는 모습을 보더니 가까이 다가가 그의 가슴에 손을 대었다. 그의 손이 다가가자 근처로는 푸른 불길이 접근조차 하지 못하며 옆으로 물러나더니 이내 관영호의 힘에 의해 사그라졌다. 이는 울고 있던 서문설조차 잠시 눈물을 그치고 놀란 표정으로 바라볼 정도로 신비스러운 모습이었다.

"크으으, 고맙군. 자네는 날 항상 고쳐 주었네."

"이번엔 안 될 것 같군."

"상관없어. 어차피 죽을 몸."

"……."

"젠장, 공명을 바라지도 않았지만 이렇게 이름없는 산에서 허무하게 죽다니……."

"…난 이런 일이 벌어질 줄 알고 자네를 데려왔네."

"그런가? 큭큭! 뭐, 상관없어. 대신 내 부탁 하나만 들어주게."

"……."

"예전과 달리 자네의 눈이 조금 변했다고 생각했네. 지금은 특히 더 그래. 상당히 무서워."

"미안하군."

"뭐, 그런 건 내 상관할 바가 아니지. 큭! 이거 기분이 묘하군. 죽어가고 있다는 것을 생생하게 느낄 수 있다니… 젠장."

"오라버니! 흑흑!!"

서문설은 이제 고형강의 가슴에 얼굴을 묻은 채 울고 있었다.

"뭐, 난 아직도 그녀를 사랑하니까… 죽는다는 게 그다지 슬프진 않아. 하지만 남겨지는 이 여자가 걱정이군. 날 그렇게 따라오지 말라 했는데도……. 바보 같은 여자다."

"……."

"이 여인을 책임져 줄 수 있나? 험난한 무림에서… 특히 이곳에서 살아 나갈 수 있나?"

"물론."

"그럼 다시 말하지. 꼭 이곳에서 이 여인을 살아서 나가게 해주게."

"알았네."

"무엇을 걸고 그것을 믿을 수 있나?"

"너와 내가… 친구라는 것과 나의 목숨, 이름을 걸지."

"좋아! 후후."

고형강은 눈을 감았다. 아직 숨 쉬고 있는 것이 죽지는 않았지만 언제 숨질지 모르는 일이었다. 관영호는 자리에서 일어나 극현탁이 있는 곳으로 몸을 돌렸다. 그의 머리 위에 위태롭게 놓여 있던 나뭇잎 하나가 떨어져 그의 인중을 지나는 순간 검붉은 기운이 그의 몸 전체를 에워싸며 엄청난 기운이 솟아나더니 극마대원과 제법 떨어져 있던 극현탁에게 압박감을 주기 시작했다.

"크으! 역시 너도 초월경에 든 인물이라 만만치 않군!"

그는 두 손을 약간 위로 들어 올려 무언가를 떠받치듯이 한 뒤 입으로 또다시 무언가를 중얼거리기 시작했다. 마치 그것이 공격의 시작을 의미하는 행동인 듯 남은 일곱의 극마대원이 공격을 감행했다. 동료의 죽음에 크게 분노한 듯 그들의 살기는 방금 전과는 그 정도가 달랐다.

"크으……!"

여태껏 해왔던 싸움 중 이번이 가장 힘든 싸움일 것이라 예상하며 관영호는 짓눌러 오는 압박감에 신음성을 내면서도 품에서 비도 다섯 개를 꺼내 들었다.

"……."

극현탁의 주문 소리가 점점 커지며 숲 속에 울려 퍼지자 극현탁의 두 손과 팔 전체에 푸른 귀화가 사방으로 불꽃을 뿜으며 맴돌기 시작했다.

이를 본 관영호는 심상치 않은 위력을 지니고 있을 것이라 생각하고 그를 먼저 공격하기 위해 비도를 날리려 했지만 그의 의도를 알아챈 일곱 명의 극마대원 중 세 명이 그를 향해 각자 이기어검술의 놀라운 검공을 선보였다. 그리고 뒤이어 나머지 네 명 역시 이기어검술로 시간 차를 두어 그에게 검을 날려왔다.

"……!!"

세상에 어느 누가 상상할 수 있었겠는가! 극마에 이른 열 명의 마인 중 무려 일곱 명이 날린 이기어검술은 이미 위력 자체를 설명하기란 어불성설이었다. 경악에 이어 침중한 눈빛으로 빛살처럼 날아오는 일곱 자루의 검을 피할 수 없다는 것을 안 관영호는 내공을 크게 끌어올려 해보지 않았던 것을 시도하기로 했다.

"혈룡."

두 개의 비도가 십 자 길이의 도강을 띤 채 날아가다 이내 용의 모습으로 유형화되면서 굉음을 울리며 일차적으로 그들과 부딪쳤다. 뒤이어 다시 두 개의 비도로 혈룡을 시전하자 그의 놀랍도록 깊은 내공도 서서히 바닥이 나기 시작했지만 꾹 참으며 간신히 나머지 검 하나를 극현탁을 향해 날렸다.

'섬(閃)!'

"하아아!!"

우렁찬 외침과 함께 극현탁의 손에서 거세게 맴돌던 거대한 푸른 불덩이는 그의 손을 떠나 관영호를 향해 날아갔다.

첫 번째 혈룡이 먼저 날아오는 세 개의 검과 부딪치며 눈부신 빛을 낸 데 이어 두 번째로 시전한 혈룡도 뒤이어 날아오던 이기어검술과 부딪치며 강렬한 빛을 내며 사람들의 시야를 가렸다.

파파팟!!

"큭……!"

그는 자신의 혈룡이 그들과 부딪치면서 거대한 힘의 여파가 자신을 향해 다가오자 강기를 생성시켜 그 힘에 대항했다. 그때 극현탁에게 날렸던 비도는 푸른 불덩이에 의해 소멸되어 버리고 그것이 자신의 일장 앞까지 다가온 것을 안 그는 다시 내공을 모았다.

"오라버니! 으흐흐흑!!"

갑자기 그의 뒤에서 서문설의 비통한 울음소리가 들려오자 그는 가슴에서 무언가 꿈틀거리는 것을 느끼며 얼굴의 무표정이 깨져 버렸다.

그의 몸에서 엄청난 기운이 솟아오르며 사방을 압박하기 시작했다. 불어오는 힘의 폭풍에 극현탁마저도 불안감을 느꼈지만 그 순간은 이미 늦은 때였다.

"무!"

콰콰콰쾅!!

"크아아악!!"

모든 것은 정말 한순간이었다. 극현탁이 있던 자리에서 피를 쏟아내며 뒤로 나뒹굴 때 관영호의 몸은 어느새 그와 일 장가량 떨어진 곳에 있었던 것이다.

그가 힘을 끌어올려 힘의 개방 상태에 이르고 난 뒤 자신을 향해 날아오는 불덩이를 소멸시키고 그의 앞으로 다가가 정면으로 무명오장 중 '무' 를 시전하자 그 엄청난 힘에 극현탁은 무참히 무너져 버린 것이었다.

"아……."

울고 있던 서문설마저 고개를 들어 그 놀라운 광경을 멍하게 바라보고 있었다. 자신은 상대조차 하지 못할 열 명의 마인을 충분히 감당하면서도 그들의 우두머리인 마교의 교주마저 무참히 쓰러뜨린 그의 엄청난 힘에 그녀는 아무 생각도 못하고 있었다.

그녀의 가슴에 얼굴이 묻혀 있는 고형강은 편안한 미소를 지으며 잠들어 있었다. 그에게는 급변해 버린 자신의 주위로 인해 고통받으며 살아 있는 것보다 죽는 것이 차라리 편한 것일지도 몰랐다.

극마대원 일곱 명이 극현탁의 곁으로 가자 관영호도 고형강의 곁으로 다가갔다.

"죽음이 이렇게 슬픈 것을… 왜 나는 죽음을 바라보기만 해야 한단 말인가……?"

우영의 죽음과 도용연의 의식 불명에 이어 고형강마저 죽어버리자 생각보다 더 많은 슬픔이 그의 마음을 메우고 있었다.

"오라버니……."

그녀는 관영호의 시선을 따라 아래로 시선을 향했고 거기에 너무나 편안한 미소로 죽어 있는 고형강을 보자 다시 눈물이 고였다.

'난 더 이상 슬퍼하지 않으리라……'

그는 하늘을 보며 마음을 다잡고 다시 예전의 표정으로 돌아갔다.

'나의 무심을 깨뜨리는 것은 세상사구나.'

그는 쓴웃음을 지으며 울고 있는 서문설과 죽어 있는 고형강을 보았다. 슬픔도 기쁨도 결국은 한순간일 뿐이다. 그녀는 이제 그를 잊어야 했고 자신 역시 그를 추억 속으로 남겨야 한다.

'이제 나의 길다면 길었던 여행은 끝인가? 이제 이곳도 다시는 오지 않겠지. 아니, 무림이란 곳에 다시는 오지 않으리라. 나의 사막, 무덤……. 나 역시 그 옆에 묻히겠지.'

"흑흑!"

"슬픔이 당장은 건디기 힘들지만 곧 이겨낼 수 있을 것이오. 그리고 이겨내야 하는 것이 인생사라는 것을 잊지 마시오."

그는 그녀에게 나름대로 위로를 해주며 마음을 안정시킬 때까지 가만히 서 있기로 했다.

"또 하나가 가고 이제는 어떻게 된다는 건가……?"

그는 이상한 기운에 본능적으로 몸을 뒤로 돌렸다.

"음!"

그는 신음성을 흘렸다. 미미했던 기운이 이제는 자신의 마음을 세차게 울릴 정도로 엄청난 공명이 온몸을 엄습하고 있었다.

'맙소사! 이건 천궁자를 훨씬 능가하는 공명이다!'

그는 혹시나 했지만 역시나 이러한 기운을 뿜어내는 자는 지금 자리에서 천천히 몸을 일으키고 있는 오심마였다. 그의 몸에서 나타나고 있는 힘이 얼마나 대단했던지 그뿐만이 아니라 서문설도 그 가공함을 충분히 느끼고 있었다.

"아, 저럴 수가!'

그녀는 무엇보다 그가 그렇게 강력한 공격을 그대로 맞고도 아직 죽지 않고 살아 있다는 것에 놀라고 있었다.

몸을 완전히 일으킨 그는 목을 가볍게 돌리고 팔도 이리저리 돌리며 몸을 풀기 시작하더니 간단한 몸 풀기가 끝났는지 그는 관영호를 향해 시선을 돌렸다.

"대단하군, 그자의 기이한 마법을 이겨내다니……. 그를 이길 자는 무림에서 그다지 많지 않거든. 하긴 그대도 초월경에 이른 자니까."

그의 목소리는 다른 때와는 너무도 차이가 있었다. 말 그대로 무언가를 초탈하여 어떤 감정조차도 배제된 무심의 목소리였던 것이다. 변태적인 사내였을 때의 느끼하면서도 무특징적인 목소리, 미친 사내였을 때의 광기에 찬 목소리, 현기에 가득 찬 눈빛을 한 사내였을 때의 침착하면서도 무언가를 드러내 놓고 싶어하는 듯한 들뜬 목소리, 그리고 절망에 차 죽어야 한다고 자학하는 사내였을 때의 목소리가 모두 거짓말이었나 하고 생각될 정도였다.

게다가 그 목소리만으로도 상대방에게 위압감을 주고 있었다. 특히 서문설은 그녀의 가슴으로 파고드는 그의 묵직한 목소리에 답답함을 느꼈는지 얼굴을 가볍게 찌푸렸다.

그의 말이 끝나자마자 갑자기 일곱 명의 극마대원이 그 자리에서 오체투지하며 주위의 나무들이 울릴 정도의 엄청난 음량으로 외쳤다.

"교주현신(教主現身)!!"

"만마앙복(萬魔仰伏)!!"

"군림천하(君臨天下)!!"

그들의 태도는 이전까지와는 상당히 대조적이었다. 지금의 극현탁을 향해서는 절대 복종의 자세를 보이고 있었으며 그들이 외치는 목소리에는 은은히 격동과 감동마서 담겨 있었다.

"진정한 마교 교주란 말인가?"

관영호는 담담한 표정으로 말했다. 그가 자신보다 강하다고 해서 두려운 마음이 드는 것은 아니었다.

"흠… 그렇게 말하면 다른 자들이 섭섭해할지도 모르지. 단지 그들과 다른 건 내가 그들의 우위에 있다는 것뿐."

"……."

"원래 나라면 무림 제패라는 것 따위엔 관심이 없지만 다른 자들의 반발이 매우 심해 잘못하다간 정신이 파괴될 수가 있어. 그래서 어쩔 수 없이 그대와 마녀혈경의 역천영면마법 구결을 담보로 싸울 수밖에 없네."

"싫다면?"

"후후, 거부할 수는 없을 걸세."

"……."

"흠, 자네만 담보가 있다면 불공평하니 나도 조건을 걸지."

극현탁은 품에서 양피지로 되어 있는 책 한 권을 꺼내 들었다.

"이것이 뭔지 알 수 있나?"

"…그 책은……?"

"알고 있군. 그대도 이 책 세 편 중 하나를 가지고 있나?"

"중편."

"호오, 난 상편이네. 난 이미 해석을 마쳤네만, 매우 놀라운 사실을 지니고 있더군. 그자도 내가 상편을 가지고 있는 것을 몰라. 그리고 상편의 내용은 그자도 모르는 놀라운 사실이 담겨 있더군. 그 사실을 모른 채 동분서주하는 그자를 보면 아주 불쌍하다는 생각마저 들어. 아무튼 날 이긴다면 이 책을 건네주겠네."

"그자?"

"아, 모르는군. 그렇다고 굳이 알 필요는 없다네. 언젠가는 알게 될 테니. 참고로… 그자는 나도 이기지 못할 정도로 매우 강하지. 하지만 장담하는데 나만이 그자에게 가장 가까이 간 유일한 사람이야."

그 말을 하는 그의 얼굴에는 자부심마저 들고 있었다. 하나 관영호는 그자가 누군지, 또 그가 얼마나 강한지는 상관이 없었다. 단지 지금의 상황을 어떻게 헤쳐 나가느냐가 더 중요한 문제였다.

"혹시나 해서… 그대는 초월경에 대해서 알고 있나?"

"중편을 어느 정도 해석했기에 조금은 알고 있지."

"흠, 중편에는 초월경에 대한 이야기가 있다더니 사실이군. 난 그자에게 들어서 제법 상세히 알고 있지. 나의 힘은 광폭의 마력일세. 후후후, 마교의 무공답게 그 경지에 이르더니 이렇게 되었지. 자네는?"

"무한의 역도."

"흠, 나는 잘 모르는 힘이군. 이들 힘에도 서열이 있다고 알고 있다. 재미있지 않나?"

"별로. 당신과 달리 난 힘을 추구하거나 힘을 즐기는 사람이 아니기 때문이오."

짝짝짝!

"초월경에 든 사람답지 않군. 대단해."

그는 박수를 치며 그를 진심으로 칭찬했다. 힘을 추구하지 않는 자가 초월경에 들었다는 것만큼 대단할 일도 없기 때문이었다. 아무리 극의에 이른다 하여도 끝없는 무에 대한 도전과 욕망만큼은 없애기 힘든 것이 무인임을 극현탁은 누구보다도 잘 알고 있었다.

그는 몇 걸음 앞으로 걸어나왔다. 겨우 몇 걸음 앞으로 나왔을 뿐인데도 관영호와 서문설은 감당할 수 없을 정도의 엄청난 기운이 몰아쳐 오는 것을 느낄 수 있었다.

육 척 넉 자의 장신인 데다가 꽉 다져진 근육질의 몸매, 그리고 전과는 다른 묵직하고 진중한 목소리와 눈빛은 완벽한 무인의 전형을 보여 주고 있었다. 그의 외형은 철신이라 불렸던 고형강을 능가하는 것이었고 그의 내공은 공명의 정도를 보건대 관영호의 수준을 상회하고 있는 것 같았다.

"완벽하군."

관영호의 입에서 자신도 모르게 그런 말이 흘러나왔다.

"고맙군."

그는 관영호의 칭찬을 간단히 받은 후 서서히 극련수라절명마공(極練修羅絶命魔功)을 끌어올렸다. 그의 마공은 관영호의 혈영천마공과 질적으로 수준이 달랐다. 관영호의 혈영천마공이 아무리 잘 만들어진 것이라 해도 오랜 세월에 걸쳐 다듬고 다듬어진 마교의 비전 마공에 비할 수는 없었다.

'마공 대 마공이라……. 몇 수는 불리하게 들어가는구나.'

"그대도 마공을 쓰는 것 같던데 어디 마공의 원조와 그대의 마공, 어느 것이 더욱 뛰어난지 비교해 볼까?"

"얼마든지."

선공은 극현탁이었다. 그가 온몸에서 피어오르는 검은 마화를 한 손으로 모으자 이내 환으로 변해 버렸다.

"환(環)……."

"절명환(絶命環)!"

그가 장을 내밀자 손바닥에서 이루어졌던 검은색의 환이 관영호를 향해 날아갔고 뒤이어 그는 다른 손에도 환을 만들어 내밀었다.

시간 차를 두어 두 개의 환이 자신을 향해 날아오자 관영호는 망설이지 않고 혈영장을 연거푸 열 장이나 쏘아대었다.

콰콰콰콰쾅!!

굉음과 함께 극현탁이 쏘아낸 장환(掌環)이 소멸되어 버리자 관영호는 이에 끝내지 않고 그의 측면으로 몸을 이동시키며 무명오장 중 삼장 혈영천마장을 시전했다.

"마천금(魔天錦)!"

그의 소매가 검은 기운에 휩싸이더니 마치 철판처럼 뻣뻣해지며 혈영천마장과 부딪쳤다.

쿠웅!!

혈영천마장은 마치 거대하고 단단한 무언가에 부딪친 것 같은 소리를 내면서 더 이상 나아가지를 못하고 대치 상태에 들어가게 되었다. 그것은 극현탁도 마찬가지였지만 그때 그의 다른 한 손이 올려지더니 그 손에서 다시 아까의 절명환 다섯 개가 생성되며 혈영천마장으로 던졌다. 그러자 세 개는 관영호의 장을 소멸시켰고 나머지 두 개는 빠른 속도로 관영호에게 날아갔다.

관영호는 공격으로 인해 몸이 무방비 상태였는데 거기에 더해 갑작스럽게 그의 장력이 소멸되는 그 충격으로 몸이 움찔거린 순간 절명환은 몸에 거의 다가온 상태라 어쩔 수 없이 강기로 몸을 보호하며 최대한 몸을 옆으로 비틀었다.

퍼억!

묵직한 것이 거세게 부딪치는 소리와 함께 관영호의 오른쪽 옆구리가 짓이겨지면서 피가 터져 나왔다. 꽤나 많은 피가 나왔지만 관영호는 별다른 표정 변화 없이 그와 대치 상태를 유지하는 것을 보면 외관상으론 그다지 큰 피해를 받은 것 같지 않았다.

"강한 마공에 당하면 고통이 꽤 있을 텐데 그대는 끄떡없군."

"어떻게 유(類)가 다른 무공을 그렇게 자연스럽게 펼칠 수가 있지?"

"내 별호가 오심마이지 않나. 마음이 다섯 개이며 난 다섯 가지의 무공을 동시에 펼칠 수 있다네."

"……!!"

관영호는 극현탁의 말에 깜짝 놀랄 수밖에 없었다. 두 가지의 무공을 동시에 펼치는 것은 자신도 가능하긴 하지만 다섯 가지의 무공을 동시에 펼칠 수 있다는 것은 생전 처음 듣는 소리였고 가능하다고 생각조차 한 적이 없었다.

"어떤가? 내 몸에서 어떻게 다섯 가지의 무공이 펼쳐질지 궁금하지 않은가?"

"두고 보면 알겠지."

그가 비도 두 개를 꺼내 들고 신형을 움직이며 극현탁에게 공격할 기회를 찾기 시작하자 극현탁은 가만히 제자리에 선 채 움직이는 그를 보다가 불현듯 입을 열었다.

"참 이상한 것은 그대의 장공이 어디서 많이 낯익다는 것이야. 혈영장 같기도 하고 천마장 같기도 하고. 그래서 한 가지 결론을 내렸네. 그대는 몇백 년 전의 혈영천마이거나 아니면 그 후예이거나."

그가 그 말을 하는 순간 그의 뒤로 가 있던 관영호는 비도 두 개를 던졌다. 던진 비도는 관영호의 내공의 힘에 의해 각각 다섯 조각으로 나누어지며 각각 도강을 다섯 자나 품은 채 극현탁에게 날아갔다.

"놀라운 도법(刀法)이군!"

극현탁은 감탄하며 관영호의 기공(奇功)에 대응해 갔다.

"천마벽(天魔壁)!!"

그의 두 손이 상하로 펼쳐지며 앞으로 내밀어지자 한 자 정도 앞에서 검은 기운이 스멀거리더니 그의 키 두 배는 됨 직한 커다란 마벽이 생성되었다.

파파파팟!!

강력한 소음과 함께 열 개의 비도 조각이 마벽에 부딪치자 그 강한 충격에 극현탁의 신형은 뒤로 밀려났다. 마벽을 형성시킨 채 고정된 그의 손에서 갑자기 예의 절명환이 일곱 개나 생성되면서 관영호에게 날아갔다.

허를 찌르는 공격에 관영호는 다가오는 장환(掌環)을 피해 뒤로 물러나며 내공을 아까보다 더욱 끌어올려 혈영천마장으로 대응했다.

콰콰콰쾅!

그의 장공으로 일곱 개 중 다섯 개는 소멸시켰지만 두 개는 어느새 뒤로 물러나 있었고 관영호가 그것을 알아차린 순간 절명환 두 개는 이미 극현탁의 신형과 함께 빠르게 날아오고 있었다. 극현탁은 그에게 거의 가까이 다가가자 왼손으로 거칠고 현란한 초식을 시전했다.

"천마산수(天魔散手)!"

처음에는 손이 여덟 개로 보이는가 싶더니 이내 열여섯 개, 그 다음엔 서른두 개, 이렇게 배로 계속 늘어나며 그에게 밀려들어 갔다. 그의 손은 그에게 거의 다다른 순간에도 계속 늘어나고 있어 가히 환상의 극치라 할 수 있었지만 손에 서려 있는 검은 기운은 그것이 단순한 손놀이가 아니라는 것을 분명히 보여주고 있었다.

절명환과 천마산수라는 두 가지 공격에 관영호는 마땅한 대응 방법을 찾지 못하다가 일단 유유서행의 신법으로 미끄러지듯 뒤로 물러났다. 그가 뒤로 물러날수록 천마산수의 환영은 멈추지 않고 기하급수적으로 늘어나 그에게 다가갔지만 관영호는 계속 뒤로 물러나다 어느 정도 거리가 되었다 싶자 바로 손을 내밀었다. 그의 몸에서는 혈영무가 아닌 뿌연 기운이 서려 있어 신비한 느낌을 주고 있었다.

"이파(二破) 멸(滅)!"

극현탁은 그 소리를 듣는 순간 자신의 몸이 내부에서 터져 나가는 느낌을 받았지만 본능적으로 내부에 내공을 끌어올려서 낭패를 면할 수 있었다. 외부가 아닌 신체 내부에 방어를 위한 형을 만드는 것은 초고수라도 결코 쉬운 일이 아니었지만 그는 너무도 쉽게 그것을 해낸 것이다.

"흡······."

그러나 의외의 공격에 그의 신형은 멈추어 버렸고 덕분에 그의 제어가 사라지자 천마산수와 절명환은 사라지고 말았다.

"후후, 처음 보는 것이군. 사람의 내부를 공격하는 격공장인가? 매우 독특하군."

"······."

"다시 생각해 봤는데······. 두 가지 정도."

"······?"

"하나는 그대가 나와 싸우려는 마음이 그다지 크지 않다는 것이야. 기분이 별로 나지 않는군, 나도."

"미안하군."

관영호는 솔직히 시인하며 쓰게 웃었다. 친구의 죽음 때문인지, 아니면 싸울 필요성을 느끼지 못하는 것인지는 모르지만 묘한 허탈감이 남아 있었고 덕분에 결투가 밋밋한 느낌임을 극현탁은 금방 눈치 챘던 것이다.

"뭐, 그런 것이야 그대의 손해니까……. 자칫 그런 마음으로 싸우다 가는 죽을 수도 있거든. 아무튼 나머지 하나는 그대가 혈영천마일지도 모른다는 생각이 확실해지고 있다는 것. 그런데 방금 시전한 혈영장과 천마장이 섞인 것 말야. 어떻게 그런 위력을 낼 수가 있지? 그냥 같이 시전한다 해도 그런 위력은 나지 않아. 그래도 그것만큼은 아니지만 꽤나 재미있는 것을 보여줄 수는 있지."

그의 가벼운 미소가 관영호는 차가운 비웃음으로 느껴졌다.

"잘 보게나."

그의 몸에서 곧 붉은 기운과 검은 기운이 동시에 숏아오르기 시작했다. 그 기운은 관영호의 혈영천마공과 외형상 비슷했지만 혈영천마공과는 달리 마기의 기운이 매우 강했고 그 위압감도 더욱 패도적이었다.

극현탁은 놀란 눈빛을 띠며 자신을 보고 있는 관영호를 보고 손을 앞으로 내밀었다. 그러자 검고 붉은 기운이 융화되며 그를 향해 날아가는 것이 영락없는 혈영천마장이었다.

"……!!"

관영호는 일순간 놀랐지만 이내 침착해졌고 곧 혈영천마공을 끌어올려 혈영천마장을 시전했다.

콰콰콰콰쾅!!

패도 장법끼리 부딪쳤을 때의 전형적인 굉음이 울려 퍼지며 폭연이 사방을 뒤덮었지만 이내 인위적인 힘에 의해 나무들 사이로 퍼져 나갔다.

"……."

관영호는 극현탁이 조금 뒤로 물러나 있는 것에 자신의 장력이 우위에 있다는 것을 생각하고는 내심 기뻤지만 한편으론 쓴웃음을 지을 수밖에 없었다.

'마공의 원류인 마교의 무공과 그 교주답군.'

"후후, 조금 밀리는군. 역시 혈영장과 천마장을 그냥 융화시킨 것은 아니야. 현묘한 기운도 있는데?"

"남의 비밀을 캐는 것은 그다지 좋은 짓이 아니지."

관영호의 몸에서 돌연 뿌연 기운이 서리기 시작했고 그는 뒤이어 극현탁을 향해 한 손을 내밈과 동시에 다른 한 손은 나아가는 손의 중지에 대었다.

"하앗!!"

아무런 소리도 없었지만 극현탁은 극도의 힘을 내고 있는 듯 숲 속이 떠나갈 정도로 엄청난 기합성을 내질렀다.

"멋지군."

그의 입에서는 피가 흘러내리고 있어 사파(四破) 패(覇)에 의해 약간의 내상을 입은 듯했지만 그런 것으로 그를 쓰러뜨릴 수 없다는 것을 관영호는 너무나 잘 알고 있었다.

"단순한 것으로는 안 되겠군."

"날 단순한 것으로 상대하겠다고? 후후, 이번 것은 어떨지 한번 보겠나?"

그의 몸에서 다시 혈영공과 천마공이 일어나는 듯하더니 또 하나의 새로운 기운이 솟아올랐다. 화염이 솟아오르듯 그의 백회혈에서 피어오르는 붉은 염(炎)은 마치 화산이 폭발하기 직전의 모습과도 같았다.

"저건……?"

관영호는 그것이 심상치 않다는 것을 느끼고는 내공을 끌어올려 다가올 사태에 대비했다. 그의 몸에서 혈영천마공의 검붉은 기운이 솟아올라 전신을 휘감을 때 극현탁의 손이 번뜩이며 앞으로 내밀어졌다.

'위험하다!'

관영호는 본능적으로 그의 세 가지가 혼합된 것으로 생각되는 장력에 자신의 무명사초 무(霧)를 시전했다. 패도 장법 대 패도 장법의 대결은 정신이 없을 정도로 사방을 몰아치고 있었다.

쿠쿠쿠쿵!!

"크읏!!"

관영호는 무명사초를 시전했음에도 불구하고 그의 장력에 일 장이나 밀려나 버렸다. 그가 밀려 지나간 땅이 파헤쳐져 있는 것이 그의 저항이 얼마나 강했는지를 짐작케 했다.

관영호는 목구멍까지 올라온 피를 느끼고 일부러 더 끌어올려 한 모금 뱉어내고는 극현탁의 모습을 보았다. 그 역시 일 장가량 밀려났지만 자신처럼 내상을 입은 것 같지는 않았다.

관영호는 자신의 내상이 금방 치유되는 것을 느끼며 품에서 다시 비도 세 개를 꺼내 들었다. 확실히 마교 교주다운 무공을 지니고 있어서 그런지 정면 대결에는 꽤 밀리고 있었다. 그것은 힘을 개방해도 마찬가지일지 몰랐다. 그는 조금씩 싸움에 몰두하기 위해 말을 아끼기로 했다. 그가 진짜 싸움에 임할 때는 결코 말을 하지 않는 그의 습관 때문이었다.

관영호의 신형이 아까보다 더욱 빨라졌는지 극현탁의 주위를 돌고 있는 그의 몸은 이제 서문설의 눈에는 보이지 않게 되었다.

"이제 본격적으로……."

그가 채 말을 잇기도 전에 그의 코앞에 이미 비도 하나가 날아와 있었다. 극현탁은 본능적으로 허리를 뒤로 눕혀 비도를 피하고는 그 상태로 두 다리를 움직여 순식간에 뒤로 오 장이나 물러났다. 그 순간 관영호가 던진 또 다른 비도가 주위의 공기를 압축시킬 정도로 스스로 강렬한 회전을 하며 극현탁을 향해 날아갔다.

"핫!"

그의 몸에서 다시 지독한 마기가 숫아오르며 그의 앞에 거대한 마벽이 생겼다.

키이이잉!!

마벽과 비도가 부딪치면서 엄청난 기파가 주위로 퍼져 나가기 시작했다. 마벽은 비도를 밀어내려 했고 비도는 엄청난 회전을 하면서 마벽을 뚫으려 했다.

"크크!"

극현탁은 전과는 다른 강도 높은 공격에 잠시 밀리는가 했지만 다른 한 손을 밑으로 훑듯이 한번 내밀자 붉은색의 반월형 강기가 아래로 곡선을 이루며 빠른 속도로 관영호에게 날아갔다.

"……!!"

극현탁은 혈월탄강(血月彈罡)을 날린 순간 섬뜩한 무언가가 자신의 온몸을 휘감는 것을 느낄 수 있었다. 이내 그 진원지가 그의 머리 위임을 알고 자신도 모르게 고개를 든 순간 이미 비도는 미간과 몇 치 떨어지지 않은 거리까지 와 있었다.

비도가 거의 가까이 다가와 놀란 덕에 극현탁의 마벽이 무너져 버렸고 회전하며 벽을 세차게 뚫으려던 비도는 쉽게 마벽을 지나가 그의 전신을 위협했다. 절체절명의 순간이었다.

콰쾅!!

"……!"

관영호가 극현탁의 몸에서 검은색의 심상치 않은 거대한 강기가 솟아오르는 것을 본 순간 회전하며 공기를 압축하던 비도가 폭발했고 자신이 은밀하게 날렸던 비도도 그의 머리에 꽂혔다.

"아니!"

관영호는 극현탁의 몸에서 솟아나는 엄청난 강기가 그를 공격하던 하나의 비도와 하나의 폭발력을 모두 막아버리고 자신을 향해 계속 뻗어나오자 자신도 모르게 소리를 지를 수밖에 없었다. 극현탁과 관영호 사이의 거리는 육여 장. 한 사람이 강기를 그렇게나 큰 범위로 이루어내며 공격까지 하는 강기는 그도 처음 보는 것이었다.

'통천마강?!'

그가 옛날 마교통천비록에서 본 적이 있는 통천마강이 그와 비슷했지만 결코 저 정도는 아니었다. 그는 더 이상의 생각은 멈추고 어느새 자신의 앞까지 온 검은 강기를 막기 위해 무명사초 무(霧)를 시전했다.

파파팟!!

붉은 안개와 검은 강기가 부딪치자 안개는 조금씩 강기를 밀어내는 듯했지만 갑작스럽게 옆구리로 날아온 반월형 강기에 관영호는 대비도 하지 못하고 적중당해 버렸고 덕분에 내공을 잇지 못해 무가 사라져 버렸다. 그 거대한 강기는 기다렸다는 듯이 그의 몸을 뒤덮으려 했다.

"……!!"

관영호의 십 장 정도 뒤에 있던 서문설은 자신에게 엄습하는 엄청난 힘의 폭풍에 자신도 모르게 내공을 끌어올려 그것에 대항했지만 그것으로도 부족했는지 그녀의 가슴이 답답하고 숨조차 쉬기 힘들었다.

"아아!!"

그녀의 신음 소리는 두 초고수의 기운이 내는 소리에 묻혀 버렸고 서문설은 결국 힘을 이기지 못해 고형강의 시신을 안은 채 뒤로 밀려 날 수밖에 없었다.

파앗!!

관영호의 몸이 붉게 빛나는 순간 검은 강기는 관영호의 혈강기에 의해 밀리기 시작했다. 그때 극현탁이 절명환 다섯 개를 만들어 그에게 시전했고 이를 본 그는 갑자기 혈강기의 시전을 그만두어 버렸다. 절명환과 검은 강기가 그에게 빠르게 다가올 때 관영호는 자신의 주체할 수 없는 힘에 투기 서린 싸늘한 미소를 지으며 손을 내밀었다.

"무(霧)!"

그의 손에서 쏟아져 나온 엄청난 혈무는 사방을 덮으며 극현탁의 마강도, 절명환도 삼켜 버렸다. 극현탁은 방금 전과는 강도와 그 위력이 다른 엄청난 힘에 자신의 마강이 밀리고 있음을 느꼈을 때는 이미 관영호의 혈무가 자신을 뒤덮은 후였다.

"크으윽!!"

본능적으로 내공을 끌어올려 본신(本身)을 보호했지만 그 충격은 예상보다 엄청났다. 힘을 이기지 못한 그는 피화살을 뿜어내며 뒤로 날아가 땅에 형편없이 떨어지고 말았다.

"크윽!!"

극현탁의 몸이 땅에 떨어지자마자 그의 몸은 믿기지 않을 정도로 빠르게 일어났지만 이내 두 무릎을 땅에 꿇고 두 손으로 땅을 받치며 피를 쏟아낼 수밖에 없었다.

"우욱……!! 쿨럭! 쿨럭! 크흐흐! 먼저 하다니. 우욱! 이거 너무 치사한데? 우욱!"

관영호의 무명사초에 적중되어 꽤나 큰 내상을 입었는지 그는 몇 번이나 피를 더 게워냈다. 관영호는 그런 그를 가만히 보고만 있을 뿐 아무 말도 하지 않았다.

"후후! 멋지군. 대단했어."

극현탁은 자신이 무참히 당했는데도 불구하고 무엇이 기쁜지 얼굴에는 희색이 만연했다.

"그자와는 현저한 실력 차로 싸우지도 못했기에 그대가 초월경 고수와의 첫 싸움이라 할 수 있는데 이 정도일 줄이야."

극현탁의 몸이 서서히 회복되는 것을 안 관영호는 이번 싸움 역시 한쪽이 쓰러질 때까지 계속될 것이라는 생각에 그다지 편한 기분은 아니었다. 본디 자신 정도의 경지에 이른 사람과의 싸움은 다른 싸움보다 격렬하고 잔인해질 수밖에 없었다. 웬만한 공격으로는 그저 피 몇 번 게워내게 할 뿐 바로 회복되기 때문이었다. 가장 확실한 방법은 죽이는 것뿐이었다.

'무한역도구!'

그는 닫았던 힘을 다시 개방했다. 그러자 그의 몸에서 혈신이 강림한 듯 붉은빛이 뿜어져 나오기 시작했다.

"……!!"

엄청난 위압감에 이어 순간 주위는 음산하면서도 공포스러운 마기로 가득 차기 시작했다. 서문설은 물론 관영호도 생전 처음 느끼는 가공스러운 마기가 주위를 감싸는 것과 동시에 극현탁의 등 뒤에서 보기에도 무시무시한 마왕상이 서리기 시작했다.

"아아!!"

"마왕현신(魔王現身)!!"

"만마앙복(萬魔仰伏)!!"

"군림천하(君臨天下)!!"

극현탁의 뒤에서 여전히 오체투지하고 있던 일곱 명의 극마대원은 마왕의 현신에 감축하며 몸을 일으켜 다시 오체투지하면서 다 같이 소리를 외쳤다. 덕분에 서문설의 두려움에 찬 신음성은 그들의 외침에 맥없이 한쪽으로 묻히고 말았다.

"……."

"말이 별로 없군, 그대는."

그가 여전히 말을 하지 않자 극현탁은 싸늘한 미소를 지으면서 다시 말을 이었다.

"나의 공명 정도가 좀 더 강한 것을 보면… 내가 서열상으로는 더 위이지 않을까 하는데……."

"방심은 금물."

그 말을 함과 동시에 그의 몸이 사라지는가 싶더니 어느새 극현탁의 바로 앞에 나타나 그의 목을 수도로 찔러 들어갔다.

"……."

극현탁의 손이 언제 올라왔는지 그의 수도를 쳐내 버리자 유유서행의 신법으로 순식간에 뒤로 일 장가량 물러난 후 관영호는 손가락 세 손가락을 접더니 검지와 중지 두 손가락으로 번개같이 수십 번을 휘둘렀다. 그것은 아직 완벽하지는 않지만 어느 정도 익히고 있던 겁황천의 무공인 겁황인(劫荒刃)이었다. 두 손가락이 그의 한계였지만 무한의 힘이란 비정상적인 힘을 이용하여 그는 저렇게 무수한 겁황인을 날릴 수 있었던 것이다.

"……!"

보이지는 않지만 음유하면서도 심상치 않은 기운이 자신을 죄어오자 극현탁은 뒤로 약간 물러섰다. 그리고 그의 뒤에 서려 있던 마왕상이 앞으로 오더니 관영호가 날린 무형의 기운을 그대로 받아냈다.

"아니!"

마왕상이 한순간 흩어져 버리자 극현탁은 깜짝 놀라며 손을 내밀어 장력을 방출했다.

"천혈폭(天血瀑)!"

엄청난 흑색 장력이 폭포수처럼 앞으로 쏟아져 나가자 그것은 무형의 기운과 부딪쳤고 천혈폭은 그것에 의해 조금씩 갈라지기 시작했다.

"……!!"

그도 처음 보는 공격에 극현탁은 조금 당황했지만 천혈폭을 시전하는 손에서 다시 절명환 두 개를 생성시켜 날렸다. 절명환은 보이지 않던 기운을 상쇄시켜 버리고는 묵직한 기운으로 관영호를 향해 날아갔다. 이에 뒤이어 반월형 강기 두 개가 관영호의 좌우로 곡선을 그리며 날아갔고 또 그것을 뒤이어 절명환 이십여 개가 특이한 해골 모양을 한 채 날아왔다. 그의 정신없는 연속 공격은 너무나 순식간이라 관영호는 깜짝 놀랄 수밖에 없었다.

관영호가 극현탁이 감탄한 유유서행으로 이리저리 피하는 동안 그는 극련수라절명마공을 극성으로 끌어올렸다. 그러자 그의 몸에서 일어나는 흑연과 그의 등 뒤에 존재하던 마왕상이 묘한 조화를 이루며 그는 지옥을 다스리는 염라의 모습이 되어갔다.

"호호……"

마왕상은 마치 생명이 달린 듯 앞으로 날아가며 극련수라절명장을 시전했고 이를 보는 극현탁의 두 눈에는 묘한 광기가 서렸다.

콰콰쾅!!

관영호와 극현탁의 공격이 부딪쳐 큰 굉음을 낼 때 극현탁의 신형은 검은 구름이 되어 그를 향해 쳐들어갔다.

관영호는 가까스로 해골 모양을 이룬 이십여 개의 절명환을 상대해 냈는데 갑자기 검은 구름이 다가오자 본능적으로 무(霧)를 시전했다.

파파팟!

무와 부딪치자 검은 구름의 움직임이 멈추고 무와 밀고 밀리는 상태가 되어버렸다. 검은 구름이 극현탁 자신인 것을 본 관영호는 크게 놀랄 수밖에 없었다. 조금씩 그의 어깨가 자신의 무를 밀고 있었기 때문이다.

"흐흐!"

그의 눈이 더욱 광기를 띠는가 싶더니 그의 입에서 주위를 얼려 버릴 듯한 공포스런 외침이 터져 나왔다.

"으아아아!!"

"읏!!"

그는 무가 계속 밀리는 것을 느끼고는 경악할 수밖에 없었다. 엄청난 반력에 관영호가 멈칫하며 뒤로 조금 물러나는 순간 넘어질 듯한 몸을 지탱하고 있던 극현탁의 몸이 팽이처럼 한 바퀴 회전하면서 그의 한 손이 억겁의 순간을 죄어내듯이 엄청난 힘을 간직한 채 내밀어졌다.

"극련수라절명장(極練修羅絶命掌)!!"

그의 손이 마치 거미줄같이 관영호의 몸을 옥죄었고 그의 장심에서 검은색의 거대한 손 모양의 기운이 그에게 날아갔다. 극련수라절명장에 큰 위험을 느낀 관영호는 꽉 죄어진 듯한 몸의 압박을 이겨내며 억지로 힘을 일으켜 간신히 손을 들어 무명오장의 마지막인 황(荒)을 시전했다. 그의 손에서 일어난 혈광(血光)과 수많은 흑장(黑掌)이 부딪치는 순간 오체투지해 있던 일곱 명과 서문설은 주위를 잠식해 버릴 것 같은 무시무시한 기운에 정신없이 뒤로 피할 수밖에 없었다.

쿠쿠쿠쿵!!

"크으으……."

서로의 공격은 일순간에 끝나지 않고 대치 상태에 들어갔다. 서로 막상막하의 대치에서 극현탁의 눈이 번쩍이는가 싶더니 그의 나머지 손의 손가락에서 극련수라절명장 못지않은 엄청난 수의 지강이 쏟아져 나왔다.

─마교의 비전 무한지(無限指).

극련수라절명장과 함께 마교 비전 십대무공 중의 하나인 무한지가 엄청난 수를 이룸과 동시에 회선하며 그의 옆을 공격했다.

"……."

관영호는 옆에서 느껴지는 살인적인 기운에 눈빛을 번쩍이더니 나머지 손을 들어 올렸고 손에서는 낮을 더욱 밝힐 듯한 강렬한 혈광과 함께 조그마한 크기의 구가 번개같이 날아갔다. 무한역도구는 맞은편에서 날아오던 수많은 지강들을 흔적도 없이 소멸시켜 버리고 선회하여 극현탁의 옆으로 쳐들어가 그의 목숨을 앗아가려 했다.

극현탁은 지강도 아닌 이상한 구가 치명적인 위력을 담고 있다는 걸 본능적으로 느꼈지만 그것은 이미 그의 몸을 스쳐 지나간 후였다.

"……?!"

관영호는 자신의 무한역도구가 그의 몸을 그냥 스쳐 지나가는 것을 보았고 그와 동시에 자신을 압박하던 극련수라절명장의 힘도 사라짐을 느끼고 급히 내공을 거두었다.

"……."

극현탁의 몸이 바람에 날리듯 사라지는가 싶더니 그의 몸은 어느새 오 장가량 뒤에 원래 있었던 것처럼 서 있어 관영호는 자신의 공격이 무위로 돌아갔음을 알 수 있었다.

"후후, 기묘하지 않나? 마교 비전 분신마공(分身魔功)이지. 대충 그대와 나의 실력을 비교해 보았네. 힘적인 면에서는 그대가 날 상회하지만… 무공적인 측면에서는 내가 훨씬 앞서는 것 같군."

"……."

"이제 끝낼 때가 되었네. 후후, 죽이지는 않겠지만 약속은 지켜주겠지?"

극현탁은 관영호의 대답을 기다리지 않고 내공을 끌어올리자 몸에서 일어나는 가공할 마기는 최고조에 다다른 듯했다. 그의 마기에 너무 장시간 노출된 서문설은 몸의 저항력이 한계에 이르러 결국 정신을 잃고 고형강의 가슴 위로 무너져 버렸다.

"크흐흐흐……!"

놀랍게도 칠공에서 검은 연기가 모락모락 솟아오르는 그의 섬뜩한 모습에 관영호는 크게 긴장할 수밖에 없었다. 그의 모습이 아니더라도 그의 몸에서는 여태껏 느껴지지 않았던 무시무시한 기운이 느껴지고 있었다. 그가 생에 처음 느꼈던 천궁자의 천궁천멸의 기운도 저 정도는 아니었으니 얼마나 대단한지를 능히 짐작할 수 있었다.

"내 전력은 아니지만… 이 정도만으로도 충분할 거야."

그의 말이 끝나는 순간 그의 신형은 태산이 이동하듯 큰 위압감을 뿜으며 순식간에 관영호의 이 장 앞까지 날아갔다. 그가 맞대응을 하려는 순간 극현탁의 신형이 뿌옇게 변하더니 이내 그의 몸이 다섯 개로 늘어나 관영호의 사방을 둘러쌌다. 마교 비전 중의 하나인 십품연신(十品連身)이라는 절정의 신법이 펼쳐져 찰나의 순간 다섯 명의 극현탁이 된 것이었으며 그와 동시에 각각의 신형은 다섯 가지씩의 무공을 펼쳐 냈다.

무한지(無限指).
분영폭(分影爆).
심안살(心眼殺).
통천대마강(通天大魔罡).
극련수라절명장(極練修羅絶命掌).

마교 비전 십대마공 중 다섯 가지가 각 신형당 한 가지씩 모두 시전되고 있으니 그 가공함이란 관영호가 아닌 누구라도 느낄 수 있으리라.

'졌다!'

그는 충분히 느낄 수 있었다. 그것은 자신의 힘을 다시 개방한다고 해도 극복할 수 없는 압도적인 힘이었다. 극현탁의 눈에 보이는 엄청난 마기와 광기는 세상을 삼켜 죽일 듯한 엄청난 힘이 담겨 있었다.

하지만 그냥 당할 수는 없었다. 그는 힘을 다시 개방한 뒤 더욱 솟아오르는 힘을 끝없이 끌어올려 무한역도구를 시전했다. 다섯 방향으로 하나씩 다섯 개의 무한역도구가 쏘아져 나가자 그의 무한할 듯하던 힘도 바닥나 버리고는 비루먹은 망아지처럼 흐느적대며 제자리에 주저앉기 일보 직전이 되었다.

쿠쿠쿠쿵!!

다섯 명이 시전한 무공이 좁은 공간에서 마치 하나처럼 이루어져 무한역도구를 밀어붙이더니 무한역도구는 얼마 지나지 못해 강력한 마력에 소멸되어 버렸고 방어선이 사라지자 광포한 힘은 다섯 방향에서 관영호의 몸을 격중시켰다.

"으으윽!!"

관영호는 엄청난 경련을 일으키기 시작했다. 입에서는 꾸역꾸역 피가 쏟아지고 있었고 제자리에 서서 부들부들 떠는 모습은 거대한 낙뢰에 적중된 듯한 모습이었다.

"크윽!!"

얼마 지나지 않아 그의 몸은 그 자리에서 주저앉아 버려 꿇어앉은 꼴이 되고 말았다. 이어서 그의 상체가 무참히 바닥으로 쓰러져 버린 후엔 아무런 움직임도 보이지 않았다.

"……."

대지 위에 서 있는 사람은 오직 극현탁뿐이었다. 극마대원은 물러나서도 철저히 오체투지하고 있었고 서문설은 정신을 잃고 있었기 때문이다.

"교주 만세!!"
"교주 만세!!"
"교주 만세!!"

그들은 숲 속이 떠날갈 듯 우렁찬 만세 삼창으로 교주의 승리에 그들의 마음을 담았다. 만세 삼창 후의 장내는 끝없는 고요함뿐이었다.

"후후, 대단한 자군. 끝까지 나에게 상처를 입히다니……."

그는 양 옆구리에서 흘러내리는 피를 지혈할 생각이 없는 듯 쓰러져 있는 관영호를 쳐다보고만 있었다. 극현탁의 입에는 만족스러운 미소가 서려 있었다. 그것은 승리자의 포만감이었고 강자의 여유였다.

◆제6장◆ 의식과 무의식의 경계에서

"……."

"정신이 드는가?"

"……."

장소는 아까 그대로였지만 일곱 사람이 사라져 있었다. 그래서 장내에는 극현탁과 쓰러져 있는 관영호, 혈도가 제압되어 있는 서문설과 고형강의 시신이 다였다.

관영호의 정신은 그저 앞에 누가 있다는 것과 그가 자신에게 말을 하고 있다는 것을 겨우 인식하고 있는 것이 다였다. 마치 정신이 한쪽으로 묶인 듯한 느낌을 받고 있는 그였다.

"약속은 지키겠지."

온몸이 엉망인 가운데 관영호는 그의 목소리가 마치 어머니의 품같이 편안하다는 생각을 하다 이내 그것이 아니라는 생각도 나면서 혼란스러운 마음이 가득 차기 시작했다. 거기에 그의 몸에 침범한 극악한 마기는 그의 몸과 마음에 혼란을 일으키는 데 일조를 하고 있었다.

"……."

"이런, 정신이 온전치 못하군. 영면마법의 구결을 말해 주게나."

그는 그가 말한 것이 무슨 말인지 받아들이려 하지 않았다. 아니, 못했다고 하는 것이 옳았다. 모든 것이 그의 세계에서는 정지되어 있는 것 같았다.

—…없구나……. 내가… 위(爲)함으로 하지 말고…….

그의 머리 속에서, 마음속에서 무엇인가 흐르고 있었지만 그의 정신 상태로는 그것이 무엇인지 잡을 수 없었고 단지 끝없이 나락으로 떨어지고 있는 것 같은 느낌이 그를 지배하고 있었다. 그를 보던 극현탁의 눈빛이 서서히 바뀌어 광기가 번들거리면서 입가에는 사악한 미소가 서리기 시작한 것이다.

"크크크! 그 강하던 녀석이 그따위 공격을 맞고 이렇게 빌빌대다니……."

그의 눈빛은 순간 귀화로 불타는가 싶더니 이내 사라져 버리고 그의 몸 전체에서 그 귀화가 발끝에서부터 몸 전체로 서서히 타오르기 시작했다. 관영호의 머리맡에 오연히 서 있던 그는 몸을 숙여 그의 머리를 잡아 끌어 올렸다. 뜬 듯 만 듯한 관영호의 힘없는 눈은 살아 있지도 죽지도 않은 강시 같아 보였다.

"말하라! 영면마법의 구결을 어서 말해, 이 쓰레기!"

그의 입에서 침이 튈 정도로 거친 말이 쏟아지면서 동시에 그의 눈은 음산한 회색빛으로 변하기 시작했다.

"흐흐!"

그는 음산한 미소와 함께 알아듣기 힘든 이상한 말을 중얼거리기 시작했고 얼마 지나지 않아 조금씩 관영호의 눈이 파르르 떨리기 시작하더니 이내 거의 감겨 있던 눈이 더 이상 커질 수 없을 정도로 크게 떠졌다. 그의 눈가에서는 피마저 조금씩 흐르고 있어 끔찍한 형상을 보여주고 있었다.

"너는 나의 종이다."

"……."

"너는 나의 종이다……."

심유하며 나락에 빠져 있는 듯한 목소리가 주위를 울리며 한없이 스산하게 만들고 있었다. 그의 목소리는 유부의 영혼을 끌어올 정도로 강하게 무언가를 끌어당기는 느낌을 주고 있어 정신을 잃고 있던 서문설과 죽어 있는 고형강의 몸마저도 부르르 떨리게 했다.

하지만 그의 부름에도 관영호는 쉽게 입이 떨어지지 않고 있었다. 그의 정신력은 깨달음 이후로는 그 무엇보다 강해져 있었기 때문에 극현탁의 부름에 쉽게 따르지 않는 것이었다.

극현탁의 눈썹이 잠시 꿈틀거리는가 싶더니 그의 눈이 더 사악하고 음산하게 빛나며 그를 옥죄려 했다.

"너는 나의 종이다……!"

그의 심령을 죄어오는 말에 관영호의 째질 듯 부릅뜬 두 눈이 파르르 떨리는가 싶더니 결국 그의 입이 열렸다.

"파괴는 생을… 이 순간 모든 것을……."

"크으! 헛소리만 내뱉다니……!"

그는 자신의 방법이 먹히지 않자 잡았던 그의 머리를 강하게 땅에 쥐어박았다. 거칠게 일어나서 그의 머리를 밟으려는 순간 그의 눈에 정신을 잃었다 조금씩 꿈틀거리며 깨어나려는 서문설이 보였다.

"큭큭! 변태 새끼가……!"

그는 묘한 미소를 짓더니 정신이 혼미한 관영호의 머리를 향해 손을 내밀었다. 그러자 관영호의 몸에서 검은 기운이 조금 서리더니 이내 극현탁의 손으로 빨려 들어갔다.

"마기를 조금 없애주었으니 약간의 자가 치료로 정신은 되찾겠지."

그는 이렇게 중얼거리고 관영호의 몸을 지나쳐 서문설에게로 다가 갔다. 그의 입가에는 어느새 음흉하고도 진득한 미소가 서려 있었고 그의 눈빛은 여자들이 꿈에서도 보기 무서워할 변태적인 기운으로 가득 차 있었다.

"호호."

서문설과 관영호가 정신을 차려 주위를 인지할 수 있게 된 것은 동시였다. 관영호는 희미하게 소리가 들리는 뒤를 향해 억지로 몸을 뒤집어 상황을 보았다.

"……"

"아아!"

서문설은 몸을 일으키자마자 자신을 향해 음흉한 미소를 지으며 다가오는 극현탁을 보고 두려움에 질려 주저앉았다. 그녀는 그 웃음이 무엇을 뜻하는지 알고 있었던 것이다.

극현탁은 그녀의 두려움에 찬 표정을 마다하지 않고 오히려 즐기며 그녀의 얼굴을 한번 쓰다듬고는 그녀의 뒤로 가 그녀의 몸을 억지로 세웠다. 그녀의 몸은 눈에 띄게 두려움으로 떨리고 있었고, 그는 그런 그녀의 가슴을 조금씩 주무르기 시작했다.

"흐흐, 이 여인은 보기 드문 미인이지. 남자들의 보호 본능을 일으켜 이 여자만을 지켜주고 싶어하는 마음을 일게 하거든. 후후, 너는 어때?"

그의 행동은 조금씩 정도가 심해지고 있었지만 서문설은 아무런 반항도 하지 못하며 그저 떨기만 할 뿐이었다. 그의 인간 같지도 않은 무공과 사악함, 그리고 마교의 교주라는 점은 누구에게나 공포의 대상이 되기에 충분했다. 그녀의 꼭 감겨진 두 눈에서는 절망과 두려움이 짙게 담겨진 눈물이 흐르기 시작했다.

"오오, 눈물을 흘리는군. 내가 싫나 보지? 흐흐."

그는 혀를 낼름거리며 그녀의 눈물을 핥았고, 그의 행동에 서문설은 또다시 몸서리를 쳤다.

"내가 너한테 무엇을 원하는지 알고 있겠지?"

관영호는 누구에게 하는 말인지 애매한 말투로 말한 뒤 계속 그녀의 몸을 더듬거리는 극현탁을 복잡한 눈빛으로 쳐다보다 가볍게 한숨을 쉬었다. 고민할 필요가 없었다. 그는 꽉 막힌 듯한 목에 간신히 힘을 주어 말했다.

"그만… 하시오."

"뭐라고? 안 들리는걸? 흐흐!"

"이제 말하겠으니… 쿨럭!"

그는 기침에 피를 한번 쏟아내고는 역천영면마법의 구결을 읊기 시작했다. 얼마나 말을 했을까? 그는 구결을 외우며 서서히 몽롱해지는 정신을 붙잡으며 끝까지 구결을 외우더니 결국 다시 정신을 잃어버렸다.

"흐흐, 너도 멍청하군. 어차피 둘 다 죽을 것을. 특히 너는……."

그는 서문설을 욕정이 가득한 눈으로 보다가 이내 그녀의 수혈을 짚어 재워 버렸다.

"이제 마교를 배신한 그녀를 깨워 죄를 물을 차례지. 흐흐흐."

―흐르고 있는가……? 모든 것이 흐르고 있는가? 나의 세계가…….

"흑흑! 흑흑!"

"……."

"흑흑……."

그들이 있는 곳은 어두컴컴한 동굴이었다. 빛도 없는 이런 곳에서 흘러나오는 구슬픈 울음소리를 누군가 들었다면 오줌을 지릴 정도로 충분히 귀기스러웠다.

관영호는 의식은 미약하게나마 있지만 주위의 상황을 인식하는 것이 너무 힘들어 아무것도 할 수가 없었다. 그는 울고 있다고 생각되는 사람에게 자신이 있다는 것을 알리기 위해 간신히 신음 소리를 냈다.

"으음……."

울음소리가 동굴 안을 가득 채우고 있는 와중에 그의 미약한 신음 소리는 의외로 크게 울렸고 서문설은 우는 와중에도 그의 소리를 듣고 깜짝 놀라며 그가 누워 있는 쪽으로 고개를 돌렸다. 그녀의 무공은 여전히 건재한지 어둠 속에서도 그의 위치를 잘 파악하고 있었다. 가까이 다가간 서문설은 차마 그의 몸을 건드리진 못하고 그저 안타깝게 바라보며 말했다.

"괜찮나요? 정신이 드셨나요?"

"……."

"아……."

그녀는 힘이 없어 대답하지 못하는 그가 여전히 정신을 차리지 못했다고 생각했는지 다시 울기 시작했다. 그녀의 눈물이 그의 손에 떨어지자 청량한 느낌이 온몸을 감싸면서 다시 서서히 가라앉는 자신의 의식을 볼 수 있었다.

'안 돼…….'

더 이상 의식을 잃는 것이 싫었다. 말을 하고 싶었지만 무력하여 말도 할 수 없는 자신의 처지에서 최소한 의식만이라도 있었으면 하는 바람이었다.

그녀의 서글프면서도 청량한 눈물 방울 때문이었는지는 몰라도 그의 바람은 어느 정도 이루어질 수 있었다. 그러나 여전히 주위에 대해 인식하는 것이 너무 힘들었다. 그는 옆에 있는 서문설의 울음소리가 자신의 머리 속을 자꾸 어지럽히며 주위의 인식을 방해하여 짜증이 났지만 표현할 수는 없었다. 어느 순간일까? 그는 바람에도 불구하고 자신도 모르게 다시 의식을 잃어버렸다.

서늘한 바람만이 동정호 변 언덕에 서 있는 그를 채우고 있었다. 그곳에는 예전 악양루가 있던 자리였고 자신이 이곳에 오면 항상 오던 장소였지만 그곳에는 아무것도 없었다. 오직 그 홀로 존재할 뿐이었다. 분명 주위에는 많은 것이 존재하고 있었지만 그는 그렇게 느꼈다. 고독감도 외로움도 아니라 그저 아무것도 없다는 느낌뿐이었다.

─모든 것이 없구나……. 남은 것은 오직 나. 이제는 나조차도 없으

려 하는구나……. 이것은 의지인가, 의지가 아닌가?

그의 앞에는 극현탁과 일곱 명의 극마대원이 있었다. 그들은 그녀를 깨우고 있었다. 그녀를 바라보는 극현탁의 입가에는 음흉한 미소가 가득 서려 있었다. 몸서리치는 그의 몸을 뒤로한 채 극현탁은 잔인하게도 그녀를 거침없이 농락하고 있었다. 그와 그녀의 옆에는 고형강의 시체가 미소를 지으며 자신을 보고 있었다. 무력한 자신에 대한 비웃음이 분명했다. 그 웃음의 의미가 그에게는 그게 아니더라도 자신은 그렇게 느꼈다.

―끝없는 나락에서 내가 건질 것은 없을까……? 이 무력함에서 벗어나고 싶다. 하지만 벗어날 수 있을까? 아니, 난… 벗어나야 하지 않는가……. 친구의 죽음을 그저 놔둘 것인가? 이대로 저자들이 무림을 피로 물들이도록 놔두어야 하는가……? 저들을 막는 것이 나의 천명일지도 모르거늘…….

그의 몸은 식은땀으로 범벅이 되어 있었다. 고통인지 무엇인지는 몰라도 그의 얼굴은 한껏 찌푸려져 있었고 간간이 가볍게 경련도 일으키고 있어 그를 바라보던 그녀는 불안함에 어쩔 줄 몰라 했다.

한여름인데도 깊은 산중의 새벽 시간인지라 서문설의 입에서는 새하얀 입김이 뿜어져 나오고 있었다. 정신이 없음에도 그녀는 이 추위를 관영호가 견디기 힘들어할 것이라는 것을 알 수 있었다.

"……."

사람을 살리고 싶으면 고민 같은 것은 필요없다는 것을 알고 있는 그녀였다. 평상시는 바보 같은 모습에 백치라는 소리도 듣는 그녀였지만 그녀를 아는 사람이라면 그녀는 한번 정하면 끝까지 해버리고 마는 성정의 소유자라는 것을 알고 있었다. 그렇기에 결사 반대였던 집안을 뒤로한 채 고형강을 따라 한없이 방황하지 않았던가?

그녀는 조심스럽게 그의 옆에 누워 그의 몸을 두 손과 두 발로 가볍게 안았다.

"……."

하지만 자세도 여의치 않았고 그다지 효과도 없을 것 같은 생각에 이번에는 그의 몸을 조심스럽게 옆으로 돌려 눕히고는 두 손으로 그의 상체를 껴안고 두 발로 그의 하체를 껴안아 고정시켰다. 요상한 자세에 그녀의 얼굴이 불그스레 변했지만 애써 무시하고 그대로 있었다.

"…으으……."

그의 표정이 갈수록 일그러지고 있는 것이 아무래도 옆으로 누워서 크게 상한 내장들에 부담이 되고 있는 것 같았다. 그녀는 급히 그를 똑바로 눕히고는 어떻게 하나 고민하다가 이내 어쩔 수 없다는 듯 그의 몸 위로 올라탔다. 두 손은 그녀의 목 언저리에 살짝 놓은 채 있으니 이제야 가장 괜찮은 자세 같았다. 그에게 부담이 덜 되면서 보온의 효과가 가장 좋은 자세라 생각했다.

"……."

그의 힘들어하는 듯한 표정을 보니 왠지 자신의 마음도 아파지는 느낌을 받으며 얼굴을 약간 붉힐 수밖에 없었다.

'혈영천마? 누구지? 새로 나타난 유명한 사람인가? 하지만 대단한 무공이었어…….'

혈영천마가 누구인지도 모르는 그녀는 그와 마교 교주의 엄청났던 대결을 상기하며 몸을 부르르 떨었다.

'편해…….'

그녀는 자신을 안아주던 할아버지의 품 같다고 생각하면서 서서히 그의 품 안으로 스며들고 있었다.

─왜 번뇌하는 것일까, 난?

"오빠?"

"……?"

"왜 아파해요?"

"…….."

"아파할 필요가 있나요?"

"모르겠구나, 아빈아."

"헤헤, 사실은 나도 몰라요. 호호."

"…….."

"이유도 모른 채 아플 필요가 없잖아요. 나 자신도 모르는 그런 이유로요…….."

─나 자신도 받아들이지 못하면서, 나 스스로도 그 이유를 모르면서 번뇌할 필요가 있을까?

언젠가 있었던, 보았던 장면 같다고 그는 생각했다. 그의 친구가 자신이 늘 앉던 자리에서 바람을 맞으며 눈을 감고 있었던 그 장면.

그의 입에는 언제나 미소가 걸려 있었다. 밝은 눈빛과 포근한 미소.

반면에 자신의 입은 항상 굳게 다물어져 있었다. 무심한 눈빛과 굳어 있는 표정.

"자네는 항상 웃고 있군."

"자네는 항상 울고 있군."

"내가 울어?"

"음."

"……."

흔들의자가 부서지지는 않을까 염려될 정도로 몸을 흔들고 있던 그는 두 손을 하늘을 향해 뻗으며 무언가를 잡으려 안간힘을 쓰고 있었다. 잘못 보면 태양을 잡으려는 헛된 행동 같아 보일 수도 있었다.

"무얼 잡으려 하는 건가?"

"아무것도."

"그러면서 뭔가를 잡으려는 행동은 무언가?"

"재미있지 않은가? 난 아무것도 없는 그 무언가를 잡고 싶어 이렇게 한다네. 난 이 모순이 너무 재미있어. 보일 듯 보일 듯 보이지 않는군. 없는 것을 본다는 것은 힘든 일이지."

"무슨 말인지 모르겠네."

"하하하! 무의(無意:아무런 의미가 없다)네!"

"의미없는 말로는 들리지 않는데……."

"나도 모르네. 그저… 그런 것이 있다는 것을 알고 있을 뿐이야. 왜 알고 있는지는 모르지만. 가끔 내가 왜 알고 있는지 모를 것들이 내 머리 속에는 있거든. 후후……."

—없는 것은 없는 것이다. 있는 것은 있는 것이다. 스스로의 모순을

만드는 위(爲)함으로 하지 말고 흐르는 대로……

"으으으윽……!!"

그는 몸부림치고 있었다. 이십을 넘기지 못해 아직 앳된 모습이 뚜렷한 소년은 입에서 흘러나오는 피로 옷이 흥건히 적셔져 있는 것도 모른 채 미친 듯이 몸을 뒹굴고 있었다.

"왜 아파하느냐?"

늙수그레한 노인의 목소리가 그의 마음을 편하게 했다. 고통스런 와중임에도 그런 생각을 할 수가 있었지만 아픈 것은 아픈 것이었다.

"으으으! 사, 살려……!"

남루한 옷을 입고 있는 노인은 산(山)사람인 듯 한 손에는 망태기를, 한 손에는 호미를 들고 있었다. 그러나 그것만 제외한다면 흰머리에 흰 수염, 그리고 세상사에 시달리지 않는 평온한 얼굴은 영락없는 산신령의 모습이었다. 그가 살려달라는 말에도 노인은 그저 들은 체 만 체 소년의 옆에서 구겨져 뒹굴고 있는 두 책자를 쥐어 들었다.

"흐음, 혈영경과 천마경이라……. 무공이구나. 무공을 익히고 있었던 것이냐, 아이야?"

대답이 있을 리가 없었지만 노인은 그렇게 물었고 황당하게 그 아픈 와중에도 소년은 그 물음에 대답했다.

"네, 혼합… 으으윽!"

이제 조금씩 그의 사지가 뒤틀리고 있었지만 그를 바라보는 노인의 눈은 평온하기 그지없었다.

"쯧쯧, 파괴는 생을 이루지 못하거늘… 어찌 흘러드는 대로 받아들이지 못한단 말인가?"

"으아아아!!"

"내 너에게 작으나마 순천(順天)의 의미를 주겠노라. 천도(天道)는 무구하리라……"

―파괴는 생을 이루지 못하며… 흘러듦을 받아들일 때 생과 파괴는 동시에 이루어지리라!

'그런 것이 소용있을까?'

사구(沙丘)에 앉아 뜨거운 태양을 쳐다보고 있는 관영호는 불현듯 찾아온 생각에 고민하기 시작했다.

'모든 것은 있는 것일까, 없는 것일까……?'

모래 바닥에서 피어오르는 아지랑이가 기묘하게 뒤틀리는가 싶더니 종내 두 사람의 모습으로 변하였다.

'저건?'

서문설과 극현탁이었다. 서문설의 옷은 그의 악마 같은 손길에 의해 갈기갈기 찢겨져 있었고 극현탁의 아랫도리는 아래로 내려가 있어 흉물스런 그의 물건이 나와 있었다.

'큭큭……'

관영호는 심각한 상황임에도 극현탁의 모습에 웃음이 나올 수밖에 없었다. 하지만 그의 웃음과는 상관없이 둘의 상황은 계속 치달리고 있었다.

"그, 그만!"

"흐흐, 내가 좋은 세상을 보여주지!"

극현탁의 눈빛은 광기와 음욕에 지배당해 이미 이성을 잃고 있었다.

맛있는 먹이를 눈앞에 둔 짐승처럼 그는 게걸스럽게 그녀의 가슴을 배어 물었다.

"윽······!"

서문설은 아픔에 눈을 질끈 감으며 신음성을 내질렀다. 그 신음성을 시작으로 그의 두 손이 정신없이 그녀의 온몸을 더듬기 시작했다.

"으으······."

'그만 해!'

그는 그 광경에 다시 분노했지만 곧 아무것도 할 수 없는 자신의 처지를 깨닫게 되자 그의 마음이 세차게 두근거렸다.

'······!'

'왜 같은 상황에서 두 가지 마음이 일어날 수 있는가······?'

"아악! 흐흑······!"

서문설은 극현탁의 농락에 무너져 가고 있었다. 그의 입과 손은 서문설의 온몸 구석구석을 돌아다니고 있었고 서문설은 마음의 고통에, 그가 주는 또 다른 고통에 조금씩 무너져 가고 있었다.

"······."

관영호의 눈은 희미하게 떠져 있었지만 아무것도 할 수 없었다. 지금 자신이 보고 있는 것이 꿈인지 현실인지도 파악하지 못하고 있는 그였다. 문득 그의 코로 향기로운 냄새가 났다.

'저 여인의 냄새······.'

―너의 의(意)가 존재하면 그것이 네가 이룰 수 있는 세계다.

현실과 꿈이 교차하고 있는 것 같았다. 그는 근원을 알 수 없는 고통이 온몸을 헤집고 있었지만 그것이 정말 고통인지, 아니면 환상인지도 모르고 그저 얼굴을 찌푸리고만 있었다.

'난 의식을 되찾은 것인가, 아니면 아직도 무의식 속을 거닐고 있는 것인가?'

'그런데 왜 같은 상황에서 두 가지 마음이 일어날 수 있지……?'

다시 그 같은 궁금함이 떠오르는 순간 그의 의식은 새하얀 어딘가로 다시 빠져들었다.

―난 아무것도 없는 그 무언가를 잡고 싶은데… 없는 것은 어떻게 잡을 수 있겠나? 그러나 난 이 모순이 재미있네.

―나의 의가 존재하는 곳이 나의 세계가 존재한다.

―왜 같은 상황에서 두 가지 감정이 같이 일어나는 것이지……?

"……."

그의 눈은 어느새 떠져 있었지만 상태는 여전히 똑같았다. 떠진 두 눈은 앞에 있는 공간을 보고 있는 것이 아니라 끝없이 자신의 안으로 파고들어 가 어딘지 알 수 없는 무의식의 세계를 보고 있었다.

―모든 것은 의(意)가 있기에 존재한다. 또한 이 세상은 의(意)에 의해 존재하지 않게도 되리라. 세상의 모든 산물의 근원이 되는 의(意)……. 이 의를 초월한 세계에 나 스스로가 담겨져 있을 때 모든 것을 이루게

되며 또한 의 위에 존재하게 되리니… 무의(無意)라 하겠다.

"무… 의……."

의(意)가 있기에 모든 세계는 모순적으로 끊임없이 받아들여지는 것이다. 생각하는 모든 한순간 한순간이 의(意)에 의한 산물이다. 무의(無意)의 절대 세계에서 보여지는 세상은 존재 그 자체로 그 어떤 의도 무의 앞에서는 의가 아니게 된다.

"무… 의……."

그의 두 번에 걸친 미약한 소리는 정신없을 것 같던 극현탁의 행동을 멈추게 했다. 그가 얼굴을 한껏 찌푸리며 고개를 돌리는 순간 그의 눈은 더 이상 커질 수 없을 정도로 커져 있었다. 관영호가 어느새 일어나 있기 때문이었다.

"넌? 아니……?!"

관영호의 몸은 눈부신 혈광으로 뒤덮여 있어 이를 본 극현탁과 서문설은 잠시 두 눈을 감을 수밖에 없었다. 새벽을 가르는 혈광이 사라진 곳에는 관영호가 두 눈을 뜬 채 서 있었다. 잔잔히 가라앉은 호수 같은 눈. 그 속에 보여지는 것은 깨달은 자만이 가지는 평온함이었다.

"……."

"다섯의 마음은 오히려 당신을 약하게 만들 것이오."

"무슨 소리를 지껄이는 것이냐? 흐흐, 운 좋게 회복되었군."

그의 입에서 푸른 연기가 솟아오르고 두 눈은 푸른 귀화로 번쩍이고 있었다.

"그녀를 깨웠소?"

"흐흐흐, 새벽의 음기가 가장 강한 때를 골라 마법을 시전해야 함을 너도 알 텐데?"

"이리 오시오, 소저."

"흑……!"

서문설은 손으로 가슴과 음부를 가리고 정신없이 그에게 뛰어와 그의 뒤로 숨어버렸다. 관영호는 자신의 허리를 껴안은 손이 심하게 떨리고 있는 것을 느낄 수 있었다.

"아직 끝나지 않았다면 당신은 수긍할 수 있겠소?"

"큭큭큭, 물론이다. 네가 아직 멀쩡한데 어떻게 마음 편히 일을 할수 있겠느냐. 이번엔 정말 죽여 버리겠다. 크하하하!"

극현탁의 몸이 푸른 불꽃에 휩싸이는가 싶더니 불꽃이 사라짐과 동시에 그의 신형도 흔적없이 사라져 버렸다. 경공술과는 다른 특이한 방법에 관영호는 침중한 감정을 떨쳐 낼 수 없었지만 새로운 깨달음으로 이전과는 다르게 이길 수 있다는 자신감으로 넘치고 있었다.

그는 이내 자신의 뒤에서 여전히 충격에 떨고 있는 서문설을 보고 허름하긴 해도 자신의 상의를 벗어주었다.

"여기 있으시오."

"가, 같이 갈 거예요……."

"그럼 그렇게 하시오."

그가 그녀에게 옷을 건네준 뒤 명문혈에 손을 살짝 대자 서문설은 자신의 몸이 따뜻해지는 것을 느낄 수 있었다.

"고마워요. 흑……!"

그녀가 자신의 팔에 매달려 다시 울기 시작하자 그는 쓴웃음을 지었다.

"이제 갑시다. 밖에서 공명이 느껴지기 시작하오."

그의 몸에서 여전히 솟아오르는 푸른 귀화는 새벽의 어슴푸레함과 딱 맞는 조화였는지 음산한 분위기를 한껏 끌어올리고 있었다.

"이 사람이 그대에게 화가 났는지 좀처럼 들어가려 하지 않는군. 후후."

극현탁은 자신의 몸에서 타오르고 있는 귀화를 보고는 그렇게 말했다.

"아무래도 같이 싸워야겠군. 이렇게 되면 자네가 상당히 힘들어질지도 모르네. 이 사람의 마법은 끝을 알 수가 없거든."

"상관없소. 결국은 하나인 것을……."

차가운 공기가 서문설을 괴롭혔지만 그녀는 관영호가 불어 넣어준 기운으로 전혀 춥지 않다는 것을 알고 새삼 관영호에게 감사했다. 더구나 자신이 평생 안고 가야 할 뻔했던 수치를 면하게 해주었지 않았는가? 그가 고형강과 그녀를 이곳으로 데리고 왔기에 이런 일을 당했다고 생각할 수도 있겠지만 그녀는 전혀 그런 생각을 하지 않았다. 어디까지나 자신이 원해서 온 것이기 때문이었다.

"낙정(落情)……. 정(情)은 가고 다시 정(情)이 오는구나."

"꽤나 낭만적이군."

"내 친구가 갔으니 그와 통했던 정이 가버렸다는 것을 말한 것이오. 하지만 세상사는 가면 오는 것이기에 어떤 형태로든지 정은 또다시 올 것이라 생각하오."

"후후, 미안하지만 난 정을 모른다네. 애초부터 그런 것은 모르고 자라 이해만 할 뿐……. 나의 마음에는 그런 것이 없을지도 모르지."

"이해하오."

"쓸데없는 이야기는 그만뒀으면 하는군. 시간이 많이 남질 않았어.

오늘 내로 일을 끝냈으면 하네."

그의 몸에서 귀화가 점점 더 타오르더니 그 귀화는 주위로 넓게 번졌고 이내 관영호와 서문설이 있는 곳까지 타올랐다.

"환각이니 걱정 말고 뒤로 물러서 있으시오."

"네……."

서문설은 그의 말에 마음이 편해짐을 느끼며 뒤로 물러났다.

혈영천마공을 시전한 관영호의 몸을 감싸고 있는 검붉은 기운은 예전보다 훨씬 연해져 있어 어쩌면 힘을 다 회복하지 못한 듯한 모습 같아 보이기도 했다. 하지만 극현탁은 그렇게 받아들이지 않았다.

"…더 강해졌나? 이거 좋군."

그의 몸에서 귀화와 함께 마기도 솟아오르기 시작했다. 마기는 미친 듯이 솟아오르더니 이내 귀화처럼 사방을 옥죄어 버릴 듯이 충천했다.

"빨리 끝을 내었으면 하는군."

구우우우웅!

관영호는 마음을 거세게 울리는 공명에 그 역시 지지 않고 힘을 개방했다. 그러자 두 사람의 기운은 서로 강렬히 공명하며 주위를 더욱 강하게 뒤흔들었다.

우우우웅!!

선공은 극현탁이었다. 그의 손에서 전에 시전했던 것보다 두 배는 됨 직한 거대한 크기의 절명환 수십 개가 해골 모양을 이루며 날아갔다.

관영호는 그 무공을 상대하지 않고 유유서행으로 빠르게 다가갔다. 뒤에서 보고 있던 서문설이 깜짝 놀라 소리를 지를 정도로 남이 본다면 무모한 행동 같아 보였지만 절명환에 가까이 다다른 순간 양손의 각각 두 개의 손가락으로 그것들을 향해 수십 번 휘두르자 거센 바람이 그의 몸에서 일어났다 사라졌다. 그가 시전한 겁황인은 수십 개의 절명환을 너무나 쉽게 소멸시켜 버리고도 모자라 극현탁에게로 날아가 위협하였다.

"훗!"

극현탁은 그것이 보이지 않지만 매우 날카로운 공격임을 알고 황급히 뒤로 물러났다.

"무한지!"

그의 열 손가락에서 어떻게 그런 양이 가능한지 의문이 들 정도로 수많은 지강이 쏟아져 나가 관영호의 겁황인과 부딪쳤다.

파파팟!!

소음과 함께 겁황인은 얼마간의 지강들을 소멸시킬 수 있었으나 중과부적인 탓에 모두 없애지 못한 채 스스로 소멸되었고, 여전히 많이 남은 지강들이 그를 향해 거친 파도처럼 나아갔다.

"황(荒)."

바람에 묻혀 버린 그의 말과 동시에 관영호의 손이 극현탁을 향해 내밀어졌고 붉은 혈광이 주위를 삼킬 듯이 터져 나왔다. 극현탁은 그의 손을 본 순간 영겁의 지옥으로 빠져드는 듯한 느낌을 받으며 온몸에 무력감이 맴돌았지만 그런 것에 쉽게 매일 정도로 무공이 낮은 자가 아니었다. 혈광이 그를 덮치는 순간 그의 몸에서 엄청난 강기가 솟아오르기 시작했다. 통천마강보다 몇 단계나 위인 통천대마강은 혈광과 부딪치자 곧 서로 밀고 밀리는 대치 상태로 들어갔다.

하지만 얼마 가지 않아 자신이 밀리고 있음을 느낀 극현탁은 입에서 예의 알아들을 수 없는 이상한 말들을 중얼거렸고, 곧이어 그의 몸을 감싸고 있던 푸른 귀화가 땅으로 꺼져 버리더니 이내 관영호의 몸 아래에서 올라와 그의 몸을 뒤덮어 버렸다.

"큭!"

자신의 몸이 순식간에 귀화로 타오르자 관영호는 내공을 잇지 못해 황을 멈출 수밖에 없었고 덕분에 대치 상태에 있던 통천대마강이 기다렸다는 듯이 덮쳐들었다. 귀화로 인해 몸이 타 들어가는 듯한 고통으로 힘들었지만 일단 피하기 위해 유유서행의 신법으로 급히 뒤로 물러난 뒤 몸에서 강기를 일으켜 불길을 죽였다. 하지만 통천대마강은 끝을 모르는 듯 계속하여 관영호에게로 다가왔고 그는 품에서 재빨리 비도 두 개를 꺼내어 통천대마강을 향해 혈룡을 시전했다.

십 자 길이의 거대한 도강을 내뿜으며 날아가는 두 개의 비도는 이내 맹렬히 회전하더니 혈룡으로 형상화되어 통천대마강과 부딪쳤다. 통천대마강은 혈룡의 거대한 위용 아래에 너무나 허무할 정도로 쉽게 뚫렸고 혈룡은 거대한 울부짖음으로 극현탁을 집어삼키려 했다.

"큭!"

극현탁은 혈룡에 뒤따라 또다시 관영호가 날린 혈룡이 오는 것을 보고는 순간 놀랐지만 이내 침착함을 되찾고 전신으로 분신마공(分身魔功)을 일으켰다. 그러자 특이하게 그의 몸 앞쪽으로 반은 투명하게 빛이 났고 나머지 뒤쪽은 칙칙한 검은 마기가 솟아났다.

"크크! 분영폭(分影爆)!"

그의 몸에서 또 다른 그가 환영처럼 빠져나오더니 이내 질풍처럼 혈룡을 향해 부딪쳐 갔고 원래 그 자리에 남아 있던 극현탁은 몸을 앞으로 날려 관영호를 향해 장을 내밀었다. 그의 장에서 수많은 검은색 장(掌)이 쏟아져 나갔고 뒤이어 극현탁은 재빨리 합장하며 외쳤다.

"극련수라절명장— 합(合)!"

그러자 수많은 흑장들이 놀랍게도 하나로 합해지더니 크기가 족히 삼 장은 됨 직한 거대한 장이 되어 날아갔다. 하지만 극현탁은 그에 멈추지 않고 공중에 뜬 상태로 십품연신(十品連身)을 극성으로 시전했다. 그의 신형이 열 개로 늘어난 순간까지는 수유의 시간이나 마찬가지였고, 그때 관영호는 분영폭을 소멸시킨 혈룡을 없애 버리고 자신을 향해 날아오는 극련수라절명장을 막 소멸한 상태였다.

"죽어라……."

심안살(心眼殺)이 시전되자 그의 열 쌍의 눈에선 은광이 번쩍였고 관영호는 머리가 깨질 것 같은 고통에 몸을 주춤거렸다. 그때 극현탁의 몸에서 엄청난 일이 발생했다. 열 명의 극현탁의 등 뒤에서 키만한 거대한 마왕상이 생성되더니 각자 한 가지씩의 독특한 자세로 무공을 시전하며 관영호에게로 날아간 것이다. 하지만 열 개의 마왕상은 모두 다섯 가지의 무공을 지니고 있었다. 관영호에게 썼던 마교 비전 중의 다섯 가지였다.

둘은 손에서 극련수라절명장을 시전했고 다른 둘은 통천대마강을 뿜어내고 있었다. 또 둘은 은색의 빛을 뿜으며 심안살을 시전하고 있었고 둘은 분신마공을 이용한 분영폭을, 마지막 둘은 손에서 무한지를 시전하고 있었다. 가히 숨 막히는 장엄하고도 믿지 못할 장면이었다.

"마왕품세(魔王品勢)!"

극현탁의 표정은 약간 피곤한 듯했지만 만족스러움이 담겨 있었다. 그것은 자신의 최고 힘이었기 때문이다. 광폭의 마력을 이용한 최후의 힘.

영원 같았다. 관영호를 향해 다가오는 열 개의 마왕상은 자신을 죽음에서 건져 주려는 사천왕 같기도 했고 자신의 죄를 물으려는 지옥의 염왕 같기도 했다. 그 속에서 영원을 느꼈다는 것은 자신이 죽음을 보고 있다는 것이나 마찬가지였다. 정지한 순간 속에서 그는 자신이 느꼈던 그것도 보고 있었다.

'무의(無意)……'

절대 세계. 하지만 그렇게 생각하고 있는 자신도 결국은 의식의 산물이기에 그 세계는 갈 수 없는 요원한 곳이었다. 그는 무의의 끝 자락을 잡고 살기 위해 몸부림치는 것일 뿐이었다.

그의 몸 어디서 나온 것일까? 한 자도 채 되지 않는 열 개의 검형 강기가 그의 몸에서 생겨나자 불그스름한 빛들이 주위를 비추었고 이어 검형 강기는 마왕상을 향해 날아갔다. 빠르지도 느리지도 않은 속도. 하지만 그 열 개가 보여주고 있는 세계는 절대불멸의 끝 자락이었다. 끝 자락이라고는 하지만 의식의 세계에서는 가히 절대적인 위력.

"으아아……!!"

극현탁은 자신의 마왕상이 너무나 가볍게 흩어지는 것을 느꼈다. 그리고 극현탁이 거기서 본 것은 결코 침범할 수 없는 절대의 세계였다.

무의계(無意界)!

'죽을 수 없어!'

생을 위한 본능이었다. 그것은 자신만이 아니라 나머지 네 명도 마찬가지였다. 다섯 가지의 마음에서 일어나는 생존의 본능은 그 누구보다도 강렬했다.

"크하아아아!!"

그의 몸에서 일어나기 시작한 가공할 마력은 약간은 짧은 그의 머리를 완전히 곤두서게 했다. 광포한 느낌을 발산하는 그의 눈은 그 형체라고 말하는 것들이 사라진 지 이미 오래고 단지 검은색만이 그의 두 눈을 차지하고 있었다. 그의 입에서 솟아난 뾰족한 송곳니, 칠공에서 솟아나는 검은 연기. 그는 두말할 나위 없이 완벽한 마귀였다.

"으아아아아!!"

그는 마치 죽음을 위해 날아가는 불나방처럼 자신을 향해 날아오는 열 개의 검형 강기로 달려갔다.

파앗!!

섬뜩한 혈광이 극현탁을 감쌌고 이를 뒤이은 것은 한없는 적막감이었다.

"아……!"

서문설은 극현탁의 끔찍하고 참혹한 모습에 몸을 떨었다. 그의 왼팔은 떨어져 나가 없었고 얼굴의 반은 문드러져 있어 얼굴의 형상이 아니라 하나의 고깃덩이나 마찬가지였다. 온몸에서 흐르고 있는 피는 그의 끔찍한 모습과 더하여 대야차(大夜叉)를 연상시켰다.

"으으으으……."

그의 만신창이와 같은 모습과는 달리 그의 몸에서는 계속하여 마기가 치솟고 있었다. 하지만 그것도 그리 오래가지 않고 어느 순간 씻은 듯이 사라져 버렸다.

"……."

극현탁의 얼굴은 놀랍게도 예전의 모습으로 온전히 돌아와 있었다. 자신이 언제 얼굴의 반이 문드러졌냐는 듯이, 언제 마귀와 같은 모습을 했었냐는 듯이 거짓말처럼 평온한 얼굴이었다. 하지만 그의 눈은 예전처럼 안정되고 자신감에 차 있는 것이 아니라 극도로 광기에 차 있었는데 무표정함과 더해져 상대방에게 공포심을 심어주기에 충분했다.

"큭큭큭큭……!"

그의 음산한 웃음이 주위를 감쌌다.

"이 녀석도 결국은 이렇게 되는군. 그렇게 강한 척하더니……. 크하하하!!"

그는 웃다가 갑자기 웃음을 그치고 입으로 무언가를 중얼거렸다. 그러자 그의 잘려진 왼팔에서 검은 기운이 진하게 맴돌다 곧 사라졌고 그 자리에는 예전처럼 온전한 팔 하나가 생겨나 있었다.

"마, 맙소사!"

"음!"

"큭큭, 내가 그 녀석을 인정하고 있었던 것은… 바로 지금의 나를 이룰 수 있는 가능성을 지니고 있었기 때문이다. 지금의 힘을 지니고 있어야 그 힘을 내가 쓸 수 있거든. 으하하하!"

"그 힘……?"

"초대 교주이시자 위대한 마교의 창립자이신 마교황령께서는 죽기 직전에 엄청난 마법을 창조하셨다. 그것은… 생(生)과 멸(滅)을 좌지우지할 수 있는 궁극의 힘이다!"

그의 감겼던 눈이 번쩍 뜨이자 관영호는 황당하게도 자신의 심장이 멈추어 버렸다는 것을 알 수 있었다. 아무리 그가 강하다 해도 심장이 멈추었는데 견딘다는 것은 무리였다.

"크헉! 헉… 컥……!"

"큭큭, 지금의 나는 전에도 없었고 지금도 없으며 후에도 없을… 고금제일인이니라! 심심마가 있다 해도, 그자가 있다 해도 난 결코 지지 않을 위대한 존재니라!"

그의 두 손이 위로 올려지는 순간 관영호가 있던 자리의 땅이 울렁이기 시작했다.

"크으으!"

그는 여타 신체적 고통과는 차원이 다른 고통에 심장을 움켜잡고 몸부림치다 땅이 흔들거리자 몸의 균형을 잡으려 애썼다. 하지만 그는 여태껏 겪어보지 못한 끔찍한 고통에 더불어 몸마저 제대로 가누지 못하자 어찌할 바를 몰랐다.

'히, 힘을… 조금만…….'

"으하하하!! 생과 멸이 나의 의지대로 행해지리니 내가 신이 아니고 무엇이겠느냐!!"

'으으으!'

관영호의 눈에는 예전에는 볼 수 없던 강렬한 빛이 나고 있었다. 그것은 죽지 않기 위한 의지였다.

"죽어라!"

"아악!!"

서문설은 비명을 지르며 그 자리에 주저앉아 버렸다. 그녀는 목을 움켜쥐고 있었는데 숨을 쉬기가 곤란한지 얼굴이 눈에 띄게 파리해지고 있었다.

"아… 하아……! 하아……!"

'무의의 세계, 절대의 세계에서, 헉! 으으… 모든 것은 무의에…….'

그의 뇌리를 휘감아 도는 심오한 도리는 모든 고통을 일시나마 씻겨주고 있었다. 자신이 죽어가고 있다는 생각은 들면서도 죽어가는 고통은 나지 않는 것이 그렇게 좋은 기분은 분명 아니라 생각하며 그는 흐느적거리는 몸을 간신히 일으켰다. 계속 일렁이는 땅은 그의 집중력을 흐트려 놓고 있었지만 극도의 정신력을 지닌 그였기에 집중력은 금방 안정권에 들어올 수 있었다.

"네놈!"

극현탁은 관영호가 죽음의 고통에서도 일어나 보이자 분노의 표정으로 바라보며 손을 내밀었다. 엄지손가락을 포함한 세 개의 손가락이 무언가를 움켜쥐는 듯한 행동을 하자 관영호는 자신의 목이 엄청난 힘에 의해 꿰뚫릴 것 같은 느낌을 받았다.

'으으……!'

말조차도 나오지 않을 정도로 고통스러웠지만 무의라는 세계의 끝자락을 끝까지 놓치지 않고 있는 그는 결국 조금씩 자신의 몸에서 힘이 모여지는 것을 느낄 수 있었다. 한번 모이기 시작한 그것은 터진 둑과 같이 계속하여 더 많이 모이기 시작했다.

"끝까지! 끈질기군!"

그는 그래도 그가 쉽게 쓰러지지 않고 오히려 자신의 힘이 풀림을 느끼고는 이번에는 나머지 한 손으로 푸른색 불덩이를 만들어 그를 향해 날렸다.

펑!!

큰 폭음과 함께 불덩이는 관영호에게 작렬했고 그의 몸은 푸른 불꽃에 휩싸여 버렸다.

"흐… 흐……!"

관영호는 자신의 몸이 타는 듯한 고통에 정신을 잃을 것 같음에도 극현탁에게 싸늘한 미소를 지어 보였다. 그 미소는 극현탁의 분노를 자아내며 살심을 더욱 돋우었지만 그 마음과는 다르게 관영호는 손가락의 힘이 점점 풀리고 있는 것을 느낄 수 있었다. 심장을 옥죄던 힘도 알 수 없는 어떤 힘에 의해 풀리고 있었다.

"이놈!!"

극현탁은 소리를 지르고는 움켜쥐던 손을 놓고 하늘을 향해 두 손을 높이 들었다.

"모든 권능이 나에게 오리라!!"

그의 외침과 함께 하늘이 순식간에 회색빛 구름으로 뒤덮이더니 구름 사이에서 엄청난 소리가 울려 퍼졌다. 새벽이 밝아오는 하늘이 회색빛 구름과 우렛소리로 가득 차자 거대한 천재지변이 일어나려는 듯한 장엄한 광경이 연출되었다.

우르릉!!

"가라!!"

번쩍!!

한 인간이 번개를 부르는 장면을 상상이나 할 수 있겠는가? 그 숨 막히는 광경이 낙정곡의 한 마인으로 인해 이루어지고 있었다.

번쩍이는 소리와 함께 하늘에서 거대한 번개가 조금은 어슴푸레한 하늘을 강렬히 밝히며 관영호의 머리 위로 떨어지는 순간 관영호의 몸에서는 얼굴만한 크기의 붉은 구체가 나와 극현탁을 향해 빠르게 날아갔다. 그것은 언뜻 보면 번개가 그에게 떨어져 그것이 붉은 구체가 되어 나간 듯한 착각이 들 정도로 동시에 일어난 일이었다.

'무한역도구……'

그 생각을 하는 순간 그의 뇌리는 하얗게 탈색되었고 입에서는 본능적으로 고통을 표출하는 소리가 터져 나왔다.

"크아아아아아아!!"

강렬한 번개가 그의 전신을 강타하여 비명 소리가 울리는 순간 극현탁은 무한역도구를 두 손으로 막아내었지만 내공으로 막는 것도 한계가 있는지 그의 몸은 자꾸만 뒤로 물러났다.

"크흐흐흐!"

극현탁은 침을 흘리며 미친 듯이 웃기 시작했다. 자신을 삼키려는 이 구(球)는 자신의 능력이 통하지가 않았다.

"크흐흐! 이 내가……!"

그의 얼굴이 심하게 일그러지는가 싶더니 곧 입에서 엄청난 기합성이 터져 나왔다.

"끄아아아!!"

그의 두 손이 강하게 위로 들어 올려지자 무한역도구는 그의 힘을 이기지 못한 듯 같이 위로 솟아올랐다.

"으하하하!!"

그는 이겨냈다는 기쁨에 고개를 치켜들고 크게 웃다가 자신의 머리를 향해 엄청난 속도로 내려오는 무한역도구를 보고는 숨이 막히는 느낌에 아무런 행동도 취하지 못했다. 순식간에 무한역도구는 기다란 검형(劍形)으로 변하더니 이내 극현탁의 몸으로 스며들었다.

파앗!!

"……."

극현탁의 두 눈은 매우 크게 떠져 있어 마치 백치 같은 멍한 표정이었다. 고개가 들려 있던 그는 매우 천천히 고개를 내렸고 전면에 있는 관영호를 보았다. 무언가를 조종하는 듯 자신을 향해 내밀어져 있는 관영호의 손은 그의 몸과 함께 앞으로 쓰러져 버렸다.

쿵!

"……."

극현탁은 더 이상 움직이지 않았다. 그의 머리와 크게 치켜떠진 두 눈은 하얗게 탈색되어 있어 보기에 섬뜩했다. 황량한 바람이 순간 장내에 불었지만 모든 것이 멈춰 버린 듯 아무런 변화도 없었다.

"아⋯⋯."

번개가 내리는 순간부터 모든 것을 볼 수 있었던 서문설은 자신이 살아 있음에 정신을 차릴 수가 없을 정도였다. 하지만 이내 관영호의 모습을 보더니 정신을 가다듬고 급히 그에게로 뛰어나갔다.

"괘, 괜찮나요?"

"⋯⋯."

서문설은 조심스럽게 그의 몸을 뒤집어 심장에 손을 대어보았다. 심장이 뛰지 않음을 느낀 그녀는 그가 죽었다고 생각하고는 눈물을 흘렸다.

"흑! 주, 죽다니⋯⋯."

◆제7장 ◆ 정이 가고 다시 정이 오고…

箕脊斤月滿
地砰陰清
絶投作枝南
疑有趓
無覺
磨瞽響
韻新

"흑흑……."

그녀가 고형강을 따라다니면서 는 것이 있다면 그것은 바로 눈물이었다. 눈물이 마를 날이 없었다 해도 좋을 정도로 자주 울었기 때문에 당연히 늘 수밖에 없었다. 관영호의 죽음에 그녀는 일각이나 줄곧 울고 있었다. 한 사람은 누운 채로, 한 사람은 꼿꼿이 선 채로 죽어 있는 모습은 어찌 보면 희극적이기까지 했다.

어느 순간 인기척이 나더니 극현탁의 뒤로 일곱 명의 극마대원이 나타났다. 그들은 아무 말 없이 그의 뒤에서 다시 오체투지한 후 아무런 움직임도 보이지 않았다. 그의 죽음을 그렇게 애도하는 것이었는지, 아니면 그가 깨어나기를 기다리는 것인지는 그들이 되지 않고서야 알 수 없는 일이었다.

서문설은 그들이 자신을 죽일 것이라 생각하다가 아무런 행동도 취하지 않자 의아해했다. 영문을 모르겠다는 듯한 눈으로 그들을 바라보다 이내 자신이 무엇을 해야 할지 알 수 없자 심난해졌다.

'난 왜 그가 죽었는데 슬퍼하는 것일까? 나와는 크게 상관없는 남자 잖아. 하지만 지금까지 함께 보냈고 나의 목숨도 구해줬는걸.'

그러다 고형강의 생각이 났다.

"오라버니……."

서문설 자신이 직접 싸운 것은 아니었지만 곁에서 자신도 생사를 넘나드는 듯한 느낌을 받으며 정신없었던 그녀는 이제야 그의 생각이 간절히 나기 시작했다. 그녀는 고형강의 시신을 찾기 위해 자리에서 일어났다. 그녀에게는 지금 여기에 있는 그 무엇들보다 그것이 가장 중요한 일이었다.

"……."

그녀는 몸을 일으켜 뒤돌아서다 이상한 느낌이 들어 몸을 잠시 멈칫하고 말았다. 여성 특유의 직감이랄까? 불길한 느낌에 뒤돌아보기 싫었지만 어쩔 수 없었다.

"아아! 저, 저럴 수가!"

그녀의 몸은 다시 떨리고 있었다. 눈에 띈 것은 아니지만 분명 극현탁이 살아 있다는 것을 느낄 수 있었던 것이다. 그것은 곧바로 확인할 수 있었다.

"후후, 낭자는 너무 놀라지 않아도 되네."

정지한 채 서 있던 그의 몸이 갑자기 자리에 풀썩 쓰러져 버렸다.

"이거… 회복 불능이군."

하지만 그의 눈은 예전처럼 잔잔하여 얼마 전까지 보여주었던 그 어떠한 광기도, 분노도, 음욕도 담겨 있지 않았다.

"그는 죽었는가? 쉽게 죽지는 않을 거야. 나도 이렇게 살아 있는 데……. 아까 그 붉은 구체는 정말 대단했어. 복잡한 심정이야. 기쁘기도 하고 허탈하기도 하고."

딱히 대상을 정해놓고 하는 말이 아닌 독백이라 그의 말은 허공으로 흩어지는 느낌을 주고 있었다.

"태어나면서부터 오직 무(武)만을 추구했고 그 끝을 보기 위해 모든 것을 걸었지. 그리고 한순간이나마 난 그것을 보았고, 느꼈고, 영유했지. 후후, 결과야 어떻든 최고였다."

"……."

서문설은 일어선 채로 그의 말을 듣고 있었다. 그의 마음을 완전히 이해한 것은 아니었지만 그가 지금 만족스러워하고 있다는 것은 충분히 느낄 수 있었다.

"오래 살지도 않았는데 무의 극을 볼 수 있었다는 것은 내게 무엇보다 큰 행운이지. 후후… 후후… 하하하하!!"

그의 웃음소리는 맑았다. 기분 좋은 웃음이었지만 이내 기침을 하며 입에서 피를 쏟아내었다.

"이, 이런. 큭큭! 우욱……! 하아… 하아… 구명단을 달라."

"……."

뒤에 있던 일곱 명 중 한 명이 자리에서 일어나 그에게 푸른색의 환단을 건네주었다. 그것을 입에 털어 넣은 그는 눈을 감은 채 아무 말도 하지 않았고 덕분에 한동안 장내에는 침묵만이 감돌았다.

서문설도 일단은 편히 자리에 앉아 생각에 빠졌다. 극현탁의 마음을 보아하니 자신을 해칠 것 같지도 않았고 자신도 일단은 무엇을 할 정신이 없었다. 마음을 편히 가지는 것이 중요했다. 앞으로의 일이 그녀로서는 막막했지만 크게 걱정되는 것은 아니었다. 무엇이 그녀의 걱정을 덜어주고 있는지는 그녀 자신도 몰랐지만 지금은 이대로 마음 편히 있고 싶었다. 누구도 평생 해보지 못할 경험을 한 것 같은 느낌은 묘한 자신감마저 주고 있었기에 앞으로의 일에 대한 것 따윈 걱정으로 느껴지지 않는 것일지도 몰랐다.

"으……."

갑자기 고요함을 깨는 미약한 신음성이 들려오자 서문설은 깜짝 놀라 자신의 앞에 엎드려 죽어 있는 관영호를 보았다.

"아!"

관영호 역시 살아 있었는지 몸을 조금씩 꿈틀거리며 다시 생의 씨앗을 싹틔우려 하고 있었다.

"후후, 내 말이 맞지 않았는가. 쉽게 죽지 않을 것이라고."

"으으……!"

관영호의 깨어나기 위한 몸짓이 점점 강해지고 있었다. 서문설은 그런 그가 깨어나기를 기다리며 지켜보고 있었다. 왠지 자신이 도와주어서는 안 된다는 느낌이 강했기에 지켜보고만 있는 것이었다. 그런 그녀의 앞에 뭔가가 툭 하고 떨어졌다.

"……?"

"그에게 먹여주게."

푸른색을 띠고 있는 구명단을 본 그녀는 고개를 들어 극현탁을 보았다. 자신이 지금껏 보고 느낀 마교 교주 극현탁과는 꽤나 달랐다. 어쩌면 모든 것을 이룬 자의 모습일지도 모른다고 생각한 그녀는 아무 말 없이 구명단을 주웠다.

"으음……."

몸을 돌려 하늘을 향한 관영호는 힘겹게 상체를 일으킨 다음 잠시 주변 상황을 파악하기 위해 주위를 살피다 극현탁을 발견하고는 조금 놀란 표정을 지었다. 하지만 이내 그도 몸을 추슬러 극현탁처럼 자리에 정좌했다. 허리가 구부정한 것이 몸에 힘이 하나도 남아 있지 않은 듯했다. 서문설은 그에게 조심스럽게 다가가 구명단을 건네주었다.

"저, 저분이 주신 거예요. 구명단……."

"고맙소."

"풋……."

그녀는 자신을 바라보고 있는 관영호의 얼굴을 보고는 그만 웃음을 참지 못하고 고개를 돌려 버렸다.

"……?"

그는 왜 웃는지 영문을 모른 채 그녀가 준 구명단을 받은 뒤 극현탁을 향해 미미하게 고개를 숙여 감사치레를 했다. 구명단을 삼킨 그는 엉망진창이었던 내부가 조금씩 상쾌해지는 것을 느꼈다.

"후후, 저 아가씨가 왜 웃는지 모르겠나?"

"……?"

"번개를 맞지 않았나?"

"크크!"

그는 쓴웃음을 지으며 힐끗 그녀를 보고 이내 시선을 돌렸다. 자신의 모습이 이런 상황에서도 그녀가 웃을 만큼 형편없는 몰골일 것이라 생각한 그는 이제 몸 상태를 알아보기 위해 내공을 일으켜 보았다.

"윽!"

그는 내부를 찌르는 듯한 고통에 잠시 얼굴을 찌푸렸다.

"무공을 찾기가 힘들 거야."

"……."

하지만 관영호는 가만히 눈을 감고 다시 집중하여 내공을 끌어올렸다. 어쩌면 극현탁의 말이 맞을지도 모르지만 그는 자신의 힘에 대한 가능성을 믿고 있었기에 한편으로는 자신이 있었다. 자신의 능력은 무한의 힘이었기에 쉽게 내공이 사라질 것이라고는 생각지 않았다.

또다시 번개를 맞은 듯이 내부에서 짜릿한 고통이 그의 뇌리를 강타했지만 그는 극도의 인내력으로 참아냈다.

파앗!!

"앗!"

관영호의 인내가 도움이 되었는지 갑자기 그의 몸에서 강력한 기운이 한꺼번에 밖으로 분출되었다. 관영호는 자신의 몸에서 예전 못지않은 내공이 장강대하처럼 흐르기 시작하자 만족한 미소를 띠었다. 생각보다는 매우 쉽게 내공을 되찾은 것이다. 아니, 애초부터 내공을 잃었다고 생각하지 않았었기에 그로서는 굳이 되찾았다고 볼 필요는 없었다.

"대단하군."

"……."

"그대가 이겼네."

"비겼소."

"후후, 그런가? 결과야 어떻든 난 매우 만족스러워. 끝을 볼 수 있었거든."

"난 무에는 끝이 없다고 보는 사람이오."

"그런가? 후후, 좋은 생각이면서 동시에 위험한 생각을 지니고 있군. 하지만 난 내 자신이 이룰 수 있는 끝을 보았으니 여한이 없네."

"대단했었소. 다신 보지 못할 능력일 것이오."

"후후, 언젠가는… 마교의 동량이 이루어낼 것이야. 마교는 지금껏 무구했고 후에도 무구하니까."

"……."

"어떤가?"

그의 질문은 애매했지만 관영호는 그 요지를 아는 듯 자신의 마음을 간단하게 전해주었다.

"모르겠소."

"모르겠다?"

"모든 것이 영원하길 빌었지만… 세상은 결코 그렇지 않은가 보오. 아까도 말했지만 인생은 가고 오는 것들인 것 같소. 어떤 것이든 하나의 대가와 하나의 보상은 꼭 이루어지는 것이 아니겠소. 중요한 것은 그것을 어떻게 받아들이냐 하는 것이지. 난 아직은 잘 모르지만… 아마 받아들일 것 같소."

"흐음, 알 것 같네."

극현탁은 관영호가 자신이 의도한 바를 알고 제대로 대답한 것이 만족스러웠던지 한껏 미소 지으며 고개를 끄덕였다.

"이제 갈 때가 된 것 같군. 나 역시… 약속대로 그녀를 깨우진 않겠네. 그리고 역대 교주들의 영면마법도 내가 살아 있을 때는 깨우지 않겠네. 다음 교주 대에서는 어떻게 될지 모르지만 말이야. 후후, 그리고 깨운다 해도 아마 자네에 의해 모두 막히고 말 것이야. 하하하!"

"……."

관영호는 미미한 웃음으로 그의 호탕한 웃음에 대답했다.

"여기 약속했던 무제서가 있네. 이제 못 보겠지. 잘 있게. 이제 우리는 마교로 돌아간다."

그가 품에서 꺼낸 책을 바닥에 놓으며 돌아가자는 말을 하자 뒤에 있던 극마대원 중 하나가 그에게 다가가 조심스럽게 그를 업었다. 극현탁을 업은 그를 나머지 여섯이 둘러싸더니 어디론가 유유히 사라져버렸다.

"…그는 무공을 잃어버렸는데 왜 기뻐할 수 있죠?"

"받아들이기 나름이오. 이제 친구의 시신을 수습합시다."

어느새 하늘은 아침 햇살로 십만대산 깊숙이 위치해 있던 이곳마저 환하게 비추고 있었다. 눈부신 햇살 아래에서 둘은 조금은 가벼운 마음으로 걸음을 옮겼다.

고형강은 십만대산에서 사람조차 잘 드나들지 않는 낙정곡에 묻혔다. 그의 봉분 앞에서 허탈한 표정으로 주저앉아 있는 서문설은 튀어나온 봉분만큼 사람의 가슴에도 멍울이 생기지 않을까 하고 생각했다.

'죽음은 이런 것일까?'

이제 그가 죽은 순간만큼 슬프지는 않았다. 어쩌면 자신은 얼마 지나지 않아 예전처럼 아무 일도 없었다는 듯 잘 지낼 수 있을지도 모르는 일이다.

"결국 세상이든 사람의 마음이든 남겨진 자들의 것인가?"

"모두의 것이오."

서문설의 말에 관영호가 한 간단한 대답이었다.

"잊혀지는데도 말인가요?"

"잊혀져도 그들은 이 세상에 존재하니까."

"어떻게?"

"이미 그들은 세상에 포함되어 있었으니까 말이오."

"……."

"죽은 자를 담고 있는 것은 바보 같은 짓이오. 순간의 슬픔이 영원하지 않듯 순간 마음에 담은 것은 곧 사라지기 마련이고 사라져야 하오. 이미 사람의 마음보다 훨씬 크고 포용력 있는 세상이 그를 담고 있기 때문에 군이 죽은 자를 담고 있는 바보 같은 짓을 하지 않아도 되는 것이오."

"너무 추상적이지 않나요? 수긍은 하지만……."

"아까도 말했지만……."

"받아들이기 나름이라구요?"

그녀가 그의 말을 뺏어 말하자 관영호는 희미하게 웃으면서 고개를 끄덕였다.

"난 무턱대고 그를 따라갔었죠. 그리고 그가 죽은 후에는… 어떻게 해야 할까 하는 막연함만이 있었는데… 왜 지금은 그런 걱정이 없는지 모르겠어요. 왜 내가 할 수 있다는 자신감에 차 있는지도. 집에서도 나를 버렸을 것이고 내게 남아 있는 것은 아무것도 없는데 말이에요."

"그때도 그랬고 지금도 그렇지만 아마 그것은 소저가 강하기 때문일 것이오."

"그때?"

"……."

"……?"

"이제 갑시다. 그대의 여행도 끝이 났고 나의 여행도 끝이 났소. 남은 것은 각자 자신의 자리로 돌아가는 것뿐."

[모월 모일. 맑음.

마치 일 년은 된 것 같은 느낌이다. 그와의 싸움은 영원의 순간 같았고 고형강의 죽음은 너무나 오래전의 일인 것 같다. 그것은 서문설도 마찬가지였으리라 생각한다. 객잔에 도착했을 때 본 나의 짐에는 어느새 먼지가 쌓여 있어 나의 느낌을 더욱 가중시킨 듯했다.

정신을 잃고 있었을 때의 환상이 아직도 아련하다. 아빈이 나타났고 친구도 나타났고… 날 살려주었던 그 노인도 나타났으며 나도 나타났다.

난 무의를 깨달은 것인가? 아니다. 그저 끝 자락을 잡았을 뿐이다. 마교 주가 한 말이 기억난다. 좋은 생각이긴 하지만 위험한 생각이기도 하다…….

하지만 바꿀 마음은 없다. 무의 끝은 없다. 무의 끝이라고 그가 느꼈던 생과 멸의 권능도 결국 난 이겨내지 않았는가? 이겨낼 수 있는 무공은 극이 아니라고 생각하는 나이기에 단지 내가 본 것은 한 단계 더 높은 무공일 뿐이다.

이제 나의 무공에서 두 가지가 더 들어가야 할 것 같다. 이름을 붙인다는 것이 그다지 의미없는 일이라 느껴지는 지금이지만 편의성도 있고 나쁘지는 않기에 하는 것이다. 어떤 이름을 넣어야 할까 고민하다가 내가 깨달은 무의(無意)란 말은 들어가야 하므로 일단 나의 무명오장에서 하나가 더 첨가되어 무명육장이 되었고 마지막은 '무의수(無意手)'라고 정했다. 그리고 극현탁과의 싸움에서 한번 썼던 검형 강기를 이런 저런 생각 끝에 무의계(無意界)라고 지었다. 나의 혈천지옥도(血天地獄刀)라는 도법의 이름이 이제 무의계로 인해 유명무실할 지경이지만 굳이 바꿀 필요는 없다고 생각한다. 그래서 무의계는 혈천지옥도의 네 번째 무공이 되었다.

그리고 무의를 깨달음으로써 무한역도구는 완벽히 나의 제어 하에 둘 수 있게 되었다. 예전에 천궁자와 싸울 때 천궁자는 나의 무한역도구를 보고 제어되지 않은 순수한 힘이라고 했다. 그 말을 지금에서야 완벽하게 이해하게 되었다. 극현탁을 공격할 때 검형으로 변형시킨 것은 번개를 맞고 난 후라 너무나 힘들었지만 결국 해낼 수 있었다. 제어가 가능하게 되었으니 번개를 맞은 것이 오히려 전화위복이라고 봐도 되겠다.

이제 나의 무공은 완성된 것인가? 그렇지 않다는 것은 나 자신도 너무나 잘 알고 있다. 나의 무공은 너무 패도적이고 공격적인 면에서 다양하지 못하다는 것을 그와의 싸움에서 크게 깨달았다.

하지만 내게는 그나마 겁황천의 무공이 있지 않은가? 겁황인과 겁황사법을 익힌다면 그 단점을 어느 정도 보완할 수 있으리라 생각한다. 그러다 문득 잊고 있던 천주의 인[天主之印]이 찍혀 있는 손바닥을 보았다. 희미하게 보이는 사(邪)라는 인장. 이제 이것을 지워야 할 때가 온 것이다.

대흥의 기운이 있는 곳으로 와서 난 모든 것을 극복한지라 마음만은 너무나 편안하다. 물론 그 안에는 친구들의 죽음이라는 쓸쓸함은 남아 있지만 남은 자들은 남은 자들만의 몫이지 않겠는가?

편안한 마음 이대로 어서 옥문관으로 가고 싶다. 항상 내 마음이 편할 수 있는 그곳이 이제는 너무나 그립다. 내게도 갈 곳이 있다는 생각은 나를 설레게 한다는 사실을 처음 알았다. 오늘은 잠을 이루지 못할 것이다.]

[모월 모일. 맑음.
오늘은 그렇게 많이 걷지는 못했지만 광서성을 거의 벗어났다. 같이 걷는 동안 그녀는 아무 말도 하지 않았고 당연히 나도 아무 말 하지 않았다. 뭔가를 생각하고 있는 것 같기도 했고 아닌 것 같기도 했는데 표정 자체가 워낙 백치 같아서 생각을 읽기가 힘든 여자였다.

고형강과의 약속 때문에 난 그녀가 무엇이든 결정할 때까지 같이 있을 생각이다. 그녀는 어떻게 할 것인가? 집으로 갈 것인가, 아니면 새로운 시작을 할 것인가? 내가 그다지 관여할 바는 아니지만 나의 솔직한 심정으로는 어떻게든 마음을 다잡고 빨리 집으로 갔으면 하는 심정이다.

내가 하루 빨리 옥문관으로 가고 싶어하는 마음 때문이기도 했고 또 하나는 집 나간 남의 집 딸을 빨리 보내고 싶은 심정이라고나 할까?

하지만 그녀도 생각이 없는 여인은 아니므로 곧 어떻게든 결정할 것이라 생각한다. 옥문관으로 가기 전에 마지막일지도 모르니 동정호를 보고 가야겠다.]

[모월 모일. 맑음.

이틀이 지났는데도 그녀는 아무런 말이 없다. 나보다 더 말수가 없는 사람인지 삼 일째가 되었는데도 한마디 말도 하지 않는다는 것은 그만큼 고민을 많이 하고 있다는 의미일 것이다. 나도 말이 많은 편은 아닌지라 굳이 무리해 가며 그녀에게 말을 걸지 않았기에 둘 사이에는 끝없는 침묵뿐이다.

조금만 더 가면 동정호에 도착할 것 같다. 동정호는 내가 수용할 수 있어야 한다는 깨달음을 얻은 후 가본 첫 장소이고 그곳에서 임사우를 알았으며 뒤이어 다른 친구들도 알게 된 장소이다.

그리고 고형강이 죽는다는 것을 알게 된 장소이고 서문설을 처음 만난 곳도 그곳이었다. 어쩌면 동정호는 내게 있어 감과 옴의 교차점일지도 모른다. 그 멀고 먼 옛날 나와 잠깐 꿈같은 사랑을 나누었던… 이름은 이제 기억이 나질 않지만 아무튼 그녀로부터 시작해서 지금껏 많다면 많고 적다면 적을 감과 옴이 내게 있어왔다. 단지 경치뿐만이 아니라 그런 이유로 해서 난 동정호를 유난히 좋아하는 것일지도 모른다. 동정호는 내 인생의 배경인 것이다.

동정호의 차분한 내음이 맡아지는 것 같다. 착각이겠지만 착각이라도 좋다. 이런 평화가 좋다. 나의 천명이 무엇이든 이제 귀찮은 세사를 보기가 싫어졌다. 누구에게나 생사를 오가는 경험은 그다지 기분 좋은 일이 아닌 것이다. 나 역시 사람이기에 다른 사람들의 보편적인 감정의 범주에서 벗어나지 않는다.]

[모월 모일. 맑음.

동정호에 오니 서문설은 고형강 생각이 났는지 호변을 보며 눈물을 글썽였다. 그제야 말문이 트인 그녀였다. 내가 말이 너무 없다고 오히려 날 나무라는 것이 대체 누가 먼저 말을 하지 않은 것인지 모르겠다.

악양루에는 제법 많은 사람들로 시끌벅적했고 그 속에서 나와 그녀는 술을 마셨다. 난 닭다리를 시켰고 그녀는 술만 마셨다. 그녀는 문득 내게 왠지 이 장면이 낯익다는 말을 하면서 갸우뚱거렸는데 그 모습이 왠지 재미있었다.

누구에게나 자신이 본 기억이나 경험은 표면적으론 잊혀져도 깊은 곳에서는 남아 있을 것이란 생각이 강하게 들었다. 비록 인식하지 못한다 하더라도 분명 남아 있음이 분명할 것이다. 이것이 세상에 모든 것들이 남겨지는 방식이 아닐까 하는 생각이 든다. 굳이 설명하자면 마음속 깊이 나오지 않고 가라앉아 있다고나 할까?

내 마음속에는 무엇들이 가라앉아 있을까? 궁금하긴 했지만 굳이 꺼낼 필요는 없다고 본다. 가라앉을 필요가 있었기에 가라앉은 것이 아니겠는가? 언젠가 그곳에서 필요하다고 느껴질 때쯤엔 나도 모르는 사이 떠오를 것이니 억지로 그럴 필요는 없을 것이다.

그녀는 여전히 무엇을 해야 할지 모르겠지만 막연히 무언가가 떠오르니 그것이 결정되면 곧 말하겠다고 한다. 그리고 고형강의 유언을 들어주어서 고맙다고 했다. 솔직히 그녀를 어느 정도 귀찮아하는 마음도 있었기 때문에 그녀의 감사 인사에 괜히 미안한 마음도 들었다.

이제 모든 것이 끝나가는 듯한 느낌이다. 이 세상과의 인연도 이제 끝이 나려는 것만 같지만 그것은 나의 바람이자 느낌일 뿐 실제론 끝나지 않음을 알고 있다. 복잡하게 생각할 필요는 없다. 예전에도 말했듯이 이 세상에는 그것이 아니더라도 고민해야 할 것이 많이 있고 이유를 알지 못할 짐들을 많이 지고 있기에……. 단지 내가 해야 할 것은 그때의 상황이 왔을 시 마음가짐일 뿐이다.

동정호의 물결이 아늑하게 들려온다. 쏴아아 하는 소리가 사막에서 모래들이 이동하는 듯한 소리와 비슷하다고 생각하는 것을 보면 나도 어지간히 그곳으로 돌아가고 싶어하는 것 같다.]

[모월 모일. 맑음.
오늘을 마지막으로 동정호를 떠날 예정이라 쉽게 잠들지 못할 것 같다. 악양루의 웅장한 건물도, 그 주위의 경치도, 아늑한 동정호의 물결 소리도 너무나 아름답다. 내 인생의 배경이 되었던 이곳과도 마지막일 것이라는 생각은 그 느낌을 더욱 강하게 해주고 있다.

오늘 낮에 밥을 먹으면서 불현듯 그녀는 날 보고 내가 누구냐고 물었다. 그런 질문에 대답해 줄 수 있는 것은 오직 난 나라는 말뿐이다.

하지만 그녀가 질문한 의도는 내가 이해한 것과는 꽤나 다른 것이었다. 그녀는 내가 혈영천마라는 것은 알고 있지만 혈영천마가 누군지를 모르고 있었던 것이다. 뭐, 좋은 일이기도 하다. 나라는 존재가 잊혀져 가는 것이

나쁘지는 않지만 그만큼 나와 그녀의 시간적인 거리가 많다는 느낌이 새삼 와 닿았다.

나는 나 자신도 왜 그랬는지 모르게 자세히 혈영천마라는 인물에 대해서 이야기해 주었다. 마치 내가 아닌 듯 말하는 나 자신이 조금 웃겼지만 의외로 그녀는 진지하게 들어주었다. 그녀는 내가 그렇게 오래 살았다는 것에 깜짝 놀라면서도 나의 무공 실력을 보았기에 어느 정도 수긍하는 눈치였다.

나는 이제 혈영천마가 아니다. 나 자신을 거부하는 것이 아니라 혈영천마일 때의 관영호가 아니라는 것이다. 말 그대로 난 나이다. 그것은 새삼 지금 이야기할 필요가 없을 정도로 당연하다고 여기고 있다. 난 나다.]

동정호의 물결이 아직까지 들리고 있다고 생각한 관영호였다. 동정호를 뒤로한 채 떠나려는 그의 마음은 섭섭함마저 담겨 있었다. 일단 그는 옥문관으로 갈 것이지만 만약 그녀가 그녀의 집인 천성장으로 돌아가려 한다면 같이 그곳까지 따라가 줄 생각이었다.

동정호가 있는 방향을 잠시 뒤돌아본 관영호는 계속 걸음을 옮겼다. 그런 그를 가만히 지켜보던 그녀는 특유의 백치 같은 표정으로 입을 열었다.

"동정호를 좋아하나 봐요?"

"……."

그는 그녀에게 살짝 미소 지어주었다. 그녀를 보던 그는 그녀가 아빈과 비슷한 면이 있다고 생각했다. 약간은 바보 같아 보이면서도 의외로 야무진 면이 있는 그녀였다. 그것은 자신의 언니를 사랑한 고형강을 따라간 행동을 보면 충분히 알 수 있다. 아무나 그런 행동을 할 수 없다는 걸 그는 안다.

"내가 어떤 생각을 하고 있는지 알아맞힐 수 있나요?"

"모르오."

"……."

한동안 아무 말 없이 둘은 계속 길을 걸었다. 문득 관영호는 옥문관이 있는 북서쪽을 향해 시선을 돌렸다. 아득히 먼 옥문관을 실제로 보고 있는 듯 그의 눈은 멀어져 있었다.

"뭘 보고 있나요?"

그녀의 물음에 그는 언젠가 지금과 비슷한 상황이 있었던 같다고 생각하며 희미하게 미소 지었다. 그때가 떠오르며 그 환상이 들려왔다.

"무엇을 잡으려 하고 있나?"

"재미있지 않은가? 난 아무것도 없는 그 무언가를 잡고 싶어 이렇게 한다네."

"아무것도……."

"아무것도 보고 있지 않다고요? 하지만 당신의 눈빛은 그리움이었어요."

"예전에 내 친구가 비슷한 말을 한 적이 있소. 아무것도 보이지 않는데 그것을 보려 한다고."

그의 입에 약간은 장난기 서린 미소가 걸려 있었다. 조금 애매한 말로 그녀를 골려주고 싶은 마음이 들었기 때문인데 의외로 서문설은 그의 말에 넘어가지 않았다.

"그것이 그리움이 아닌가요? 보이지 않지만 보고 싶은 것……."

"……."

그는 쓰게 웃으며 그녀를 향해 고개를 돌렸다. 그녀도 자신을 보고 있었다. 잠시 눈이 마주치자 서문설은 급히 고개를 돌려 버렸다. 그 모습이 재미있었는지 관영호의 입에는 미소가 서렸다.

"맞소. 난 그리워하고 있소."

"무엇인지 물어봐도 되나요?"

서문설은 다시 고개를 돌려 그와 눈을 마주하며 물었다. 그녀의 약간은 당돌한 듯한 눈빛에 이번에는 관영호가 시선을 먼저 피할 수밖에 없었다.

"누구든지 자신만의 자리가 있지 않겠소?"

"고향?"

"내가 태어난 곳은 아니지만 나의 고향이나 마찬가지요."

"그런가요? 부럽군요. 난 아직 그런 곳이 없어요. 나의 집조차도 난 고향으로 느끼지 못하거든요."

"그다지 어려운 마음은 아니오. 조금만 바꾸면… 그대가 있을 곳이 그곳뿐이라는 것을 깨달을 수 있을지도 모르지."

"……."

그녀가 아무 말도 하지 않자 다시 둘 사이의 대화는 멈추어졌다. 관영호는 생각에 빠져 있는 그녀를 놔두고 자신도 자신만의 생각에 빠져들기 시작했다.

푸드득!

관도를 따라 드리워져 있는 나무 어딘가에서 갑자기 새 한 마리가 솟아 날아가는 소리에 서문설은 자신의 생각에서 빠져나올 수 있었다.

"…난 아직은 잘 모르겠네요. 난 천성장이 싫어요. 하지만 언젠가는

당신 말대로 좋아질 때가 있겠죠?'

그녀는 자신의 말을 끝내며 관영호를 바라보았지만 관영호는 자신의 말을 듣지 않고 혼자 무언가를 생각하고 있는 표정이었다. 아미가 살짝 찡그려지는 순간의 그녀는 전혀 백치로 보이지 않았다. 그녀가 그의 옆구리를 살짝 건드리자 관영호는 그제야 그녀를 보았다.

"미안하오. 무슨 말을 한 것이오?"

"아니에요."

그녀의 웃음은 방금 전 아미를 찡그릴 때와는 달리 평소처럼 백치 같아 보였지만 그만큼 더욱 아름다워 보였다.

"……."

"그 어느 때보다 갈 길이 없는 지금이지만 또한 그 어느 때보다 가장 자신감이 넘쳐요. 생각해 보면… 열다섯 살 이후로는 남자에게 쉽게 정을 주는 것 때문에 제대로 웃어본 적도 없었고 항상 나 자신이 나 자신이 아닌 듯했었죠. 하지만 고 오라버니를 따라오면서 내가 나다워지는 것을 느꼈고 지금 이 순간은… 내가 이런 사람이었나를 확실히 알았어요."

"나 자신이 자신다움을 그 나이에 느꼈다면… 소저는 대단한 사람이오. 누구보다 주관이 뚜렷하다고 할 수 있소."

"고마워요."

"……."

"나 자신다움을 느끼게 해준 것은 당신과 함께 있어서였던 거예요."

관영호는 그녀의 말에 희미하게 웃었다. 그는 자신이 누군가에게 도움이 되었다는 것을 절실히 느낄 수 있었다.

'나쁘지 않군, 이런 기분.'

"아침에 결정한 것이지만… 지금은 확실히 정했어요."

"……?"

"내가 이제 무엇을 해야 할 것인지 말이에요."

"무엇을 할 생각이오?"

"당신을 따라갈 거예요."

"……."

관영호는 그녀의 말에 일순간 할 말을 잃었다. 전혀 생각지 않은 것이었고 그만큼 갑작스럽고 놀라운 말이었기 때문이다.

"놀랐나요?"

"하하하하!!"

그는 좀처럼 보이지 않던 큰 웃음소리를 내었다. 유아빈이 옆에 있었다면 큰 웃음은 오랜만이라며 깜짝 놀랄 정도로 크고 상쾌한 웃음이었다.

"왜 웃어요? 난 진심으로 말한 것인데……."

그녀는 약간 뚱한 표정으로 그를 보았다. 그러다 뭔가 생각났다는 듯이 말을 이었다.

"고 오라버니랑 약속했잖아요. 나를 지켜주겠다고 말이에요."

"소저는……."

"……?"

"그때도 그랬고 지금도 그렇지만 정말 날 놀라게 하는 재주가 있소."

"그때? 잠깐요. 전에도 그런 말 했는데 그 말은 마치 우리가 예전에 본 적이 있다고 말하는 것 같아요."

"가라앉아 있는 것이오."

"가라앉아 있는……? 무슨 말이에요?"

"갑시다, 옥문관으로. 아마 당신은 아빈과 닮아서 좋은 친구가 될 수 있을 것이오."

서문설은 그가 말 돌리는 것에는 일가견이 있다고 생각하면서 궁금한 것을 물었다.

"아빈? 여자 이름이네요? 전대 고수인가요, 그분도?"

그는 그녀의 말에 쓴웃음을 지으며 고개를 저었다.

"그럼?"

"내 일상을 지켜주는 아름다운 여인이오."

"……?"

그녀가 모르겠다는 표정으로 자신을 바라보자 다시 웃음이 나는 그였다.

"하하하, 무의(無意)요!"

그 말을 하는 그의 마음속에서 이런 생각이 떠올랐다.

'낙정……. 정이 가고 다시 정이 오는구나…….'

『그림자 호수』 4권에 계속…

 무제서(無題書) 삼편 중 중권

　　내단을 꺼내고서도 그 기력이 쇠하지 않고 오히려 전에는 느끼지 못한 끝없는 활력이 느껴진다면 그것은 그대가 초월경에 입문한 것이라 할 수 있다. 내단을 꺼낸 후 엄청난 힘이 다시 솟아나는 상태가 바로 초월경의 정의이다.

　　그대는 강자라는 이름의 특권층에 들어온 극소수의 존재이다. 초월경은 방법도 없으며 오직 하늘이 정해준 운명이니 그대는 하늘이 선택한 위대한 강자다. 어떻게 이런 일이라는 생각은 하지 말라. 차라리 그 힘을 더욱더 강하게 할 생각만을 하는 것이 좋을 것이다. 그대를 위해서나 모두를 위해서나.

　　초월경의 특색은 매우 재미있다 할 수 있는데 그것은 내단의 색이 사람마다 다르다는 것이다. 하지만 그 색의 개수는 한정적으로 정해져 있는데 그 색이 같은 사람이라 할지라도 약간씩의 차이점은 있다.

　　보통 내단의 색은 그 사람의 힘의 특징을 나타내는 것이다. 푸른색은 폭발의 심검, 붉은색은 무한의 힘, 검은색은 광폭의 마력, 회색은 저주의 사기, 자주색은 반란의 극한, 흰색은 빛의 오의, 투명한 내단은 생사 초월, 녹색은 비중비 등이 있다.

　　인간의 경지를 넘어선 자들의 싸움을 본 적이 있는가? 무인이라면 상상으로만 해왔던 것들이 모두 가능하게 되는 경지가 바로 초월경인 것이다.

　　이 힘은 무궁무진하기에 초월경에 처음 들어온 자는 이것이 끝이 아니라는 것을 알아야 한다. 결코 만족해서는 안 된다. 초월경에도 많은 단계가 있다는 것을 스스로 알아야 할 것이다. 더욱더 정진하라. 그것은 그대를 더 더욱 강자로 들비 하는 일이다.

　그대에게 동기를 부여해 주겠다. 흔치는 않지만 만약 같은 시대에 초월경에 든 두 사람이 있다고 해보자. 승부는 어떻게 날 것인가? 자신이 가진 내단의 색에 의한 특징으로 나는 것이 아니다. 결론은 단 하나, 초월경에 대해 얼마나 많이 알고 체득하였는가 하는 것이다.

　자신이 가진 내단의 색, 즉 힘의 특징이 자신의 힘의 모든 것을 대변하는 것은 아니다. 일부 몇 가지의 힘은 그것이 통용되지만 몇 가지일 뿐 그것마저도 극복할 수 있는 것이 바로 초월경에 대한 많은 깨달음인 것이다.

　이 정도로도 그대의 끝없는 정진에 대한 욕구가 일어나지 않는가? 정녕 그렇다면 또 한 가지 결정적인 사실 하나를 말하겠다. 그것은 그대들이 꺼내놓은 내단을 다른 사람이 먹으면 그 능력을 그대로 이어받을 수 있다는 것이다. 그 힘과 그대의 힘을 쓸 수 있다고 생각해 보라! 그리고 초월경에 이른 고수 개인마다 내단에 따른 독특한 최후의 힘을 사용할 수가 있는데 만약 다른 자의 내단을 먹는다면 그자의 최후의 힘도 사용할 수가 있다. 이제야 욕구가 솟아오르는가?

　초월경의 고수들을 하나하나씩 격파하며 오르는 깨달음의 경지와 부산물인 내단, 강해지는 그대. 난 그대가 강해지기를 원한다. 진심으로……

　그리고 이번에 하는 말들은 나 나름대로 체계를 잡아 내단의 색깔에 따른 서열을 매긴 것이다. 말해 둘 것은 비교 방법은 두 사람이 각각 다른 종의 내단을 먹고 초월경에 이르렀을 때 처음 상태에서의 대결이며 이 서열은 그것을 바탕으로 백여 번의 대결을 통해 얻은 결과이다. 강한 순서로 적음을 참고한다.

　빛의 오의, 광폭의 마력, 반탄의 극한, 무한의 힘, 저주의 사기, 폭발의 심검.

　내가 두 가지를 언급하지 않았다. 하나는 초월경의 힘 중에서 생사 초월과 비중비를 뺀 것이다. 생사 초월은 굳이 다른 힘과의 비교가 필요없기 때문이다.

　생사 초월을 이길 힘은 결코 없다. 그럼 비중비는 무엇인가? 나도 자세히는 알 수 없다. 비중비의 힘을 지닌 초월경의 고수는 없었기 때문이다. 단지 나도 그런 것이 있다는 것만 알고 있다.

　내가 지금껏 싸워서 이기고 얻은 내단의 종류는 위의 서열을 매긴 것들이 전부이다. 이것이 두 번째로 언급하지 않은 내용인데, 다시 말해 초월경의 특징은 나 자신도 모를 정도로 많다는 것이다. 부족한 설명이라고 느끼겠지만 궁금해할 필요가 없다. 어차피 모든 것은 직접 겪어보면 알게 될 것이니까.

　그럼 그대는 과연 내가 왜 이런 책을 썼는지 궁금하지 않은가? 만약 이 글이 초월경에 대한 단순한 서술 및 나의 전기(傳記)라 생각했다면 큰 실망이리라. 내가 왜 이 책을 손수 써야 했는지, 왜 쓰고 싶어했는지는 다음 장에 가면 나와 있을 것이다. 그럴 리는 없겠지만 내 글을 읽은 그대가 이 모든 사실이 믿기지 않고, 믿고 싶어하지 않는다면… 그냥 그렇게 있으면 된다. 모든 것은 그대가 아니라… 후대에 나에 의해 알게 될 것이니……

<h1>무공 체계</h1>

<h2>〈관영호 편〉</h2>

○혈영천마공—마교에서 전해져 오는 혈영공과 천마공을 혼합시켜 새로 만들어낸 그의 독문무공이다. 무공의 혼합이라는 것은 쉽지 않지만 그는 어떤 연유로 가까스로 성공시켰으며 이급무공일 뿐이었던 혈영공과 일급무공이었던 천마공은 강력한 혈영천마공으로 탄생된다.

○무명육장—관영호는 은거하기 전까지는 혈영삼장이라는 이름으로 세 가지 장법을 가지고 있었지만 은거 후 오랜 세월에 걸친 깨달음으로 두 초식의 장법을 만들었고 극현탁과의 싸움에서 또 새로운 깨달음을 얻어 무명육장이 된다.

· 일초: 혈영장(血影掌).
  원래는 혈영공에 근거하던 장력이었으나 혈영천마공에 의해 더욱 강해진 장력.

· 이초: 천마장(天魔掌).
  혈영장은 패도적이라 할 수 있으나 천마장은 기쾌(奇快)함와 패도가 한데 어우러져 있다. 천마공에 근거하던 장력.

· 삼초: 혈영천마장(血影天魔掌).
  혈영천마공의 정수라고 할 수 있는 패도 장법. 지독히 패도적이라 힘의 집중이 필요해 시전 시는 운신(運身)이 힘들 정도였으나 현재는 집중이 없어도 시전할 수 있다.

· 사초: 무(霧).

피의 안개처럼 쏟아져 나가는 무서운 장법. 안개의 정체는 장환의 일종으로 장환이 압축되어 미세한 입자처럼 된 것이라 그 위력은 장환을 능가한다. 사초까지는 마공다운 패도 장법이라 기술적인 면은 부족하나 그 기술적인 면을 충분히 보완할 수 있을 정도로 강하다.

· 오초: 황(荒).

말이 필요없는 최고의 장력. 그의 장을 보는 순간 초고수라 하더라도 아득한 절망감에 빠질 정도로 무서운 흡입력을 담고 있는 장법. 일반 장법의 패, 환, 쾌, 중 등의 어떠한 장법의 속성도 이 장력 앞에서는 무의미하다.

· 육초: 무의수(無意手).

장력이라고 보기에는 힘든 것이지만 관영호 자신이 억지로 그렇게 넣은 듯하다. 무의라는 절대 세계의 끝 자락을 담은 완전하면서도 불완전한 무공. 무의는 인간이 가지고 있는 '의(意)'라는 사고방식을 배제해야만 얻을 수 있는 절대의 세계이다. 하지만 '의(意)'마저 배제한 그 사고마저도 의에 속하게 되므로 결국 무의는 인간이 이룰 수 없는 요원한 세계일 뿐이다. 위에서도 말했듯이 단지 그 끝 자락만을 잡을 수 있을 뿐이다.

무념의 경지에 이르기 위해 생각하지 말자고 생각하는 모순이 '의' 와 '무의' 의 모순과 비슷할 듯.

○ 혈영도─일초 혈음일횡(血音一橫), 이초 혈영살(血影殺), 삼초 혈(血). 이것과 지옥천마일식은 쓴 적이 한 번도 채 되지 않으며 후에 다른 무공으로 승화시키면서 쓸 필요가 없게 되는 무공이다.

○ 혈천지옥도─지옥천마일식과 혈영도를 토대로 만든 이기어도술을 능가하는 절대 도식. 그리고 '무의' 의 깨달음도 포함되어 있다.

· 극(極):혈음일횡과 펼쳐지는 것이 비슷하여 단 한 번 휘두르는 것이지만 대기를 가를 정도로 빠른 속도와 검강의 엄청난 위력이 담겨 있다. 단순한 초식만큼 완벽하다.

· 참(斬): '참(斬)' 형태의 가르는 도법. 그의 무공다운 패도 도법의 정수를 이룬다. 혈영도의 삼초 혈과 지옥천마일식을 토대로 이루어진 도법이다.

· 혈룡(血龍):유유비도술을 익힘으로써 한 단계 더 나아간 무공을 만들게 되었는데 그것이 혈룡. 두 개의 비도로 쓰는 무공으로 도강이 유형화되어 용의 형태가 된다. 십 자라는 미증유한 길이의 도강이 그 위력의 정체.

・무의계(無意界) : 역시 도법이라고 보기에는 상당히 무리가 있다. 형태를 보더라도 검형 강기이지만 역시 관영호가 억지로 넣은 듯. 굳이 무명육장 무의수와 비교하자면 무의수는 장력의 형태로 파괴의 기운이 강하고 무의계는 검법(劍法)의 형태로 생살(生殺)의 제어가 가능하다.

ㅇ유유공(悠悠功)─관영호의 친구 유유객이 남겨놓은 무공들의 기본이 되는 내공법. 정, 사, 마 어떤 곳에도 속하지 않는 특이한 무공 속성이다.

ㅇ유유비도술(悠悠飛刀術)─유유객의 무공으로 지금의 관영호가 쓰는 형태와는 많이 다르다. 관영호의 유유비도술은 혈천지옥도에 접목되어 한층 발전된 형태로 그 극치에 이른 지금 그가 날리는 비도에는 자신이 의도하는 힘을 도에 담을 수 있다.

ㅇ오파(五破)─유유객이 남긴 최후의 기공(奇功). 장력 중 격공장(자신의 의도한 지점에서 힘을 터뜨릴 수 있는 장법)과 형태가 비슷하지만 장력은 아니다. 오직 기공(奇功)이라고 말할 수밖에 없는 무공. 아마 유유객의 초월경의 특징인 빛의 오의에 그 의미를 둔 무공이 아닐까 추측된다.
　　일파─멸, 이파─멸, 삼파─패, 사파─패, 오파─미정. 위력 또한 미지수.

ㅇ일촌부양보(一寸浮揚步)─말 그대로 일 촌가량 떠 있는 상태로 걷는 법으로써 부신약영, 허공답보의 수법과 동일하지만 실전에서 쓰는 보법이

아니라 수련의 일종인 무공이라 하겠다. 일 촌 정도 항상 떠 있는 상태로 걸어다니며 싸우다가 일촌부양보를 풀면 평소보다 더 큰 내공과 힘을 낼 수 있게 된다.

　이 무공은 정확히 말하면 유유객의 장난이라고 봐도 무방한 무공이다. 그에게는 전혀 그런 것이 필요없기 때문이다.

○유유서행(悠悠徐行)—정중동(靜中動)의 묘리를 담고 있는 경신술. 물 흐르는 듯이, 미끄러지듯이 움직일 수 있는 최상의 경신법이다.

○유유비행(悠悠飛行)—유유서행이 극치에 이르면 시전할 수 있는 어기비행술의 한 형태.

○무한역도구(無限力道球)—힘의 개방 상태에서 사용할 수 있는 그의 최고 필살기. 누구나 한 방이면 끝이다. 말이 필요없는 미증유의 무한의 힘을 지닌 작은 구 형태의 기공탄. 처음에는 혼돈의 힘 그 자체로 제어가 극히 어려웠지만 무의를 깨닫고 나서는 혼돈의 힘을 제어할 수 있게 되어 자유자재로 무한역도구를 변형시킬 수 있게 된다.

〈겁황천주 편〉

○ 겁황무형사공(劫荒無形邪功)─겁황천의 무공의 바탕이 되는 기묘한 사공(邪功). 겁황천의 초대 천주인 겁황사제 이후 십성 대성한 자는 관영호와 싸운 겁황천주뿐이다. 겁황천은 본래 부적술에 능한 사람들로 모여진 집단이었으며 시간이 지남에 따라 부적술은 사라지고 부적술은 겁황무형사공을 바탕으로 한 무공 안으로 흡수되게 되었다. 이름에서도 알 수 있듯이 이 사공은 형체가 보이지 않는다는 것을 큰 장점으로 두고 있다. 형체가 보이지 않기에 은밀하며 기묘하며 사이하다. 큰 특징은 날카로움에 주를 두고 있어 겁황인은 겁황무형사공에 가장 걸맞는 무공이며 지금은 아니지만 가장 강한 무공이었다.

○ 겁황인(劫荒刃)─형체가 없는 날카로운 인(刃)이 날아가 반탄지기, 금강불괴도 자를 수 있는 대단한 위력을 지니고 있다. 손가락 하나에서 열 개까지 쓸 수 있다고 전해지나 지금은 실전되고 다섯 손가락이 한계이다. 열 손가락을 다 쓸 수 있었을 때는 겁황사법보다 훨씬 강한 무공이었으나 지금은 겁황사법보다 뒤지는 무공이 되어버렸다.

○ 겁황사법(劫荒邪法)─부적술이 변형되어 무공으로 승화된 매우 뛰어난 사공. 허공에 진을 그려 그 힘을 나타내는 것이 겁황사법의 시작이다. 그러기 위해선 겁황무형사공이 유형의 진기로 만들어져야 하는데 그것은 겁황무형사공을 십성 익혀야 할 수 있는 경지이므로 겁황사법은 겁황무형사공을 십성 익혀야 쓸 수 있다는 것을 의미한다. 다양한 부적술에 바탕을 두었기 때문에 무공 시전 중에는 부적술이나 사이한 사교 대법을

연상할 정도의 특이한 행동이 많이 가미되어 있다.

　그중에서 현지벽호아(玄地壁護我)는 주술의 힘을 가미하였기에 초식이 필요없어도 매우 큰 방어력을 가지고 있으며 초아마진(超我魔陣)은 가장 강한 공격력을 자랑한다.

〈천궁자(天弓子) 편〉

　출신이 불분명한 인물로 그가 어떤 경유로 그의 무공을 익혔는지는 아무도 모른다. 하지만 그의 출신의 문제로 이야기가 한 번쯤은 전개될 듯하다. 그가 들고 있는 활은 희대의 보물로 웬만한 병장기는 간단히 부술 수 있다고 한다.

　○천궁유가기(天弓柔加氣)─그의 무공의 바탕이 되는 무공으로 십성을 익히면 심기일체(心氣一體)의 경지, 즉 마음에 따라 기의 분배와 조절이 가능하다는 경지에 이를 수 있다 한다. 다른 어떤 무공보다도 기의 분배와 조절이 효율적이고 용이한 무공이다. 궁으로 고수가 되려면 이 무공이 최고라고 할 수 있다.

　○천궁천멸(天弓天滅)─천궁자의 최후의 무공. 그는 이 무공으로 전무후무하다 할 정도로 궁에 있어서 고금제일인으로 추앙받을 수 있었다. 천궁천멸은 세 가지 단계가 있는데 화살로 천궁천멸을 쓰는 단계[矢弓], 기로써 천궁천멸을 쓰는 단계[氣弓], 마음으로 천궁천멸을 쓰는 단계[心弓]이다. 천궁자는 천뢰상인과 대결 당시 이미 심궁의 경지에 이르렀으며 초월경에 들어가서는 이미 그 단계를 추측하기 불가능하게 되었다.

〈천뢰상인 편(뇌운성 편)〉

ㅇ 천뢰신공(天雷神功)—천뢰신공은 상고 시대의 주술에 기초를 둔 고대 무공이다. 비와 번개를 부르기 위한 주술이 천뢰신공의 바탕이 되었지만 지금은 당연히 비와 번개를 부를 수 없다. 하지만 그 의식과 형태만은 상고 시대의 주술적 의미를 담고 있다. 그것은 천뢰오장 시전 시 한 손을 하늘을 향하게 하는 자세인데 구름을 몰고 와 번개를 일으키려는 의식인 것이다. 천뢰상인은 후에 주술의 근원을 찾아내 실제로 번개를 부를 수 있게 되었지만 인간이 번개를 받아 제어할 수 있을 리가 만무하므로 그것은 매우 위험한 일이었다. 그나마 반뇌신의 경지로 미약한 힘이나마 받아들일 수 있었다. 그러나 전설로만 전해져 오는 뇌강지체(雷剛之體)의 인물이 천뢰신공을 익힐 수 있다면 뇌신(雷神)의 경지에 이를 수 있다고 유언한다. 보통의 천뢰신공으로도 제일로 불렸으며 후에는 누구도 당할 수 없는 최강의 신공으로 변모하게 된다.

ㅇ 천뢰투(天雷鬪)—번개와 바람을 동반하는 격렬한 박투술. 무아의 경지에 이르면 천뢰무(天雷舞)라는 새로운 단계의 무공으로 승화되어 그 춤을 막을 수 있는 자는 아무도 없다고 한다.

ㅇ 천뢰패영신보(天雷覇影神步)—몸이 움직일 때마다 뇌음이 울리며 상대방을 압도해 버리는 가공할 신법이자 보법. 그 속도는 번개 같다.

ㅇ 천뢰오장—천뢰신공의 최후 정수. 말이 필요없다는 고금제일의 패력 장법.

· 일장:뇌성폭류하(雷聲瀑流河).

  거대한 뇌성과 함께 뇌력이 쏟아져 나온다.

· 이장:뇌광충천(雷光沖天).

  밤하늘에 번개가 치는 것과 같이 뇌광이 시전자의 장에서 만발한다.

· 삼장:뇌섬작렬폭(雷閃灼熱暴).

  한 가닥의 번개가 상대방에게 작렬하는 엄청난 위력의 장법.

· 사장:천뢰패(天雷覇).

  무형의 뇌력이 하늘에서 상대를 짓누른다.

· 오장:천류뇌하섬멸붕(天流雷河殲滅崩).

  시전자와 번개가 하나이다. 그의 의지대로 번개를 어느 정도는 다스릴
수 있는 뇌신(雷神) 이전의 단계.

〈태양선인 편(간군학 편)〉

○ 태양선심공(太陽仙心功)─오패천의 하나인 태양천의 독문무공으로 양강 무학의 으뜸이다. 무림에는 거의 알려져 있지 않으며 태양선인도 이 무공은 쓴 적이 없다. 도가의 심유한 도리마저 띠고 있어 익히기가 극히 어려우나 어떠한 무공에도 가미할 수가 있어 비록 삼류검법이라도 태양선심공을 따라 펼치면 천하제일의 검법이 될 정도의 위력을 지니고 있다.

○ 천존십이해(天尊十二解)─손을 이용한 열두 가지의 무공. 최강이라 할 수 있는 천하제일 수법. 그는 이 무공 하나로 천하제일의 반열에 올랐다. 누구도 그의 손을 빠져나갈 수 없었기에 절대망환수(絶對網幻手)라고도 불린다. 그러나 천존십이해를 더욱 유명하게 했던 것은 십이해를 역으로 시전하면 천하에 파괴력과 잔인함으로 으뜸인 파천십이해(破天十二解)였다.

○ 태양인(太陽印)─태양천의 인간의 한계를 벗어난 무학으로 아무도 십성을 익힌 적이 없다는 불가침의 무공이다. 유일하게 구성까지 이른 인물이 초대 천주였고 태양천 내에서는 자신들을 버린 태양선인이 혹시 태양천단(太陽天丹)의 힘을 입어 십성의 경지를 이루고 우화등선하지 않았을까 하는 추측만 있을 뿐이다. 오성까지는 익혀도 쓰지 못하는데 써버리면 백이면 백 주화입마에 걸리기 때문이다. 육성부터는 쓸 수가 있는데 어떤 고수도 태양인을 받아낼 수 없다고 한다. 무림에 나타난 적이 없어 어떤 형태의 것인지는 아무도 모른다고 한다.

〈마교 교주 편(극현탁 편)〉

마교에는 마교 교주 중에서도 선택된 자들만이 들어갈 수 있다는 마교 비동이 있다. 마교의 교주들만이 알고 있던 십마동(十魔洞)이라고도 불리는 그곳은 오랜 옛날 마교의 최고 장로 열 명이 같이 폐관하여 무려 백 년 이상을 같이 수련한 곳이다. 그들은 각자 심혈을 기울여 마교 비전 십마공을 창안했고, 그들이 죽기 직전 결국은 십삼마에 이를 수 있는 역천의 마공을 만들어낸다.

일단 소설에 등장한 다섯 가지의 무공만 열거하겠다.

○극련수라절명마공(極練修羅絶命魔功)의 극련수라절명장.

○통천대마공(通天大魔功)의 통천대마강.

○무극천공(無極天功)의 무한지.

○분신마공(分身魔功)의 분영폭.

○심안번뇌마공(心眼煩惱魔功)의 심안살.

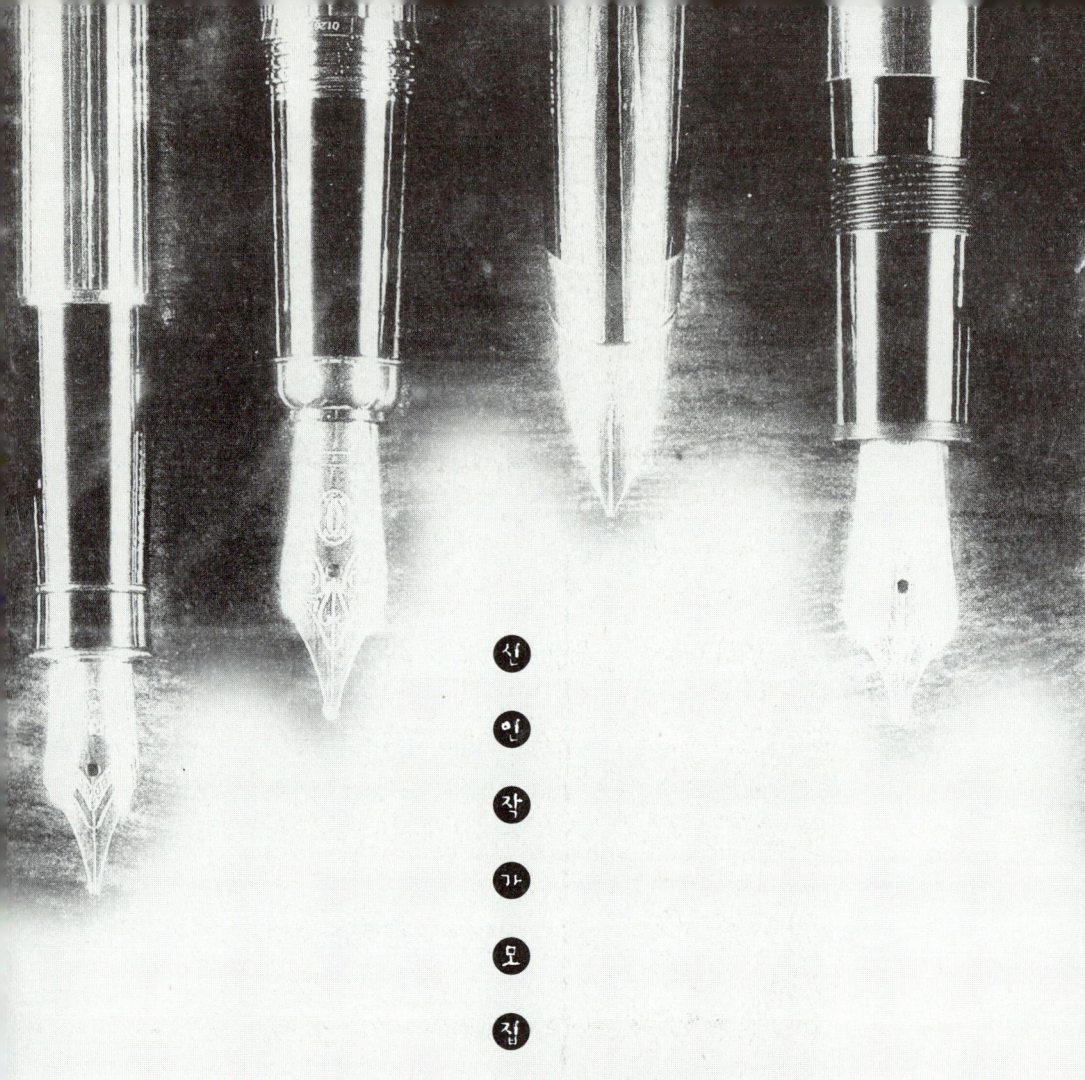

신인작가모집

시작이 반이라고 했습니다.
작가의 길에 대한 보이지 않는 벽을 과감히 깨뜨리십시오!
청어람은 작가 지망생 여러분들의
멋진 방향타가 되어드리겠습니다.

저희 도서출판 청어람에서는
소설 신인 작가분들을 모집합니다.
판타지와 무협을 사랑하시는 분들의 많은 참여를 바랍니다.
소정의 원고(A4용지 150매)를 메일이나 우편으로 보내주시면
검토 후 출판 여부를 알려드리겠습니다.

주소:경기도 부천시 원미구 심곡1동 350-1 남성B/D 3F 우편번호420-011
TEL:032-656-4452 · **FAX**:032-656-4453
http://www.chungeoram.com
e-mail:chungeoram@chungeoram.com